■ 德艺双馨的沈宝贤老师，桃李满天下

（以上照片由沈宝贤本人提供）

■ 年轻的沈宝贤在演出中

（以上照片由沈宝贤本人提供）

■ 耄耋之年依然嗓音高亢，身姿矫健，风采不减当年

（以上照片由绍兴市柯桥区非物质文化遗产保护中心提供）

■ 沈宝贤常年活跃在绍兴莲花落的舞台上，诠释着曲本中的情感，弘扬着曲艺家的精神

（以上照片由绍兴市柯桥区非物质文化遗产保护中心提供）

■ 作为浙江省非遗传承人，沈老师走进学堂，教小朋友们唱莲花落，让绍兴莲花落艺术代代传承

（以上照片由绍兴市柯桥区非物质文化遗产保护中心提供）

（以上照片由绍兴市柯桥区非物质文化遗产保护中心提供）

长篇绍兴莲花落演唱作品选：沈宝贤专辑

绍兴市柯桥区文化广电旅游局
绍兴市柯桥区非物质文化遗产保护中心　编

中国文联出版社

图书在版编目（C I P）数据

长篇绍兴莲花落演唱作品选 ： 沈宝贤专辑 / 绍兴市柯桥区文化广电旅游局，绍兴市柯桥区非物质文化遗产保护中心编. -- 北京 ： 中国文联出版社，2023.12
ISBN 978-7-5190-5399-4

Ⅰ. ①长… Ⅱ. ①绍… ②绍… Ⅲ. ①莲花落—作品集—中国—当代 Ⅳ. ① I239.6

中国国家版本馆 CIP 数据核字（2023）第 257312 号

编　　者　绍兴市柯桥区文化广电旅游局
　　　　　绍兴市柯桥区非物质文化遗产保护中心
责任编辑　潘世静
责任校对　叶立钊
装帧设计　杰瑞设计

出版发行　中国文联出版社有限公司
社　　址　北京市朝阳区农展馆南里 10 号　　邮编　100125
电　　话　010-85923025（发行部）　010-85923091（总编室）
经　　销　全国新华书店等
印　　刷　天津通印印刷厂

开　　本　710 毫米 ×1000 毫米　1/16
印　　张　21.75
字　　数　342 千字
版　　次　2023 年 12 月第 1 版第 1 次印刷
定　　价　68.00 元

《长篇绍兴莲花落演唱作品选：沈宝贤专辑》编委会

序　言

沈宝贤是我少年时代的绍兴莲花落偶像。在那个文艺闭塞的特殊年代，沈宝贤就走村串巷，巡回于绍兴及我的老家萧山沙地片为老百姓演唱，我也是他其中的一位粉丝，后来他成了我兄弟一般的良师益友。

沈宝贤一直坚持扎根农村，为农民兄弟演唱。农村条件有限，舞台灯光音响都很简陋，沈宝贤也因此被业内和圈外称为“草台王”。那个年代的乡村演出往往一个点要演三五天，甚至更长，而且年复一年。为了有更多的节目上演，“草台王”唱的更多的是只有故事梗概，没有剧本的、现编现唱的“路头戏”，这样的野生草台艺术家有着顽强的舞台生命力。沈宝贤今年八十周岁了，还坚持演出，他经常说：“只要三天不演出，浑身难过死。”“草台王”“左手宝贤”好像是邻家小兄弟给他取的绰号，其实这更是领导、同行、老百姓对沈宝贤艺术成就的认可和肯定。

这次，柯桥区文旅局、柯桥区非遗保护中心要为沈宝贤出一本个人专集，我作为一名曲艺工作者，亦是沈宝贤的好朋友，要由衷感谢文旅局、非遗保护中心对曲艺的厚爱和对沈宝贤的关心。

前几天，沈宝贤给我打电话说，要把自己多年来演出的部分“路头戏”加工整理、装订成册，出一本演唱作品集，请我给他写个序。我说写序最好请一位文学水平高一点的专家学者写。他坚持要我写，说他出的是“路头书”，要我写个“路头序”，加上彼此多年来的情谊，别的专家是不能替代和无法超越的。

要说情感，沈宝贤不仅是我的良师益友，更是绍兴莲花落队伍中的好兄长。他是我们绍兴莲花落队伍中的“戏考”，脑子里戏谱很多，虽然是“路头戏”，但经过沈宝贤多年巡唱，一场一场磨合，这些“路头戏”漏洞越唱越少，故事越唱越圆。这些作品，最终得到了专家和老百姓的认可，很多节目已经被绍兴莲花落队伍中的其他演员，特别是青年演员广泛传唱。

沈宝贤出这本书，体现了他对绍兴莲花落的奉献精神。沈宝贤能把他多年的艺术积累“吐”出来、留下来，对绍兴莲花落的繁荣发展一定能起到积极作用，功德无量。希望从事绍兴莲花落事业的晚辈能在这本书上汲取营养，饱满自己。我们一起好好拜读，向这位德艺双馨的艺术家学习，更希望在我的演唱中也有更多这样的好作品。

这本书上还有宝贤哥从年轻时代到现在的演出照和生活写真照，从视觉上记录了沈宝贤的艺术人生。他一辈子虽然没有大红大紫，但在绍兴莲花落草台上展示了最灿烂的舞台形象。宝贤哥，你是老百姓心目中的艺术明星！

祝我的兄长沈宝贤，艺术青春永驻、健康开心。

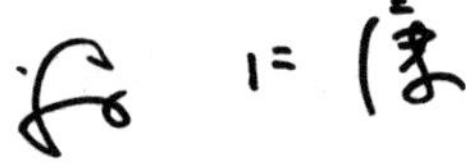

目　录

合同纸…… 001

双玉结…… 085

花亭会…… 135

日月雌雄杯…… 175

火烧百花台…… 247

合同纸

皇帝做媒，王、田两家立下婚约

多年以后，王家遭难，婚约生变

一张合同纸掀起波澜……

合同纸

（唱）各位朋友静静听，
慢慢听我唱灵清。
说唱小书哪一本？
《合同纸》小书要透分明。

这本小书出在大明朝嘉靖年间，故事发生在山西平阳府西乐县太平村，村里有家人家姓王，三字名叫王有武。昔日在朝官居天官之职，同朝为官有个田培，他们是要好朋友，谁知田培亏空皇粮五十多万两银子，万岁要将他斩首，全靠王有武大人上殿奏本，并且代还皇粮。后来两家人家结成亲眷，由皇帝做媒，在金殿上当场写下年庚八字，立写婚约合同纸。时过几年，王家屋里三遭回禄，家道贫寒，难以度日。今朝日子，王老夫人堂前中央坐坐在愁，想儿子渐渐较地大起来哉[①]，有桩事体应该对他明说了，所以她叫出儿子，向他倾吐真情：

（唱）出口我儿叫一声，
为娘有事讲分明，
本来早已对你讲，
为只为防侬读书勿上心。
想当年你爹爹在朝来为官，
有桩亲事已经定，
定在山东历城县，

① 渐渐较地大起来哉：渐渐地长大了。渐渐较地，即“渐渐地”，绍兴方言中，常用“较”表示过程。

你岳父大名叫田培，
你未婚之妻叫田素贞。
两个人年方来相同，
上有皇帝做媒人，
下有合同纸做媒证。
娘亲我想叫你山东去投亲，
以后为王家续香火，
为娘我可放宽心。

王有武的儿子叫王庆明，现在母亲要伊到山东历城县去投亲，就说：“姆嬷[①]喂，你看我这样一身衣裳怎么去去？”

王庆明头戴着的一顶帽叫通天帽，帽的两只角都破掉哉。像我一样唱莲花落稍微着力些，汗气都往上头拔出哉。身上穿着的一件衣裳叫百卦衣，三十六块大补丁，七十二块小补丁，凑拢刚刚一百零八块，但是补是补得整整齐齐。下面穿着的一双鞋叫老虎头鞋，几个脚指头钻出来要乘风凉哉。

“姆嬷喂，我这样去投亲多少难看！”“儿啊，喏，你不可愁。”

（唱）出口我儿叫一声，
听我娘亲[②]讲分明。
我早一钱晚一钱，
有十五两银子攒端正。
今朝你十五两银子拿得去，
路上可以做盘缠。
买套衣裳买匹马，
你赶路好往山东城。

① 姆嬷：绍兴方言，即“妈妈”。也作“姆妈”。
② 我娘亲：在此指“娘亲我”。

“那好，不过姆嬷喂，我从来没有出门过，独个人往山东历城县去投亲，总有点胆小。”“这你放心。”则喏，他家里和我们绍兴的染坊一样，染坊倒哉，架子不倒，屋里还有一个家人名字叫张春，是个书童，现在老太太叫出张春：“张春哪里？”“来哉！”“夫人，你叫我张春何事？”“喏，这里我有十五两银子，你拿五两，到街里去买套衣裳，买匹马，陪你相公到山东去。”“呃，有数哉！”

等张春出去么，儿子又说：“姆嬷，我这样到山东去，难道我丈人认得我吗？”

（唱）儿啊，这桩事情你放心，
有媒有聘有凭证。
偶这门亲事，
上有万岁做媒人，
下有合同纸作为凭。
合同纸你千万要藏好，
只因为，你岳父只认合同纸，
不认得你王庆明。
有了这份合同纸，
田府里面可成亲。
还有几两雪花银，
你路上节约做盘缠。
如果到了历城县，
早点给我写封信。

刚刚这样在说，书童张春衣裳、马买到哉。王老太太叫儿子到里头去改换衣裳。有句话“人要衣装菩萨要金装”，王庆明本身人长得好，新衣裳穿上后，相貌越加好哉。这辰光王老太太叫来张春：“张春喂，这次你相公到山东去投亲，你路上要多多照应。”“呵哟，夫人你放心够哉，我们和兄弟一样的，一上路我一定好端端地照应。相公喂，时候不早哉，还是赶路要紧。”

则喏，牵来一匹马，王庆明骑上高头大马。

（唱）高头大马骑端正，
一路之上看风景。
桃红柳绿百草青，
油菜开花黄如金，
萝卜开花白似银，
草籽开花满天星，
蚕豆开花结龙灯。
大豆开花真好看，
两头花瓣白粉粉，
当当中央一点黑，
花草之中起黑心。
真所谓天不平来地不平，
世上还有黑心人。
相公喂，管它黑心不黑心，
还是赶路最要紧，
行得几路抬头看，
三岔路口到来临。

“张春。”“有！”“你替我去问来，这里有三条大路，哪一条路往山东去比较近些。”“呃，有数哉。”

前头有个老人家走过来哉。

“喂，老太公！喂，老太公！”

老伯伯听是听见的，想想“你这人，怎么叫人这样不懂礼貌。”当作不听见，不去理他。

张春心想：“怎么我在叫他，他不来理我？噢，大概我态度不好。”连忙堆上笑脸，“喂，老伯伯！老伯伯喂，我问你一声，这里有三条大路，我们是去山东的，请问走哪条路近便些？”“后生哥，你刚才叫我老太公，所以我不来理你。现在叫我老伯伯了，我来理你了。你来看，这条是平地，要多走四十里。翻这座黑虎山，过岭上走，少走四十里。不过，山路蛮难走的，你要小心，有有数？”“有数哉，你不对我说我也晓得的。”

老伯伯想上想，“你这个人哟，难道屋里头爹娘大人没有的？这么没有教养”。

张春回身转来：“相公，我问过哉，往这平地里去，多走四十里路，往山上去，少走四十里路。我看只有过山翻岭走哉。”“张春，想我身骑高头大马，喏，喏，喏，往山上如何行走？依我之见，还是往平路而去。”张春伊话：“嘿，你真当是饱人不知饿人饥。相公，你骑在马上，多走四十里是无所谓的，我是两脚走的，要跟得乏力煞的。今朝日子走出来哉，不听你了，要听我了。”“哇！大胆奴才，出来的辰光，夫人如何关照你的？叫你好生照顾于我！”“相公喂，你不可见气，屋里头的辰光，你是相公，我是书童。走出外头我们是平等了的，今朝不依你，要依我了。”边说边把王庆明的人，“砰！”从马上推下，牵着马往岭上而去。要晓得这王庆明是个文弱书生，可怜没有办法，只得后面跟上去。刚刚走到半路岭上，树上的乌鸦，“哇！哇！”

（唱）乌鸦高叫为何因？
出口张春叫一声，
你给我暂时慢慢行。
前头有个小凉亭，
凉亭里面坐一歇，
慢慢再往山上行。

“有数哉。”张春走上岭高头，一匹马廊柱里一扳，老早凉亭里坐下哉。可怜王庆明走进凉亭里，人也吃力煞哉，坐下抬头一看么，只见凉亭里有一块匾，上面写着三个字：“黑心亭”。啊！

（唱）黑虎山里黑虎岭，
弄出个凉亭是黑心亭。
想我王庆明，

这次要是投亲来成功，
我三等甲里中头名。
凉亭名字要改正，
要改一个积德亭。

王庆明心想，“不要说做人有黑心人，连凉亭都有黑心亭。我以后如果有官做，此凉亭一定要改积德亭”。可怜嘴巴也燥煞哉：“张春喂，现为相公口中焦渴，你有没有地方给我去茶讨一口喝喝[①]？”“相公喂，你花头不要这样透，你想这是在岭上，哪里来的茶？”“喏，往下面走下去，村庄里去讨杯来。”“相公喂，爬上岭已经汗流浃背了，你叫我下岭去讨了茶再上来，我也要累死了。”

看了张春不肯，王庆明又骂：“哇！大胆奴才，想我出门来的时光，我娘都关照你，叫你好生照看于我。”张春仍然不依，这辰光，王庆明也软转来哉：“那么你替我想想办法，哪怕是溪沟水弄点我喝喝。”“有数哉，花头花脑有这样透。”张春心想：“这里到山东去路很远，一路上要吃煞他的苦头嘞！”要死哉，往凉亭外头走出去，一个勿小心，一块茅厕石头里绊上绊，跌得一跤。“哎，有了，你花头介透[②]啊，索性给你死了算哉，老婆我也可以去讨的呀。”乃么[③]张春这个贼坯是坏，伊拿来一块茅厕石头，嘴里说：“相公，相公，相公茶来哉！”

对准王庆明太阳穴一石头搡过去，王庆明“哎哟！”一声，“砰”地跌翻在地。可怜王明庆，头上鲜血，啧啧啧！“哗哗哗”在流出来，张春开心啊！“嘿嘿，相公喂，谁叫你花头这样透，今日由我代替你去投亲了，请你到阎罗大王里去报到，大王还有个小女孩，你与她成亲去。”

这贼坯真坏，一只包裹拿来，王庆明一套新衣剥下穿在自己身上，要做相公去了。刚想离开凉亭，一想勿对，“这死尸在这里不好，凉亭里头有人要来坐的，我还是拨他到山下去”，谁知滚了两滚，“死尸”树杈里兜牢哉。张春伊话：“相

---

① 茶讨一口喝喝：讨一口茶喝喝。在绍兴方言中，常把名词放在动词前，形成倒装，用以强调目的。

② 花头介透：那么会耍新花招。“花头”，花招，麻烦；“介”，程度副词，意为“那么”；“透”与“花头”组成“花头透”意为“会耍花招”“会惹麻烦”。

③ 乃么：绍兴方言，句首发语词。

公喂，你心耐耐在这里，到明年这时候我给你做周年。相公，我去哉。”

（唱）奴仆张春起黑心，
谋死主公王庆明。
他要走下黑虎岭，
一路之上赶路程。
唱一头再表灵清，
下面有个凤鸣村，
凤鸣村有个砍柴佬，
名字叫张生。
拿得柴刀上山岭，
突然听到有响声。

张生拿得一把柴刀柴砍过去，只听到王庆明“嗯，嗯，嗯”在喊，张生一看，噫吔！有一个人哒，树丫杈里兜哒牢，如果滑出么肯定跌煞。乃么连忙一支大褡膊[①]解散掼过去，说：“后生哥，你要做人赶快抓牢，我拉你上来。”

可怜王庆明用尽吃奶力气，拉实大褡膊一头，张生用力将他拉进凉亭：“后生哥，你这人本领是大，这么危险的地方你怎么下去的？”

（唱）噢，你这位恩公啊！
出口恩公叫一声，
听我把话讲分明。
我和我书童两个人，
准备到山东去投亲。
来到这个黑心亭，
黑心亭里坐端正。
霎时弄得不小心，

① 褡膊：长方形布袋。

一块石头跌下来，
我神志昏迷不知情。

可怜王庆明还勿晓得是张春谋伊，还以为是偶然受伤。这辰光伊想起一只包裹。“啊，我的包裹，我的包裹！”

张生他说：“你这人是我救的，包裹我没看见。”“这包裹没有怎么办呢？里面我有要紧东西咚！”“你有啥西[①]？”

（唱）恩公啊！包裹里有为凭之物合同纸，
还有几两零碎银。
可怜我是去投亲，
没有合同纸亲难投，
叫我如何往山东行？

要到这辰光王庆明才想到包裹一定是张春拿走了：“呵呵，畜生啊畜生，你害得我好苦啊！”

张生他说：“后生哥喂，你头上还流着血水，合同纸又丢了，怎么去山东投亲？这样吧，你若是相信于我，暂且去我家养伤，等伤势好转。你意下如何？”

王庆明说：“多谢救命恩公！”这边王庆明由砍柴老伯救回家中暂且不说，再说书童张春骑着高头大马直往山东而去。

（唱）日子走了数十天，
到了山东历城县。
历城县内在打听，
问来问去问灵清。
田培他家在哪里？
上前要问一个中年人。

① 啥西：绍兴方言，即“啥东西”。

“喂，你这位阿哥，我问你一声，这里田培田员外家在哪里？”

这个中年人倒客气，说：“你从这里走过去，门口头有两只石狮子的就是田员外家。”“谢谢！”现在道理蛮懂哉。我们不讲张春要见田培，要讲田培坐在正大厅，想起往事挂在心。

“犀牛头上角，白象口内牙。若要成富贵，除非帝王相。老夫田培，昔日在朝为官，亏空皇粮五十多万两银，万岁要将我斩首！多亏王有武大人要好，上殿保奏一本，代还皇粮。老夫无恩可报，将独养女儿田素贞许配给王有武大人之子王庆明为妻，有万岁为媒，合同纸为凭。现在听说王有武大人早已亡故，他们母子二人难以苦度光阴。唉，贤婿啊贤婿，你家里这样穷，为啥不到我这里前来投亲？”

各位同志们，只只戏文里做起来，大花脸都是奸的。这只戏文里的大花脸倒蛮好。这里田员外刚刚在记挂王庆明，外头冒充王庆明的到了。张春来到田府上前敲门：“喂，里头人有没有？有人么走个把出来。人没有么，狗走一只出来。”

伊老脾气又发了。勿晓得门口头立着的老总管，是田府三代老总管，名字叫田茂。田茂老总管走出来：“哦，你这位小哥到来何事？”“老太公，我问你一声，这里是不是田培家？”“啊，正是我家老爷的家。”“你给我去通报，就说是山西平阳府西乐县太平村王有武的儿子王庆明到哉。”

啊，老总管仔细一看，这个人脑后见腮，刁头怪脑，讲话不像官家之后。你们不要说年纪大哉没有用场，年纪大的人一双眼睛很厉害。看过去这人总归不像王家后代，再一想，“他既然自称是王家屋里的后代，我也没有办法，只有去通报”。走进里头：“启禀老爷！”“所报何事？”“老爷，外头姑爷到哉。”“哦，哪里的姑爷？”“王有武大人之子王庆明。”“哦，既然贤婿到来，大开正门，出外迎接。”

田茂将张春迎进里头，张春见到田培就说：“丈人阿伯在下，我女婿在上，去年新坟不来上，今朝来上新坟哉。”“哎，调头来。”“噢，你叫我调头，头朝下，脚朝上，讲出来的话，ABCD你不懂的。”“言语调头[①]。”“噢，嘿嘿！丈

① 调头：在绍兴方言中，指语调。在此与上文“调头”形成科诨，下文“ABCD”也是类似科诨手法。

人阿伯在上，女婿在下，去年新年不来拜，今年连得牢来拜哉。”“噢，一旁看座。”“啊，坐坐就坐坐。”伊是客套一些都没有的。

“贤婿啊，既然你到我家前来投亲，我来问你，我们这桩亲事是如何相成？哪个做媒？何物为凭？”“嘿嘿，这个老贼骨头还直头[①]坏，幸亏我底牌有数，否则今朝要露出马脚哉。”“丈人阿伯，那好的，你耳朵竖起，我讲与你听。”

（唱）丈人阿伯叫一声，
听我把话说灵清。
原先你和我爹爹两个人，
同朝为官有感情。
你国家铜钿亏空五十多万银，
全靠我爹保奏本，
代还五十多万银，
你没有恩德好报清，
屋里头有个独养囡，
三字名叫田素贞，
配给我庆明做夫人。
上有皇帝做媒人，
下有合同纸做媒凭。
丈人阿伯呀，
我是你的女婿嫡嫡亲。

“今朝我是到你家来成亲的。”“那好，你为凭之物合同纸有否带上？”

张春心想：“这好不带来的吗？等于是老婆呀！”乃么随身摸出合同纸交给田培，田培一看么，果然不错，真是王家屋里的后代。不过，看到张春的行为举止，田培总觉得怀疑，想王有武大人为官清正、两袖清风，怎么会出这种后代？

---

① 直头：绍兴方言中的程度副词，意为“着实”。

本当也想赖婚，但因为有皇帝做媒的是官亲，不能随便反悔。唉！没有办法，大概我囡命里注定要配这么个丈夫。想我囡花容月貌，今朝一些不晓得，要是晓得这样一个女婿到哉，她都要哭煞啦！

“丈人阿伯喂，你自言自语在说啥西？”“噢，我说你一路上辛苦哉。喏喏喏，田茂，你带新姑爷到书房前去歇息。香汤沐浴，改换衣衫，我拣一个黄道吉日，给他们两厢成亲拜堂完姻。”勿晓得张春急哉，说：“丈人阿伯，你不可生气，我到你们这里不是来读书的，我是来讨老婆的。如果你们这里住着，你囡年纪老老大哉，我也老老大的，会不会‘鱼挂臭猫引瘦’？”“哎！休得多言。”

乃么老总管领得张春到书房，田培心想，“女儿在楼上还不知，待我上楼前去通报”。田培来到楼梯下面一站，击动云板，里头走出一个丫头，丫头名叫田凤。“哎哟，我当啥人，原来还是老爷！老爷，你要上楼来做什么？”“就说我要上楼，快快通报你家小姐知道。”“老爷，你稍等片刻。”丫头走进里头对田素贞说：“小姐喂，你爹爹来了。”“爹爹到来，待女儿出外迎接。”来到楼梯口：“爹爹，请上楼来。”“女儿少礼，哈哈哈哈！”“爹爹，你以前上楼双眉紧锁，今朝为啥笑容满面？”“女儿有所未知，想你未婚夫王庆明到我家前来投亲了。”“噢！”大姑娘听到老公来哉，暗暗地在高兴，“谢天谢地！谢天谢地！”

田培伊话：“你还要谢前世的天地。”

（唱）你未婚丈夫王庆明，
他到我家来投亲。
虽然有凭证合同纸，
我是看看他的人，
不像王家后代根。
阿囡啊！这桩婚事听父亲，
你还是一刀来两断，
还他聘金、给他雪花银，
另配豪门再成亲，
女儿未知可答应？

爹爹啊，爹爹啊！
做人总要凭良心，
君子不好忘旧恩，
想当年你要绑杀命归阴，
全靠我阿公有好心，
万岁跟前奏了本，
总算给你来做人。
代还皇粮到如今，
两家人家结了亲。
如今是我们富他们贫，
世上贫富多得紧，
爹爹啊，富的不会富到顶，
穷的不会往足后跟。
富贵贫穷总是有，
爹爹啊，你图赖婚姻不该应！

“哎，女儿，我也没有这个想头，只要你自己喜欢，为父也不来阻拦你，不过我在想你这人嫁给他是一朵鲜花插在牛粪之中。”“爹爹，想我婚姻大事早已定好，女儿决计不嫁另外老公了，你也不用说了。”“那么好，女儿你一定喜欢他，你就在楼上准备准备，待为父拣个黄道吉日，给你们两厢成亲拜堂完姻！”讲完，田培走落楼下。不说田培往大厅而去，再讲田素贞，听了父亲的话在想，这个新姑爷王庆明到底是怎么一个人？想去见一面，但因为老辈手里有规矩的，闺阁千金勿能随便下楼，那怎么办？哎，田小姐想到了办法，再话嘴里口渴，叫田凤丫头落楼去厨房拿茶，顺便打听一下新姑爷。想到此地，伊便吩咐田凤：“田凤过来。”“小姐，有何吩咐？”“为小姐口中焦渴，你去厨房搬香茗侍候，顺便路过书房看一下新姑爷。”要晓得田凤丫头也是聪明人。“哎哟，小姐喂，嘴里口燥是造话[1]，刚刚参汤喝过咚，目的是想叫我去看一下新姑爷的相貌呀！好的，你放心在楼上，我一定观察仔细。”

（唱）田凤丫头下楼行，
假装厨房拿香茗。
路过书房朝里望，
张春独自在摆茶经[2]。

“田培这个老贼，堂不给拜，叫我看书，这种生活怎么吃得消？不错，还是打瞌眈困觉[3]。”你[4]么来咚打瞌眈，田凤丫头托着茶盘路过书房，窗口望进去么，噫吔！这个人拿得一本书在给别人看，坐哒咚还在打瞌眈，一张相貌脑后见腮，刁头怪脑，猪圈里掼进咚连猪都不要吃。这么一个新姑爷？小姐啊小姐，有句话“小人不听大人言，吃苦在眼前”，你爹的话不错，这个人肯定不是官家之后，待我上楼与小姐说去。勿晓得心一慌，田凤的衣袖门箍里一兜，“嚓银银银”弄出响声。里面的张春听到响声，瞌眈醒哉，走出外头一看。

“哟呵，我当是啥人，外头还有这么尊观音菩萨。观音菩萨，观音菩萨！”

田凤说：“姑爷喂，我不是观音菩萨，我是你老婆旁边的丫头，我叫田凤。”“啥西啊？你丫头相貌这样好，我的老婆不要了，我只要你够哉。”讲完，将田凤拉进书房。“啊！”

（唱）田凤一听气煞人，
出口姑爷叫一声。
你是官家后代根，
我是丫头使女下等人。

① 造话：绍兴方言，意为“假话、谎话”。

② 摆茶经：绍兴方言，意为“发呆”。茶，方言，意为“呆；傻”。

③ 打瞌眈困觉：“打瞌眈”，绍兴方言，即“打瞌睡”；“困觉”，绍兴方言，即“睡觉”。

④ 在绍兴莲花落作品中，第三人称变为第二人称表述给观众，是一种在情境中跳进跳出的视角转换手法。

我和你难以来配亲，
你赶快放我上楼行。

"嘿嘿，不是我叫你走进来的，是你自己进来的。"张春"砰"地把书房门关拢，田凤说："你要做啥？""嘿嘿，今朝来哉，你就是我的老婆哉，我要抱抱。"

张春像斜劈雄鸡一样劈过去，一把将田凤抱牢，动手动脚。田凤急煞加吓煞，勿晓得急中生智，大喊一声："姑爷，你放手，你岳父大人来啦！""啊！"听说丈人来哉么，张春连忙书桌下面钻进去，田凤她打开书房门，拔脚就逃。

（唱）田凤是三脚两步上楼顶，
小姐跟前说个灵清。
小姐喂，你叫我去书房看姑爷，
看得我魂灵吓出无处寻。
这新姑爷，怪头怪脑勿像人，
肯定不是王家后代根。
伊拉牢我田凤勿留情，
动手动脚我吓煞人。

哪晓得田素贞还勿相信，反而在骂田凤："哇！大胆死丫鬟，想我家未婚丈夫王庆明，他是读书之人官家之后，怎会做出不轨之行？"拿起家法要打哉么，田凤一把托牢："小姐喂，你是上等人，我是下等人，你说要打就打，你说要骂就骂，不过小姐喂，你打得我一个不明不白。""为啥会不明不白？""小姐喂，你要是不相信，你亲眼自己去看看。"

田素贞说："你要替我想一想，他是个男的，我是个女的，怎么能去看他？倘若被外人晓得，总说我们男女授受不清，我有几张嘴都说不灵清。"

田凤她说："小姐你若要看，办法我有一个。""你有啥个办法？""我同老爷去说，就说老爷喂，小姐说你的话她半信半疑，要姑爷的人亲眼看一看，要是真当是这么个人，她也不要他了。你看这样好不好？"田素贞总算勉强同意。乃么田凤跟员外说："小姐要亲眼看一看新姑爷再作决定。"田培说："好，我去请新姑爷到花厅饮酒，你与小姐在楼上走廊朝下面花厅观望。”乃么田员外去书房请王庆明。虽然定不下这个王庆明是真的还是假的，但因为有为凭之物合同纸在，总要当他是真的。勿晓得这个冒牌货拿着一支笔当假[①]写文章，一双眼睛，上眼皮与下眼皮在“找对象”。田培一脚跨进书房，说：“贤婿！”“哦，丈人阿伯，给你吓得惊，是不是给我拜堂哉？”

田培他说：“你到我们这里日子也不少了，我是在想，今朝应该替你接接风、洗洗尘，我在花厅里摆上一桌酒，我们丈人女婿到花厅里饮酒便了。”

张春他说：“有酒喝最好，丈人阿伯，你前头走，我后头就来。”

（唱）丈人女婿两个人，
一桌酒菜摆端正。
要往花厅走一程，
张春看得笑盈盈。

这张春贼坯一想，是要大人家好哒，酒菜都各异。乃么丈人女婿两个人坐落。

“贤婿，来来来，你到我们这里，我也没有好端端地待你，今朝我们翁婿二人宽饮几杯。”

勿晓得张春一点没有礼教。伊话：“丈人阿伯，我们丈人女婿今朝也不用客气哉，你也不可给我斟酒，我也不给你斟酒，我们要吃，大家自己斟自己吃，这样喝得才过瘾。”

田培说：“随意，随意。”

（唱）丈人女婿把酒饮，
走马楼上站着两个人。
田素贞看得刷灵清，
田凤喂，此人行为不端正，

---

① 当假：绍兴方言，意为“假装”。

不像王家后代根。
难道我前世做了错事情，
害得今世错配婚姻？

乃么小姐丫头在楼上观望，花厅里的张春筋骨做勿牢，狐狸尾巴又露出来哉，伊是老实勿客气，鸡腿自掰自吃，一只鸡腿塞进嘴里，咬几口掼掉，再换一只，两只手沾上油腻，衣裳里揩揩。田素贞一看，“啊，天哪，可怜娘啊，娘啊！”

张春听见哭声抬头一望，噫吔，走马楼上有个观音菩萨哒！“观音菩萨！”对着田素贞使劲地拜。田培伊话：“哎，在哭的不是观音菩萨，是我的囡，是你的未婚妻田素贞。”“噫吔，我老婆哭起来相貌这样好，笑起来还要好嘞！丈人阿伯喂，好给我们早些拜堂哉。”“好，我拣一个黄道吉日，给你们拜堂成亲。”“呃，丈人阿伯，谢谢你！”

花厅里酒饮好大家各自回去，一个回到书房，一个回到卧室。再讲田素贞回到房间里，人伤心煞哉。

（唱）素贞回到房间里，
哭哭啼啼好伤心！
田凤啊，如若我和他来成亲，
小姐我情愿不要做人。
小姐啊，你不可哭得这样伤心，
我们慢慢较来动脑筋。
只有急事来缓办，
办法细细来想成。

田素贞说：“田凤喂，你替我落楼去对我爹说，就说这桩亲事推掉算哉。”勿晓得田凤下楼与员外一说，田培说：“现在没有办法了。以前我上楼同她去商量，她说我有赖婚之意，现在我已经对他说过了，拣个日子给他拜堂成亲。再说这桩亲事是皇帝做的媒，如若赖婚我自己的六斤四两[①]要难保的。你对小姐去说这是命中注定，一定要和他拜堂成亲了。”

乃么田凤没有办法，回到楼登[②]。“小姐喂，员外不答应，他说一定要你拜堂成亲了。”

田素贞一想，“老爹一定要给我成亲，我人也不做了”。乃么伊找得个借口，再话口里燥，叫田凤去厨房拿茶。勿晓得等田凤一下楼，田素贞的眼泪像断线的珍珠“嗍儿——”流落来。

（唱）田素贞眼泪汪汪好伤心，
　　　解下了无情带子有一根，
　　　双脚忙跪尘埃地，
　　　一拜爹娘两大人，
　　　二拜公婆老大人，
　　　今朝我因此丧性命，
　　　不能为王家育后代根。
　　　啊呀，爹娘啊！
　　　阿囡做人不孝顺，
　　　来世里投胎牛马再报恩。

乃么打好一个无情结，一根无情带子项颈里套进。为啥称它“无情带”呢？这根带情义一些都没有的，你有几百万银子的人，套上去也会死。穷得滴滴答的人，哪怕是沿街讨饭，套上去也会死。乃么田素贞掇来一张骨牌凳，人站在凳子上：“啊，娘亲，也罢！”

一张凳子踢开，“咣”的一声，田素贞这人荡起哉。侬看我像不像吊死鬼？哎，先生教我的，做啥要像啥的。勿晓得田素贞楼顶已经上吊，田凤丫头听到楼上“卜隆咚”一声响，三脚两步上楼一看，小姐这副样子，连忙上前去抱，田凤

---

① 六斤四两：头颅。常用来指代“性命”。
② 楼登：绍兴方言，意为“楼上”。

这人力气有点大的，伊抱紧田素贞往上一送，运道还好，一根无情带还没有落环，乃么按住小姐的人中，大喊："小姐醒来，小姐醒来！"

（唱）天昏昏地沉沉，
莫非在阴司地狱门？
田素贞慢慢来苏醒。
田凤啊，
你救了别人有好心，
救我反让我难做人，
还是一死了残生。
田凤啊，
你救了我也枉费心，
决计不愿与他来成亲。

"小姐喂，你不愿和他成亲么，死也不可死，有句话'好死不如恶活'，你随便怎么好死咚，还不如恶厉厉地活着好。""我若是活着，日子一到，爹爹要逼我拜堂，那如何了得？""小姐，我办法倒有一个哒。这样吧，你当作生假毛病，就说这个毛病很严重的，是黄胖病。"黄胖病等于现在的黄疸肝炎啦。田素贞说："我这张脸面雪白尽嫩，黄胖病怎么装得像？""小姐你放心，我听老人们说过，去南货店买四两桂圆，肉剥出你可以吃，你说吃得怕火重么我吃。再到药房买三两荷叶，桂圆壳与荷叶一道下锅炖煮，煮出来的水焦焦黄，用来洗脸，三天洗下来，脸孔就会一层层黄起来。到这辰光，我去通报老爷，就说小姐生黄胖病哉。得这种毛病，员外也不会叫你拜堂了，你看意下如何？""田凤喂，一切照办。"

（唱）田凤丫头忙煞人，
荷叶同桂圆来买进，
煎汤给素贞来洗脸，
洗得脸孔黄如金。
田凤丫头落楼顶，

要与员外说分明。

“员外喂，小姐有毛病哉。”“啊，你怎么能这样不当心，小姐有毛病为啥不来通报？”“我是来同你说了呀！”“快点快点，小姐有病，快去请郎中来，请他把脉开方。”“呃，有数哉。”

（唱）田凤奉了老爷令，
要请郎中看毛病。
唱个头再表灵清，
郎中家门到来临。
郎中先生叫一声，
请你到田府看毛病。

郎中先生一看：“喂，我当是哪个，还是田府里的多头[①]。”

田凤想，“现在你叫我多头，过歇给你吃苦头”。田凤说：“先生喂，小姐生毛病哉，员外叫我来请你给田小姐看毛病去。”

郎中想，有铜钿赚，还有啥话！

（唱）一只药箱手上拎，

我油纸扇当药箱，装得装算哉。郎中先生蛮蛮耐[②]，走起路来蚂蚁都踩不死。

（唱）田府里头来走进，
田培有言来关照，
请你到楼顶看毛病，
我囡到底是啥毛病，
你与我仔仔细细诊断清。

---

① 多头：绍兴方言，指多余的人或物。多含贬意或歧视意味。
② 蛮蛮耐：绍兴方言，意为“很耐心”。

田凤丫头把路引，
叫郎中，楼梯下面停一停。

田凤走上楼登：“小姐喂，祸祟闯大哉，你装得黄胖病，与员外去说说，他叫我去请郎中，现在郎中先生已经在楼梯下面了，上楼要来给你看病哉。”田素贞一听，“都是你这死丫鬟出的好主意，我没有毛病叫我装病，现在又请郎中来，西洋镜戳穿叫我如何做人？”

（唱）小姐急得眼泪淋，
田凤丫头笑盈盈。

“小姐喂，你不要愁，办法我有哒。”

（唱）你尽管走进内房去，
珠帘放下甭作声。
可怜这位田小姐，
事到如今只有照计行。

乃么田凤来到楼梯口：“喂，郎中先生，小姐叫你走上来。”“呃，有数哉。”

要晓得郎中穿着一双高，走起楼梯来“叮嘭叮嘭”响声蛮大。田凤伊话：“慢慢较，先生喂，侬这双鞋穿哒咚，‘叮嘭叮嘭’这样会响，要把小姐吓坏的，侬好不好两只靴脱掉，嘴巴里咬着，四脚四手爬上来？”

郎中先生一想，“我有数的，一句‘多头’叫坏哉”。唉！为了赚几个铜钱银子没有话头，这叫“吃倷一碗，由倷使唤；吃倷两碗，给倷做完”。

这喏，一双靴嘴巴里咬牢，往楼登爬上去。谁知丫头蛮坏，又要叫伊了：“先生，先生。”

郎中先生伊话“哎！”这样一声应么，嘴里咬着一双鞋跌落，“卜落托卜落托卜落托”滚落楼梯下面。可怜重新咬着再爬上去。郎中先生人都气煞：“哦哟，侬这位大姐喂，侬饶得我算哉。”

田凤说：“以后‘多头’叫不叫哉？”“我不叫哉，坚决不叫哉！”“那好，来，走进来。先生我问侬，侬看毛病是祖传的还是拜师的？”“噢，我是祖传三代的名医。”“侬姓啥？”“我叫张膨膨。”“哦，张先生，那侬是近手搭脉还是牵线搭脉？”

郎中说：“中医老先生，叫作三指把脉，五指开方。侬小姐是名门贵千金，我用牵线搭脉。”“哦，怎么叫牵线搭脉？”这辰光，郎中拿出一根琴弦交给田凤，说：“侬把这弦去脚里吊牢，啥毛病，我只要外头脉把把好哉。”“呃。”

田凤一根线拿进内房：“小姐喂，要给侬把脉哉。”

田小姐说：“田凤，我没毛病的，这怎么办？”

田凤说：“侬不用愁。”伊将一根线头吊在眠床[①]里，又要给郎中吃生活[②]哉。她是拿来一根线头：“先生喂，喏，一根线头拿牢，我吊好哉。”

郎中说：“呃，待我把起来。”

（唱）三根脉线根根露，
　　　今朝侬小姐要走路。
　　　若还小姐要走路，
　　　叫侬先生背包裹。

“怎么要我背包裹？”“哎，侬说我小姐脉搏没有了呀，所以要你给她背包裹。”

郎中伊话：“脉搏是没有了啊。”

田凤笑着话：“先生喂，侬说我吊在哪里？”“不是吊在脚里吗？”“脚里么是脚里，不过不是人脚里，是眠床脚里。”“哎呀，大姐啊，侬不要作弄我哉，要吊在人脚里的。”“侬又不说是人脚里，侬说脚里，我就吊在眠床脚里，反正也是脚。”“好啦，好啦，去吊在侬小姐脚里。”

田凤走进房里，心想：“偶小姐是没有毛病的，我做丫头的，平日是跑东过西，交关[③]辛苦。今朝看毛病的油也要揩一下啦。”田凤丫头将一根线头吊在自

① 眠床：绍兴方言，即“床”。
② 吃生活：绍兴方言，意为“吃苦头”。
③ 交关：绍兴方言中的程度副词，意为“非常、极为”。

己的一只脚里。“先生喂，这下我走不出来哉，线头拉牢，侬可以把脉哉。”“呃，把起来。”

（唱）三根脉线根根跳，
小姐的毛病我知道。
小毛小病不要紧，
草药一帖平安保。

田凤解下线头，走出外头。“先生喂，你说怎么样？”“不要紧，不要紧。”“哦，毛病没有的？”“没有的。”“先生喂，不瞒你说，刚才你当我吊在哪一个脚里？”“一定在小姐脚里。”“不是小姐脚里，是我的脚里。”“啊呀，侬要吊在傜小姐脚里的。”“先生喂，不瞒你话，偶小姐毛病是没有的，为了婚姻大事，她假装生黄胖病，今朝实在不用侬看病，只要开一张假药方就好了。”

郎中先生一想：侬个多头么真是多头，侬这样作弄我。“好的，药方开一张可以，但铜钱银子要加倍。”

田凤伊话：“铜钿银子无所谓，侬只要话够哉。”

郎中先生伊话：“以前我出一趟诊是五两，今朝加倍，十两。”

田凤说：“问题不大，哪怕廿两。”

郎中一听后悔煞哉，早晓得这样，应该话五十两。这喏，假药方一张开好，郎中先生走落楼下对田培说：“员外喂，傜小姐的毛病较关厉害，是黄胖病，这是一种慢性病，不好拜堂成亲的，早拜堂早死，一定要等毛病好才能成亲。”“哦，多谢先生，多谢先生！这里有五两赏银侬拿去。”

郎中先生开心煞，今朝捡着便宜货，开一张药方十两，外加赏钱五两，一个赚回十五两，这样的人家多走走，我就发财哉。

（唱）郎中先生回家行，
田凤去街坊走一程。
按照药方撮好药，
煎好药汤送楼登。

“小姐喂，喏，药拿来哉。”“田凤啊，我没有毛病的，怎么给我来吃药哉？这个药我不要吃。”

田凤说：“小姐喂，这也是没有办法的办法，要是不这样，员外要起疑心的。要么这样，往窗门口倒倒下去[①]算哉。”“田凤喂，窗门口不好倒的，万一下面有人，把药倒在人里有晦气的。”“那要么倒在门角落头。”“门角落头也不对的，过歇[②]倘若我爹爹走上楼来，闻到药气息也不好的。”“小姐喂，这头也倒不来，那边也不能倒，侬叫我倒到哪里去呢？”“田凤喂，我看现在人也没有，你还是马桶盖掀开，倒进马桶里算哉。”

这喏，列位看官，田素贞是名门之女、闺阁千金，这下连上下都不分哉，此事做得缺德的。

（唱）这边是田素贞假生病，
我唱一头再表清，
回文转来唱啥人？
要唱凤鸣村里的王庆明。
自从有张生救他命，
吃药调理好照应。
如今病体已好转，
准备到山东去投亲。

要晓得张生真是一个大好人，听说王庆明人好哉，要到山东去投亲么，伊是早一钱，晚一钱，砍柴筹起来的铜钱交给王庆明做路费。王庆明也非常感激，伊话：“张生大哥，侬今朝这样待我，以后小生有出头之日，一定不会忘记侬。”“噢，以后么以后再说，侬去好哉，路上顺风，小心啊！顺风，顺风大吉！”乃么王庆明一路要上山东。

---

① 倒倒下去：倒下去。绍兴方言口语中，多有动词为叠词的表达习惯。
② 过歇：绍兴方言，意为“过一会儿”。歇，一会儿，有时也作“息”。

（唱）王庆明往山东行，
路上有书路上唱，
路上无书莫谈论。
一路之上快得紧，
山东历城到来临。
未知岳父家何处，
过路人里去打听。

“噢，你这位老丈请了。”“请了。”“请问老丈，这里田府现在何处？”“依这位后生哥，喏，那边望过去，门口有两只狮子的就是。”“多谢老丈！”

（唱）行得几步抬头看，
田府门口站端正。
一对石狮子左右分，
黑漆廊柱荷花墩。
五板硝墙团团转，
黑漆大门加铜钉。
此地就是田府门，
走上前去叫一声。

“噢，门上可有人在？”里头走出田茂老总管：“噢，你这位后生到来何事？”“有劳老伯，我请问一声，这里是不是田府？”“正是。”“那你快快与我前去通报，就说有山西平阳府西乐县太平村，王有武之子王庆明前来投亲。”“哦，我当是谁，原来还是新姑爷到来，老奴不知，这厢有礼了。”“啊，老伯免礼！”“稍等片刻，哈哈哈哈！”

老总管心想：“一个月多些前头来了个王庆明，现在又来了个王庆明，两个王庆明一比，真是天地之别。这个说话多少和气，斯文绉绉。那个人刁头怪脑，无数无礼。这个真像王家屋里的后代，让我快去通报员外知道。”乃么走进里头。

“启禀老爷。”“所报何事？”“老爷，外头又有一个王庆明到来。”

田培想，一个月多些时间，连来两个王庆明。“老总管，你出去问一下，这次来的王庆明，他可有合同纸。如有合同纸，叫他进来；没有合同纸，叫他回去。”“晓得。”老总管回到门外：“噢，你这位后生哥，我家老爷言道，你既然来投亲，有没有为媒凭之物合同纸？”“老伯呀老伯，你有所未知，想我一言难尽，是否让我进去，我自己对岳父去说。”“这没有办法的，你合同纸没有，我不能让你进去，你还是回去吧。”“老伯有所未知，想我随带合同纸前来投亲，想不到路上被人偷去了，我真的是王庆明。”“噢，你说合同纸被人偷去了，那我再同老爷去说。”“老爷喂，他说合同纸路上被人偷去了，他正式是王庆明。”“就算他正式是王庆明，没有合同纸也甭想进田府，叫他回去吧。”总管再同王庆明来说：“后生哥，话讲到底了，老爷说没有合同纸，哪怕你是正正式式的王庆明，老爷也不会见你。”王庆明一听：“啊呀，老伯呀！”

（唱）王庆明苦苦再求情，
出口老伯叫一声：
可怜我奉了娘亲命，
来到山东来投亲。
想不到路上包裹被人偷，
合同纸凭物无处寻。
还请老伯做好事，
你再替我去通报一声。
如若老伯不答应，
我只得门口碰死自残命。

“慢慢较，碰死的话，人没得做哉。你不要哭，我再进去通报。”“老爷喂，后生哥苦苦哀求，说一定要进来相见，如果你不肯见他，他说要碰死哉。”

这辰光田培心也软了：“哦，那好，你对他去说，就说既然要见，不能面对面相见，只能站堂相会。”

什么叫站堂相会？就是升堂的老爷与罪犯的见面方式。乃么总管把田培的意思告诉王庆明。王庆明伊话："不要说站堂相会，那怕是尖刀相会也是可以的。"总管一听："好，小伙子有志气，服帖，交关服帖。"

乃么两人走进田府，田培说："来呀，站班升堂，叫王庆明上堂相见。"王庆明伊话："报，庆明报到，庆明报到！"田培说："哇！你这位年轻后生，你说你叫王庆明，我来问你，家住哪里？父亲大名，姓甚名谁？来我家投亲，哪个做媒、何物为凭？讲得清楚倒也罢了，讲不灵清，你也甭想出田府了。"

（唱）噢，容我道明。
家住山西平阳府，
西乐县太平村，
爹爹名叫王有武，
小生名叫王庆明。
以前你和我爹爹同为官，
你亏空皇粮五十余万银，
万岁一怒要起杀心，
全靠我爹保奏一本，
代还皇粮五十余万银，
总算保牢你一条命。
你无恩可报王家门，
家有一女田素贞，
许配我庆明做夫人。
上有万岁做媒人，
下有合同纸写为凭。
因为我父亲丧了命，
奉母命田府来投亲。
谁知路过黑虎岭，
勿晓得啥人不小心，
弄得石头掉落地，

打得我头破出血、神志昏昏不知情。
幸亏是凤鸣村的好张生，
救我庆明一条命，
待我渐渐来苏醒，
勿见包裹，合同纸也无处寻。
后来我张生家里来调养，
病体好转来投亲。
啊呀，大人啊，
我是正式王庆明，
还望大人来断明！

田培一想，跪着的这个是真的，那么在我屋里的是假的啰？不错，既然他是真的，我把屋里的冒牌货叫出来，让他们真假分分灵清。再一想，不对的。我曾是狼山总兵，如若让他们对质真假，消息肯定会传扬出去，到后来会落下话柄，说田培总兵怎么当的，连自己的女婿都会弄不灵清，这样会有损田府脸面。田培心想，为了把面子，今朝我也只有错到底哉。想到这里，田培再劝王庆明："后生哥，有句话，只要功名成就，不怕老婆没有，你还是回去用功苦读，以后弄个一官半职，定能成亲立业。实话告诉你，我家里已有一个王庆明了，他是有合同纸的。"

王庆明说："既然你屋里有一个王庆明了，大人啊大人，那你就叫他出来，我们两个人公堂上见见面。"

田培心想，让你们见面么我赤脚[①]哉。所以又对王庆明说："就算我屋里的是假的，你是真的，你没有合同纸，我不好认你，你还是走吧。"

三番五次叫他走，则啱，正式王庆明气起来哉！乃么出口伤人："田培啊田培！常言道，君子不忘旧恩，你要想想当时辰光，你要绑出午门监斩，全靠我爹爹上殿奏本，替你保牢性命。你今朝嫌贫爱富，见我家道寒贫要图赖婚姻，我骂

① 赤脚：绍兴方言，比喻露馅、露马脚。

你这个狗官！”

你骂哉么，田培也不客气：“就算你是正式王庆明，我来问你，你一没有合同纸，二没有为聘之物，今朝你是冒找官亲！”

要晓得冒找官亲有杀头之罪的，乃么田培下狠心哉，想想死罪饶你，活罪难饶，连忙吩咐手下人：“来呀！”“有！”“乱棍给我打！”

则喏，将王庆明乱棍打得血出淋淋，关出大门外头。可怜庆明遍身是血，浑身是伤，田府里格老总管田茂都看得肉痛啦，连忙将王庆明背到关王庙去养伤。原来田茂与关王庙当家和尚有胜是师兄哥弟，田茂一进庙门就对有胜讲：“我家姑爷前来投亲，我们老爷见他家道寒贫，打得他遍身是血浑身是伤，好不好让他在你这里养养伤，月柴月米钱我会拿来的。”

有胜说：“另外面子不买，你的脸子总买的。那好，就叫他到后殿去。”

当家师父要好，拿出眠床、棉被，大殿角落头搭一张眠床让王庆明困困。老总管一想，“我那小姐在楼登还不知详情，待老奴回去禀告小姐知道也”。

（唱）老总管三步并作两步行，
通报小姐得知情。
我快步行走不留停，
要往楼登走一程。

田茂走上楼登：“啊呀，小姐，你有所未知，正式姑爷王庆明到我家前来投亲，可怜你爹爹见他家道寒贫想图赖婚姻，打得他浑身是血、遍体是伤，今日全靠老奴相救，将他安顿在关王庙之内。小姐呀小姐，你若还有未婚夫妻感情，应到关王庙去会他一会。”

田素贞一听，“啊呀，田茂老伯，我是闺阁千金，你是知道的，岂能冒失出门去关王庙啊！”

田茂他说：“小姐你放心，办法我有了。我到老爷里去说，就说你在生毛病的时候，关王爷爷里有一个愿心许下，毛病现在好起来哉，愿心要去还的。我们拜菩萨去是假的，相会王庆明是真的。”

田素贞一听，说此计甚妙。乃么田茂下楼与老爷一说，田培也说好。乃么田素贞关照田凤丫头，备上香烛银子，前往关王庙相会王庆明。

（唱）总管、田凤、田素贞，
三个人急急忙忙赶路程。
关王庙里到来临，
大殿里头来走进，
蒲团上头跪端正。
忙将抬头看灵清，
佛幛挂得簇簇新，
东摆木鱼西摆磬，
当中摆起大蒲团，
上头点盏琉璃灯，
琉璃灯暗腾腾。

则喏，拜得两拜菩萨，一双眼睛五头六埭[①]在看，看啥西？当然看王庆明啰！田素贞心想，“总管说庆明在庙里，来咚[②]哪里只角落里？”偌么来咚东张西寻。当家师父有胜晓得的，连忙说：“噢，田小姐，我有数的，你是来拜一尊活菩萨的，来，跟得我到后大殿去。阿弥陀佛！”

（唱）四个人一路行，
后大殿要到来临。
后大殿里停一停，
田茂有胜心里明，
连忙回避转身行。
要讲田凤丫头说灵清，

① 五头六埭：绍兴方言，形容胡乱、理不清头绪的样子。
② 来咚：绍兴方言，意为“在”。

出口小姐叫一声：
姑爷现在内房里，
我们往内门来走进。

田素贞说："田凤喂，他是个男的，我是个女的，走进去多有不便。"田凤说："怕伊啥呢？"边说边将小姐一推，田素贞跨上一步，田凤又将小姐一把推。第三步不用你推了，素贞自己会走进去了，勿晓得推门进去，只见王庆明在后大殿的角落头，像石匠师傅撬大石头那样在喊："嗯！嗯嗯！"要晓得王庆明一阵阵喊，田素贞的心里也一阵阵痛。

今朝两个人都不认得的，田凤丫头一想，"这死哉，他们两个人连话都不敢说，我夹七夹八[①]在这里真的变多头了"，则喏，连忙讲："小姐喂，你们两人白话几句，我替你们把门关拢，我到前大殿数罗汉去哉。"田凤识相回开[②]哉，乃么一扇门关拢。

田素贞说："公子呀！"

（唱）出口公子叫一声，
你到我家来投亲，
你为啥不拿合同纸？
它是媒聘之物作凭证。
今朝你空手进田府，
恨我爹爹不该应，
打得你遍体鳞伤血淋淋。
因为万岁有圣旨，
我们两人结联姻，
只认得合同纸，
不认得你这个人。

① 夹七夹八：绍兴方言，意为"夹在这里（添乱）"。
② 回开：绍兴方言，意为"走开、回避"。

今朝是委屈你公子一个人，
你要保重身体最要紧。

王庆明一听：“哼！”

（唱）龙生龙来凤生凤，
你爹囡的心思是一样同，
你是猫哭老鼠假伤心，
堂堂的好话你来说端正，
既然你是田素贞，
从此后我和你一刀分两断，
大家断绝夫妻情。

王庆明这样勿明勿白一顿乱说，田素贞委屈啊！不过伊到底是千金小姐有修养之人，勿但[①]勿怨王庆明，反而又在劝说：

（唱）出口公子叫一声，
我有三百两雪花银，
今朝将银子交给你，
可作盘缠可治病。
但等病体来好转，
你好上京求功名。
今朝我实话对你说，
我活着是你王家的人，
死了我是王家的鬼，
决计不配二夫君。
公子啊，你保重身体最要紧，

① 勿但：不但。

你错怪我素贞不该应！
公子啊，
我所言都是实情，
相信不相信你自己去想。

经田素贞这么一说，王庆明想，看来他们父女不是同心，但言语还是蛮硬："小姐喂，等我病体好转，还是要到衙门去告你父亲欺贫爱富，图赖婚姻！"

（唱）公子啊！
小小衙门八字开，
没有银子要吃亏，
我劝你还是上京城，
告状不是好法门。
但愿你有高官做，
夫妻团圆过光阴。

勿晓得倷两人白话不断头，田凤丫头大殿里数罗汉，顺数倒，倒数顺，十多次数下哉。太阳要下山去哉，再不回去，被老爷晓得是要吃生活的。不错，我还是去把小姐叫出来。走进后殿一看么，田素贞和王庆明两个人抱牢哉。田凤"啊嗨"一呛[①]，他们两人马上分开，田素贞有点难为情。

丫头忙说："小姐喂，怕伊啥呢，难为情囥咚袋袋里好哉[②]。不过我看时候差不多哉，再不回家，过歇你爹爹晓得，你倒不要紧的，我又要吃生活哉。"

两个人可怜扯不开哉，最像二三月里的艾果糕粘牢哉。后来总算扯开之后，各自分开。田素贞回到田府，王庆明由当家师父买药替他料理，过了半个月病体好转。

（唱）王庆明毛病好转到来临，

---

① 呛：绍兴方言，意为"咳嗽"。
② 难为情囥咚袋袋里好哉：难为情藏进袋子里好了，意为不要怕难为情。囥，藏。

准备要上京求功名。
低下头来想灵清，
常言道，只要高官来中进，
不怕老婆讨不进。
今朝我一身打扮要上京，
拜别师父赶路程。

当家师父叫他路上小心，则喏，王庆明走出关王庙，一路往京城而去。不晓得走过历城县县衙门，伊也是思仇起意。田素贞同伊讲过的说话[1]都忘记哉。心想，“哼，田培有这样坏，见我家里穷，你要赖婚哉，今朝我衙门里告你一状”。

（唱）衙门门口站定身，
准备堂鼓敲端正。

刚要准备敲堂鼓么，只看见衙门对面有个戏台，戏台角里有只乌老鸦立着，“哇，哇，哇！”地在叫。各位看官，乌老鸦的意思我说给你们听哦，叫他不可敲，不可敲！勿晓得王庆明不管乌老鸦叫，拿来铜槌“咚！咚！咚！”衙门里传出来声音：“哦，哦，哦哦！”

（唱）衙役门丁站两旁，
把击鼓人马上来带进。

老爷叫啥名？叫沈得清，叫得灵清是沈得清，叫不灵清叫审不清。公堂上头“啪！”坐着，说把击鼓人带上来。王庆明说：“叩见县大人！”“哇！你这位年轻后生，另外为啥不去呈告，要到该管衙门来呈告？讲得灵清倒也罢了，讲不灵清，嘿嘿，大刑伺候！”

（唱）大人容禀，

---

① 说话：绍兴方言，即“话”。

哀告大人在上听，
小生名叫王庆明。
我到山东来投亲，
为只为田培是我老丈人，
嫌我家道多寒贫，
图赖婚姻不该应。
遍身打得血淋淋，
今朝我特地呈告到县衙，
万望大人为官清，
仇报报、冤伸清。

沈得清一听，我只不过是个七品县令，田培曾经当过大官，我是弄不过他的。再一想么，我勿怕侬官，就怕我管。现在田培反正归我历城县管，我怕啥西？想到这里，拔出火签牌票，说："给我（把）田培去提得来！"再想想，慢慢较，田培到底京城做过大官，像太阳一样，现在虽然光亮没有哉，焐焐煞我个七品县令绰绰有余。所以连忙同手下人话："你们把绿头火签拿去，到田府把田员外请来。他肯来，不要出示火签牌票；不肯来，出示绿头火签，就说历城县来提人的。"

（唱）历城县公差派两名，
田府里头来走进。
说道是县大人有请田员外，
急有要事办端正。
总管田茂忙通禀，
迎进公差到大厅。

公差说："田大老爷，我家老爷说的，有桩案子和你有些搭界，好不好请你去一趟县衙门，公堂上头对对质。""哦，好，那么去就去。"

大轿里头坐进去，到了衙门门口头，县老爷自己出外迎接，看来这场官司，王庆明“强盗审官司——一定输”哉的。请进里头，田培问历城县：“县大人，你说有桩案子与我搭界，是啥案子啊？”“田大老爷，你屋里头有个人叫王庆明，他来告你，说你图赖婚姻，弃贫爱富。”

田培说：“县大人，这桩亲事是皇帝为媒，合同纸为凭，你去问问他有否合同纸。有合同纸，是我女婿，我今朝领得回去；要是合同纸没有，他是来冒认的。因我屋里头，女婿已经有个在了，他是有合同纸的，托县大人好好办清此案，告辞！”“呃，呃呃，好的好的！田大老爷，走好，走好，你慢慢去，我有数哉。”

田培袖口一甩么扬长而去，走出大门外，轿子里坐进抬得就走。历城县官叫出王庆明：“说你位后生哥，我（把）田培叫来过哉。我问你，他说以合同纸为凭据，你合同纸有没有？”

王庆明说：“我合同纸被人偷走了。”“你合同纸被别人偷走了，你没有合同纸，我也不相信你，混账王八蛋，抲[①]来坐牢监。来啊，捆打四十大板！”

则喏，一五一十、十五一廿、廿五三十、三十五四十。

“大人冤枉！”“冤枉？我问你，你是谁的儿子？”“啊，我爹名叫王有武，曾官居吏部天官。”“哦，你是天官大老爷的儿子，不要紧，不要紧，不要紧，哪怕你冒认也不要紧。你只要在你爹爹里淡描描地说一句，以后给我官职稍微拔些上去，我一定给你办好。”“县大老爷，我爹已经死掉哉。”“死掉哉，还说个死尸。你这人还真当不对，你冒找官亲，有杀头之罪，来呀！”“有。”“赶紧叫他口供写下，打入牢中。”

则喏，王庆明田素贞的话不要听，告告状告出祸祟来哉。牢监里头关进，说他冒找官亲，详文一张直送京城审批。可怜王庆明空头白脑坐牢监暂且不讲，再讲这位张春。

（唱）书房里头坐端正，
　　　日子等得数不清，

---

① 抲：绍兴方言，意为“抓，捉拿”。

可恨田培大坏人，
到如今，堂不拜亲不成。
莫非他看出破绽心灵清，
待我要去探真情，
走要走到正大厅，
要和田培道理明。

张春他说："嘿，丈人阿伯，我到你们这里日子很多哉，大概你不给我拜堂成亲，晓得我屋里头穷，是不是？你嫌贫爱富图赖婚姻是什么罪也是知道的呀！"

田培说："贤婿啊，拜堂成亲总要拣个好日子的。""什么好日子，我（在）你们这里两三个月住下来哉，难道好的日子一天都没有？""你也不要着急，我拣出个黄道吉日，喏，后日是个黄道吉日，我给你们拜堂成亲。""哎，这样就对哉。丈人阿伯喂，后日给我拜堂哉，你的寿还着实有来。"照张春话来，堂不给他拜等于田培寿没有哉。

（唱）丈人女婿在谈论，
唱一头来再表灵清。
田培走到楼高头，
要对阿囡说灵清。
阿囡啊，后天乃是黄道日，
我准备给你们拜堂成亲。
阿囡啊，下面一个王庆明，
日日夜夜催阿爹，
只想早些来完姻。

"你准备准备，噢，我么也去准备准备。"勿晓得田培一走，田素贞哭煞哉："田凤啊田凤，这怎么办呢？一定要我和他拜堂成亲哉，正式王庆明在关王庙你知道的呀！""小姐你不要哭，我有一个办法哒。我对姑爷去说，今朝夜头我再准备三百两银子，我们三个人到庙里叫上王庆明一道逃走，逃到他家里拜堂成亲去。另外我这个人你们要用，仍然留着，如果你们不要，饶了你们放了我，我也好嫁老公去。”“田凤喂，我和你姐妹相称，我一定要和你在一起的，格么[①]你到关王庙里去关照一下王庆明。”

勿晓得田凤到关王庙一问，关王庙里的当家师父说：“啊呀，早在半个月前，王公子已经上京赶考去哉！”田凤丫头回去禀告小姐。

（唱）小姐啊，公子已经上京城，
他是已经求功名。
我看我和你两个人，
今朝夜头准备三百两雪花银，
大家还是逃性命，
否则在这里事难成，
今朝夜头就动身。
小姐也是来答应。
三百两银子要备端正，
银子备好不耽停，
一张白纸写四字，
远走高飞他乡行。

弄了一张白纸写了四个字：“远走高飞”！桌上摆着，乃么趁着夜黑里两人从后门逃出。第二日，田培上楼一看，人呒有哉，只见白纸上四个字“远走高飞”！这死哉，老太公想，乃么完结！好日到哉，新娘子没有了。走落楼下么像热镬沿里的蚂蚁，跳跳跳跳在跳！想等歇女婿问我，这新人到哪里去哉，叫我如何回答呢？这真当被他说着欺贫爱富图赖婚姻哉。再一想，甭愁，我有个抵货头哒。有个老丫头叫翠莲，今年廿一岁，叫伊去扮新娘去。要晓得廿一岁的人，怎

① 格么：方言，意为“那么”。

么称她是老丫头？原来她十三岁到田府做丫头，年代多哉，所以称她老丫头哉。再说翠莲这人蛮忠厚老实的，只不过有点口吃毛病。乃么田培要叫她出来。

“翠莲哪里？”“来……来哉，我当是哪个，原……原来是老爷，你叫我做啥？”“翠莲哪，老爷待你可好？”“老爷喂，你待我真当好的，只不、不、不过，有时候要打我两记。”“哎，我打你是为你好。”“是的，打我是为我好，我们这种人是缺少你这样的人打打，老爷喂，你叫我做啥？”“翠莲啊，既然我老爷待你好，我要收你做继拜囡[①]，不知意下如何？”

要死啊，我老爷发昏啦，以前我这个人一些不对，拿牢就打，今朝还要做继拜囡哉。不过，他喜欢我做继拜囡还有什么可说呢？真话难听，以后另外丫头都要来伺候我哉。伊连忙答应，“老爷喂，你说欢喜我么，我一定答应的。”“那好，翠莲，老爷实说了，想我女儿田素贞，吉日良辰已到，不知什么原因她管自逃跑了。明早就要好日拜堂啦，弄得新人没有哉，我看这样吧，我囡房里所有嫁妆全部给你，你去扮作新人，你同我屋里的王庆明去拜堂成亲！”

翠莲想上想，“哎哟，我当怎么待我这样好哉，弄到后来是一个萝卜被他们拔得去哉，叫我补汪塘[②]去的”。

（唱）勿唱田府办喜事，
要唱这位王庆明。
牢监里头坐端正，
眼泪汪汪好伤心。
成亲倒是成不了，
我在田府受磨难，
也不知姆嬷如何做人。
左思右想好痛心，
走出牢头到来临。

---

① 继拜囡：方言，意为“干女儿”。继拜：结拜，通过一定的仪式形成的父母儿女、兄弟姐妹的关系。

② 汪塘：绍兴方言，意为“坑、洞”。

“我这里有一个新犯人在，不错的，我犯人里去拿两铀老酒钱和香烟钱用用。里头十三号里的犯人走开来。”

可怜王庆明铁索链条套着走出外头。“老伯叫我何事？”“我问你，你牢监有没有坐过？”“这是头一次。”“嘿，头一次倒也难怪的，你待在牢监里，牢监里有规矩，坐坐要坐钱，立立要立钱，还有我牢头走进走出的脚筋钱。这几日我老酒钱憋牢哒，你拿两铀出来。”“老伯，我没有铜钱。”“没有吗？那就给你吃肉馄饨。”啥叫肉馄饨？牢头将王庆明大枷打开，用两根麻绳打上双股结，将王庆明的两只大拇指套牢拎起，这叫肉馄饨。还拿出一把竹乎梢要打王庆明，想上想，犯人这东西还贱的，不打，铜钱死都不肯拿出来。牢头拿着一把竹乎梢，“啰！啰！啰！”边打边说：“铜钱有没有，拿两铀出来！”可怜王庆明疼痛难忍：“老伯，你哪怕把我打死，可怜我一钱都没有。”“年纪蛮轻，样子蛮灵。哼！别人家的老婆都会去看相[①]的，你这人，后生哥里还排得进去吗？”“老伯，我是冤枉的。”“到我这里来坐牢监的都叫冤枉，没叫冤枉的犯人一个都没有。哪里冤？你说来。”

（唱）出口老伯叫一声，
家住山西平阳府西乐县太平村。
我三字名叫王庆明，
爹爹原先是做官人。
他昔日在朝为天官，
我奉了娘亲口头令，
我到山东来投亲。
田府员外不讲理，
欺贫爱富赖婚姻。
我心中不服去告状，
才知告状起祸根。

① 看相：绍兴方言，意为“看上、相中”。

可恨狗官沈得清，
打得我遍体血淋淋，
屈打成招定罪名。
啊呀，老伯啊！
我的老娘王张氏，
爹爹名叫王有武，
我长长短短讲给你听。

牢头禁子一听是王有武么，连忙把他解散双结，“卜笃”跪下：“小恩公，小恩公喂！”

（唱）出口叫声小恩公，
你当我是啥某人？
张德就是我的名，
是你家里的老家人。
我原先和你父亲在京城，
有一日你爹叫我管犯人，
我一不小心逃出罪犯有一名，
差险险叫我命抵命。
全靠你爹有好心，
帮我逃性命，
我逃要逃到山东城，
讨老婆成了亲，
做人家生得儿子有一名。
想不到你今朝在我牢监里，
我恶打恶骂不该应，
小恩公，你打几记还还情，
也可宽宽我张德心。

王庆明一听：“啊，你是张德？”“是的，我这人是你姆嬷嫁到王家屋里的辰光，带过来的家人。小恩公啊小恩公，你这人怎么这样茶！另外格事情可以承认，冒找官亲的事，你怎么好招认？”“张德大伯，我是被屈打成招的。”“屈打成招，万一上司详文批下来，要杀头你有没有数？”这辰光，张德突然想到，他说：“小恩公啊，你的娘舅叫张金龙。今在刑部做事，所有杀头的详文都要他批的，看来你有救了，你赶快写封信，我替你送信到京都去，让你娘舅想想办法救你一命。”

则喏，王庆明一封书信写好，交给张德，张德吩咐一班衙役，说：“牢监里的犯人，你们要多多来照应，我要上京去哉。”为了安全，张德将书信摆在头底心[①]，一顶毡帽压牢。

（唱）快步行走不留停，
心急火燎把路行。
要命要命实要命，
汗流浃背挡不住，
忘记头上有封信，
取下毡帽在当扇，
书信跌落无处寻。

用毡帽当扇消汗，扇得一歇再戴上，走到刑部衙门一摸头底心，啊呀！书信没有哉。赶快回转去，回到县衙门里。“小恩公喂，我年纪大哉做事情冒冒失失，一封信弄丢哉，赶快你再写一封。”王庆明信写好。张德说：“我看这样吧，趁你毛笔拿起哒好写得两封哉，我这头放一封，那头放一封，倘若这封跌落哉，我省得再回转来。”王庆明第二封信写好，交给张德，张德说：“你在这里等着，我送信要紧！”

（唱）要命要命实要命，

① 头底心：绍兴方言，指头顶。

第二次去送信。
张德他河边行走不小心，
将身跌进河中心。

可怜爬哒起来，两封信好像霉豆腐介哉，再回转去。王庆明说：“张德大伯，你难道信送到了吗？”“送到啥西呢，我在河埠头抽抽渡船不小心，掉在河江里哉！”王庆明说：“那怎么办？”牢头他说：“小恩公，侬这人办事不力，信也甭写了，万一第三次信还未送到，详批下来了，想救都救不成。一勿做二勿休，掼掉汤锅镬不留，我这人如果当初没有你爹相救，老婆也讨不成，儿子也生不出，做人总要报恩的，现在我儿子长得与你差不多大了，我叫他来代你坐牢，放你逃走。”王庆明一听：“哎呀，大伯，代我坐牢要代杀头的，此事万万动不得的！”“动不得也好，动得了也罢，总要动哉格。我同老太婆去商量去。”

（唱）张德急速回家行，
要与老伴说真情。
回到家中笑盈盈，
老太婆弄得勿懂经。

“哈哈哈哈……老太婆，老太婆！”“哎哟，你还吃得这样有趣[①]，哪里掘得一藏[②]来哉？”“老太婆，来来来，我讲一个故事给你听听。”“你不要吃得有趣，噢，你好端端的青天大白日，牢监里犯人不管，还来讲故事给我听哉。”“老太婆，这故事一定要听的。喏，原先老早的辰光，有一个人要死哉，全靠有个人相救，救了他之后，他做了人家、有了小人，后来，救人的儿子要死在救了他这个人的手里了，你看是救他还是看他死？”“有你这个老死尸，你越老越茶哉，有句话‘只有恩将恩报，哪有恩将仇报’。”“好哇，夫人有所不知，喏喏喏，昔日我同得王有武大人，他在做官的时候，我在他那里跟着管犯人，后来我逃出犯人

① 吃得有趣：绍兴方言，意为“寻开心，恶作剧”。
② 掘得一藏：绍兴方言，意为“得好处，获得意外之财”。

一个，万岁要将我斩首，全靠王有武大人放我逃走，现在王有武大人之子，名叫王庆明，在我的牢监里冤枉坐牢，说他冒找官亲，屈打成招，倘有上司详文下来，性命交关，夫人啊夫人，我另外没有办法好想哉，我想叫我儿子银龙前去代坐牢监，代杀头！”“啊！你要死哉，可怜我们只有这样一个宝贝儿子，你要是叫他死掉，我们两老太婆[①]抱头送终靠啥人啊！”“夫人你一定放心，我叫王庆明在我面前过房承继，给我做个继拜儿子，倘若我们儿子真的死了，王庆明也不是茶子，他一定会给我们养老送终的。我们儿子要是不死，他们以后是两兄弟，现在我放王庆明上京赶考去，他有官做，来救我们儿子，不知你意下如何？”老太婆说：“这个事情我也做主不了，你叫儿子出来，去问问他能否答应。”“噢，我儿在哪里？”银龙走出来说：“爹爹你叫我啥事情？”张德说：“儿啊，你跟为父到衙门去见一个人。”二话都不说，把儿子拉得就走。来到牢监，叫出王庆明。

“儿啊，过来，我给你介绍，这人是我小恩公，叫王庆明。小恩公喂，这人是我的儿子名叫银龙。来来来，你们两个人，年纪莫上莫下，今日在此结拜兄弟。”

则喏，银龙十七岁，庆明十八岁。两个人跪下发誓。

庆明说：“苍天在上，下跪王庆明，我与银龙义结金兰，做结拜兄弟，弟弟有难，兄长来挡！”

王庆明说完银龙说哉：“苍天在上，下跪银龙，今朝我与王庆明义结金兰，做结拜兄弟，哥哥有难，弟弟来代！”

张德一听，好哇！“银龙，这是你哥哥，他冤枉坐牢监，今朝我要放他逃走，由你替他代坐牢监代杀头。”“啊！”银龙一听，倒退三步。是要倒退哉，代坐牢监代杀头，是杀头呀，又不是剃头！银龙愣了头，接讲：“常言道，君要臣死，臣不得不死；父要子亡，子不得不亡。今朝爹爹要我代坐牢监代杀头，孩儿答应！”“不错，你真是爹生的儿子。”乃么两个人衣裳调换。

（唱）要放王庆明逃性命，

---

① 两老太婆：绍兴方言，即“老两口”。

出口恩公叫一声：
要是你逃出外头去，
不可说真名真姓，
要说我儿子的名和姓，
倘若你有高官做，
救我儿子最要紧！

“噢，继拜爹爹你尽量放心。”则喏，放王庆明逃走。这辰光张德对儿子话：“儿啊，你在这里我不给你戴大枷，也不给你戴脚镣，你只要给我抵个数够哉，老爷来查监哉么，总要装装的。”

银龙说：“好，全凭爹爹安排。”花开一朵，书表各方。我们不说王庆明放出牢监上京赶考，也不说银龙代坐牢监之事，再讲田素贞。

（唱）同得田凤两个人，
逃出外头受苦辛。
头一次出门路不明，
一路之上来动行。
走错路途不知情，
路上走得有一个月零。
脚小伶仃罪过人，
紫血泡夹起血淋淋。
伤痛饥饿难以行，
眼看天气暗腾腾。

“田凤啊，今朝我们哪里去安身啊？”“小姐，看前面有家大户人家，我们去借宿便了。”要死哉，走哒过去不是大户人家，是庵堂，这个庵堂叫白云庵。两人来到白云庵门口敲门，暂且不讲。要讲里头的当家师父：“我做尼姑不吃荤，狗肉馒头囫囵吞。我是白云庵里的当家师父，白云庵里大小尼姑七个人，我在做当家。我的名字叫慧敏，哎哟，我这两日日日在记挂，怎么长庆寺里的老和尚不来哉呢？”

要死哉，这尼姑婆和老和尚有这个瓜葛的，你么在记挂和尚，外头田凤丫头在敲山门：“里面可有人在？”当家尼姑一听，连忙叫一声小尼姑翠碧：“翠碧喂，大概是长庆寺的当家师父来哉，你赶快开门去。”

翠碧是个嗯鼻头[1]：“有数哉，有数哉，哎哟，长庆寺里的老和尚来哉。”勿晓得打开山门一看，喏，勿是和尚，是两个女娘们，翠碧话：“你们敲山门，有啥事情？”田凤说：“麻烦小师父通报一下，我们路过此地，天色已晚，想借宿一夜。”“好，你等着，你等着，师父喂，外头有两个女的，她们说想过一夜。”“你不要矮搭搭[2]，我们庵堂自己吃吃的铜钱银子都没有，你去回话，就说夜过不来的，我们庵里人已经困满哉。”“师父喂，铜钱没有你不用愁，她们肩胛上头有很重的包裹背着。”“啥西啊，肩胛上头有很重的背着？呵呵，那叫她们走进来，走进来！”

则喏，田素贞同田凤走进庵堂，两人上前一步，说：“拜见师父！”

尼姑婆一看，其中一人背着包裹，这只肩胛还奔落哒，大概是铜钱银子。“要是这铜钱银子给我们，我们尼姑婆发财不够，要发茶哉。”“噢，你这位大小姐喂，你们女流之辈胆子也太大哉，这么晚了还在外行走。请问你们是哪里的人？你叫啥名字？”

（唱）师父，容禀啊！
家住山东历城县，
该管就是田家门，
爹爹田培取为名，
我三字名叫田素贞。
因为家中有事情，
我们主仆二人逃出门。

---

① 嗯鼻头：绍兴方言，指说话瓮声瓮气的人。

② 矮搭搭：绍兴方言，指行为举止轻浮。

走错路途到此来，
天色已晚难安身，
万望你师父有好心，
收留借宿我们两个人。
我准备到京都丈夫寻，
丈夫名叫王庆明，
可怜我肩上背得三百银，
夜头晚间不放心。

啊哟！施主背了三百银，
庵堂里头来拿进。
老尼姑想得笑盈盈：
今朝是你们进得门来难脱身！

“那好，你这位田小姐，我看这样的，你的三百两银子背着也不大便当，你在我们这里暂时住下，既然你丈夫上京赶考去的，如果中了，龙虎榜上有名哉，再去相会丈夫也不迟。这三百两银子我替你保管着，以后你去找丈夫哉，我们全部还你。”“多谢师父！”

田凤三百两银子交给当家师父。当家师父对几个尼姑偷说：“小尼喂，你们赶快去藏好，这三百两是我们的了。”

（唱）暂不唱田凤素贞两个人，
庵堂里头来安身，
再唱这位王庆明，
一路奔波上京城。
他倒总算蛮太平，
考期如期来赶进，
领了号子耐心等，

三场考试要考端正。

领好号子等到考试日子一到，要晓得考试官是翰林院稽天祥，说道："今朝日子，大考日期已到，贡院门大开！"

考场里人蛮多，我是唱莲花落，不是做戏文，我只有一头头说来。稽天祥说："来呀，叫考生上场来。"

走进考场的学生要报字号的。喏，王庆明走上来。各位看官，讲到王庆明赶考格辰光，一起来考的还有何文秀、王景隆，他们三人是同科新秀。开榜格辰光王庆明是一甲一名头名状元，王景隆是二名榜眼，何文秀是三名探花，这里我顺便插一下。今朝我另外两人不说，单讲王庆明进考场先报号："老太师，学生天天报。"上坐的考官稽天祥勿懂哉："你在说什么？应为天字号。""哎，对对对，天字号，天字号！"可怜王庆明有点紧张，号都报错哉。稽天祥问王庆明："我来问你，你可会对课？可会作诗？"王庆明说："噢，老太师，我略知一二。请老太师出题。""好，我叫你作一首大风诗，叫你对一个课头。"王庆明说："可以，请老太师出题对课。""好，风吹马尾千条线。风吹马的尾巴有一千条线，给我对上来。"

王庆明说："对就了，日照龙鳞万点金。太阳照在龙鳞上头有一万点金。"

稽天祥说："好极了。那么你给我作一首诗，叫《大风诗》。但是句子里不能带'风'字，意思是有风。""晓得。平地尘土冲九霄，院中绿竹把头摇。塘边杨柳多作揖，溪畔桃花落水漂。"

四句话都没带"风"，但风的意思很大。各位看官，我解释给你们听：头一句，"平地尘土冲九霄"，就是地下的灰尘往天上冲上去。第二句，"院中绿竹把头摇"，竹院里的竹头在摇，如没有风怎么会摇？第三句，"塘边杨柳多作揖"，池塘旁边的杨柳头顿顿顿顿在顿，好像是打恭作揖。每到六月，我们经常说这样的一句话：哦，今朝天气真热，树梢头动都不动，等树梢头动哉风就有哉。第四句，"溪畔桃花落水漂"，溪沟旁边的桃花，风一刮，跌落溪沟里，顺水漂走。

考试官说："好奇才，好奇才！龙虎日看榜。"基本上百分之九十五考进哉。

"地字号。""来哉，来哉！请老太师吃牛肉。""错了，出题目。""哎，对对，出题目，出题目。”“你诗会不会作？”“嘿，老太师，我诗吃不落作的。”“课会不会对？”“课会对的。剩多不少[①]地来好哉，我一肚皮两大腿哒。”“听牢，前头一只母鸡，后头一只雄鸡，追来又追去，好像一对恩爱夫妻。对上来。”“老太师，前头一只黄狗，后头一只花狗，追来又追去，好像考试官的两个娘舅。”“呸，比喻不当，滚！”“慢慢较，按规定总还有一课好对。”“好，我再给你上一课，吕字拆开两个口，颜色相同茶与酒，一杯茶和一杯酒，你是喜欢吃茶还是吃酒？”

小花脸一想，有了！“二字拆开两个一，样子相同龟与鳖，一只龟和一只鳖，老太师，你是喜欢做龟还是做鳖？”“呸！文章下流，赶出考场。”乃么完结，三年里不赶考，考场里出青草，还是回去卖烧饼油条。

（唱）万岁御笔来钦点，
一甲一名头名状元王庆明。
王庆明，
参相拜客到来临，
京城游街闹盈盈。
正所谓，
地下草多路不平，
天上星多月不明，
天下人多起黑心，
朝中官多出奸臣。

奸臣名叫严嵩，这位严嵩要收一百个继拜儿子，王庆明、王景隆、何文秀，都是严嵩的继拜儿子。他们明明晓得他是奸臣，为啥要给严嵩做继拜儿子呢？因为朝中他是一人之下万人之上，他说了好算数。弄得有时皇帝权力再大，也要严嵩话得算数。所以没有办法，只得给他做继拜儿子。要晓得本来王庆明放官要

① 剩多不少：绍兴方言，形容非常多。

到浙江来，后来王庆明想，“我在山东有一个老婆叫田素贞，如果官放到浙江去，老婆要呒有会面哉”。后来通过严嵩给他调往山东。今朝王庆明他们几个状元、榜眼、探花，闹闹热热在京城游街，再参相拜客。事完，何文秀去浙江海宁会王兰英，王景隆去山西会玉堂春，王庆明到山东会田素贞。

（唱）暂勿唱头名状元王庆明，
要唱田素贞，白云庵里到来临。
老尼姑婆是个大坏人，
她们走进有三月零，
尼姑婆在动脑筋。
田素贞头上，
金钗银钗木层层，
绫罗绸缎着在身。
老尼姑婆勿是人，
为了谋财要下狠心。

“田小姐喂，你给我走出来。”田素贞走出外头。“噢，拜见师父！”“哎哟，田小姐喂，你这人相貌太好哉，再加上这样一身巧打扮，到偶庵里来拜菩萨的这种人，啥个宰相公子、王孙公子，看见你的人，都要叫我挽媒说亲，都想你这人给他们做老婆。可怜我嘴巴都话出血哉，我说田素贞老公有哉的，他们都不相信。”实在这种事情都是尼姑婆造出来的。勿晓得田素贞一听，说：“既然我在庵堂里要有劳师父麻烦，那么你还我三百两银子，我与田凤明天离开庵堂。”尼姑婆心里一想，“怎么可以让你们走，你们走了我不是空忙一场吗？”所以连忙说：“这一带陌生地方你们走到哪里去哟，再说你走来走去我也不放心，我是这样想的，你头上的金钗银钗全部拔掉，身上穿着的绫罗绸缎全部脱下，我们尼姑婆的衣裳穿上咚，当作带发尼姑。你是带发尼姑哉，他们没有人看相你哉，你看好不好？”

田素贞想想也有道理。则喏，到里头去衣裳换下，金钗银钗同得绫罗绸缎全部交给老尼姑。勿晓得田素贞与田凤尼姑衣裳一穿上么，老尼姑的一爿脸孔像帐子一样当即放落，恶狠狠地说："田素贞，做人要做做吃吃的，有句话'坐吃山要空'，你到我们这里来也有三个月多哉，我们像太娘娘一样供你养你，不能再这样下去了。喏，今朝日子你给我挑水劈柴去，纺花织布去。""师父，我不是有三百两银子给你的吗？这许多银子我们坐坐吃吃也有三年好吃，怎么三个月工夫难道用光了吗？""你这人真当底不兜，你不去想想，我们有这许多尼姑婆，我们不用吃吗？来烧香住庵的开销难道没有吗？三百两早已用光了，反而有得添进咚哉。你到底去不去？"

田素贞说不去。老尼姑说："那好，拿一把山锄，到庵堂对面荒山上开荒去。"田素贞说："我脚小伶仃，十指尖尖，一双手像二三月里的笋芽头，怎么拿得动山锄去开荒呢？"素贞再三推辞，老尼姑要发绝哉："来，将田素贞上身衣裳剥光，着肉[①]汗衫一件，竹乎梢给我打。"

（唱）尼姑婆真狠心，
竹乎梢拿手心。
嗖打嗖！打得苦命田素贞，
身上血泡一层层。
紫血泡拷起不谈论，
老尼姑婆真叫凶，
拔下银钗有一根，
扎了格扎，
紫血泡只只都挑破，
灶头间要走一程，
盐汤卤水拿手心，
上上下下淋上淋。

① 着肉：绍兴方言，指贴身（多用于衣物）。

可怜田素贞被盐卤淋得像虾一样跳，边跳边号啕大哭。哭声惊动田凤丫头。田凤走出一看，“小姐，你怎么这个样了？”“田凤喂，我们受骗上当哉，身上的衣裳全部脱落，师父要我上山开荒，我说不去，她打得我如此模样。”“小姐你不要哭，我去说去。”

（唱）师父喂，出口师父叫一声，
你出家之人吃素念佛讲道理，
你做人竟有这样凶，
我问你，你的积德在哪里？

“要我们开荒我们不去，要去你自己去。”老尼姑一听，“啥西啊？你一个丫头竟敢来顶撞我啊？来，吊起来也打。”

这辰光，旁边头嗯鼻头的翠碧尼姑看不下去哉，她对老尼姑说：“师父喂，打是要打死的，你停一下，我去说去。”“田小姐喂，我看这样的，你只有答应的，不答应的话，这样打下去要死人的。有句话，‘留得青山在，哪怕没柴烧’。只要性命保牢，以后总会有出山日子的。”

田素贞一听，“那好，师父，我们去”。

则喏，给了她们一人一把山锄，叫得两个恶尼姑后头跟牢，督促田素贞她们开荒。两个恶尼姑话：“师父喂，田素贞这个人倒还好对付，这丫头人交关坏，我们弄她不过的。”老尼姑说：“到了山上，如果她们好好开荒，也就算了，要是偷懒不肯做，你们尽管将她们拷[①]死好了。”“啊，师父，拷死罪过人的。”“罪过有我在，你们尽管胆子大一些。”“呃，有数哉。”

（唱）四个人出门行，
要往后山走一程。
可怜这位田素贞，

① 拷：绍兴方言，专指有殴打性质的“打、敲”。在绍兴方言中，“拷”“敲”同音且意思相近，但“敲”不含殴打义。

脚小伶仃路难行。
一步一步要上山去，
一脚一脚在跨过去。
到了山顶平地里，
两只脚实在酸津津。

可怜大石头上坐得息，两个恶尼姑当即话："好开荒哉！啊，难道两个人坐到晏[①]，吃晏饭去；坐到夜，吃夜饭去？"田素贞她说："呃，我们开荒。"田凤说："小姐喂，你坐着，我来开。""田凤啊，你被她们打得比我要厉害，你坐一歇吧，我来开。"

各位看官，田素贞她是大户人家的千金小姐，雪白净嫩的一双手，一把山锄叫她如何捏得稳？山锄擎起，心里想往当中央锄下去，偏偏到东边去，心里想往西边锄下去，偏偏锄到南边去。可怜，开得个半上昼，没有一尺地方。则喏，荒地倒开得一些些，火掭桠叉[②]裂得血出呼啦。田凤她说："小姐喂，你坐吧，我来开。"

勿晓得田凤拿着山锄柄头胸口拄牢，一动不动。尼姑婆说哉："喏，你说你开，怎么不开了？""师父喂，我从我姆嬷肚里生出来到现在，山锄没有拿过，怎么开开我不懂，那你开两山锄给我们看看。"

小尼姑想上想，道理还是有的。则喏，尼姑婆拿过山锄，叫田凤看好："嗯，嗯，嗯！要这样开的，现在你开了。"谁知田凤说："师父喂，我们一锄头东，一锄头西，你这样内行，索性你一个人开开完算哉。""有你这丫头，你要死哉，开不开？不开就要打。""我开，我开！"勿晓得田凤答应么答应，山锄柄扶哒牢就是不开荒。尼姑婆一看气啊！心想，"反正老师父出门来辰光关照过我们，今朝丫头不听话，先让她死"。乃么擎起一把山锄，用山锄脑背[③]，趁田凤不留意辰光，对准她的后脑壳猛击一记。可怜田凤这人摇晃几下，"砰！"

① 晏：绍兴方言，指中午。
② 火掭桠叉：绍兴方言，指人手上的虎口部位。
③ 脑背：绍兴方言，指锄头背面与锄柄相接的部分。

掼倒在地。

（唱）田凤丫头命归西，
田素贞伤心欲绝哭哭啼啼。
出口师父叫一声：
可怜我田凤是个苦命人，
十三岁进入我田府门，
同我姐妹来相称，
啊呀，师父喂！
今朝我田凤丧性命，
你买口棺材给她盛进。
田凤啊，你是一死命归阴，
叫我怎么做做人？
田凤啊，如果我姑爷找不到，
小姐我也不要做人。
田凤啊，你三岔路口等我等，
让我和你一道行。

“哎哎哎，田凤啊！”田素贞哀悲啼哭。尼姑婆说：“好哉，随她在这里，随她日晒雨淋，随她猪拖狗嚼。”边说边把田素贞的头发拔牢，啯啯较地拖回去。

（唱）田素贞重新庵堂来拖进，
唱一头再表灵清，
回文转来唱啥人？
要唱田凤丫头有人将她来救醒。

“戏文做不下去出菩萨，黎山老母用拂尘帚一甩，把田凤丫头救起。则啫，黎山老母替她看毛病，让她学本领。”田凤在黎山修道、学本领。田素贞勿晓得，总当田凤丧了性命，所以日伤心夜啼哭，哭哒不像人了。老尼姑婆当假又做好人哉："田小姐，难为你是名门之女、闺阁千金，重头生活[①]也覅你做哉，你专门给我日里挑水劈柴，夜头纺花敲更。"反而越死哉。

（唱）可怜田素贞，
脚小伶仃罪过人，
叫伊灶头事情做端正。
尼姑婆做人有这样凶，
一副担桶交给她：
七石缸里的水要挑满，
挑满给你有饭吃，
挑不满你想吃饭不可能。

给她一副福寿长生橄榄桶，怎么叫橄榄桶？就是两头尖，桶肚大，一担水挑在肩上，只有一肩挑到，水缸里才会有水，如果半路里停一下，担桶底摆勿平，"哗！"全部倒光。

（唱）田素贞肩挑担桶把路行，
日里挑到黄昏近，
没有一些水来挑进。
三餐茶饭不用想吃，
饿得骨瘦如柴勿像人。
今朝是尼姑婆出门做佛事，
小尼姑婆翠碧有好心。
一看师父不在家，
在帮这位田素贞。
灶头间捏了两个镬焦团[②]，

① 重头生活：绍兴方言，指重活儿，力气活儿。
② 镬焦团：绍兴方言，即"锅巴"。

见到素贞讲真情。

她说："田小姐喂，你肚皮饿煞哉，你好吃的。"

可怜田小姐看见这两个镬焦团，眼泪水簌簌地流下来，想我在屋里的辰光，山珍海味、人参燕窝，有辰光也吃厌哉，今朝看见镬焦团口水"咕嘟，咕嘟"咽勿及，但是捧了镬焦团又不敢吃，为啥不敢吃？防得小尼姑婆镬焦团里摆上砒霜来害她。翠碧尼姑一看，晓得田素贞有误会，所以同她说："哎哟，田小姐喂，你胆啦大些[①]，只管吃吧，要是我有谋害之心，被大雷公公劈死。"

可怜田素贞一听，"小师父，我谢谢你了！"

乃么田素贞接过镬焦团，狼吞虎咽吃，吃哒噎牢哉。翠碧背后替她敲，"慢慢吃，慢慢吃"。还说："田小姐喂，你在这里休息，我替你挑水去。"翠碧尼姑力气蛮大，勿到一歇工夫，七石缸里的水全部挑满。勿晓得当家师父回来一看么，喏，缸里的水挑满哒哉，晓得一定有人在帮她。乃么将一班尼姑集中。老尼姑说："今朝啥人帮田素贞来咚挑水？你们老实交代，如果不说，被我查出，我用家法伺候。"可怜田素贞晓得翠碧尼姑要吃生活哉，连忙承认："师父，水是我自己挑的。""自己挑？你自己挑得满吗？"拿起家法要打田素贞，翠碧又说了："师父喂，我替她挑的，我替她挑的。你要打打我。"看到翠碧承认么，老尼姑就说："那么好，有人承认哉，这样算哉，以后随便哪个不可帮她，如果被我晓得，我肋骨不给你们剩一根。"则喏，从此以后，就没人帮田素贞做事了。

（唱）日里挑水又劈柴，
夜头纺花再敲更。
田素贞在受苦辛，
面黄肌瘦难做人。
唱一头再表一情，
回文转来要唱啥人？

---

① 你胆啦大些：意为"你胆子呢，大些"。

要唱白云庵外头，
有个贼骨头到来临。
若问此人是啥人，
白望光三字名和姓。

白望光白望光就是我，我的做人专门望光头的，要是光头有哉，我要愁哉，最好墨黑铁塌[①]我最高兴。

（念板）啊嗨喏，
我的做贼三不偷，
有人在我不要偷，
撩不到的东西我不要偷，
没有用场我也不偷。
我正月二月讴顺流[②]，
三月四月着麦头，
五月六月晒晾收，
七月八月把鸡偷，
九月十月抽稻头，
十一月里大雪呜呜，
肚皮搭搭、斗篮拎拎沿街走，
只要十一月里熬出头，
十二月里有望头，
好偷那酱鸡酱鸭酱白狗，
腊鸡腊鸭腊猪头，
吃着穿用样样有，

① 墨黑铁塌：绍兴方言，形容非常黑，黢黑。
② 讴顺流：绍兴地区一种正月里说吉祥话的民俗。讴，意为“叫，召唤”；顺流，即“吉祥话”。

我的做贼真考究，
今朝要往庵堂走，庵堂走。

这辰光田素贞刚刚在敲更，喀喀嘭！喀喀嘭！喀嘭喀嘭喀喀嘭！

（唱）田素贞前头走，
白望光后头跟，
后山门来走进，
白望光后头也跟进。
她先来到二山门，
二山门里来跟进。
山门里头来走进，
要往后头敲端正。

田素贞敲更到了后菜园，白望光贼骨头还不敢动手。为啥要等到半夜三更才好落手？听到这里有几个朋友要说："你会会弄错？是半夜五更呀。"如果叫半夜五更，是你们叫错的，应该叫半夜三更，五更是天亮哉。乃么白望光先钻进大殿里的佛桌下面缩着，等三更敲过，想想现在不动手但等何时。白望光动手哉，门一些些地掇开，摸到灶头间里走进，寻来寻去寻东西，要晓得贼骨头走进，夜头晚间总是有些响动，谁知响动惊醒了老尼姑，老尼姑在问小尼姑："小尼喂，有几更咚哉？""师父喂，三更敲过毛四更哉。""今朝夜头偶庵里怎么响动介大？""师父喂，响动大是老鼠来咚拖猫啦。""啥西啊？""噢，说错啦，是猫拖老鼠。"

听尼姑婆这么一说，白望光连忙当猫叫："喵！喵！""这个杀头猫斩头猫。""哼，随你骂几句算哉。"勿晓得老尼姑婆又在说了："小尼喂，今朝夜头响动这样大，你们要当心哦，我来问你们，我们田素贞里谋来的三百两银子藏在哪里？""哎哟，师父喂！你尽管放心，藏在你的眠床横头第三只甏里。"

白望光一想，"开心啊！嘿嘿，现在不动手，还等啥时候？"

（唱）白望光摸要摸进房里头，
轻手轻脚来到老尼姑的眠床横头，
第三只甏来扑转[①]，
就是素贞的三百两头，
一个兜抄结打好，
轻轻较背在肩高头。

白望光刚准备要走，老尼姑婆又开口："小尼喂，你们早饭有没有烧好嘞？""师父喂，烧好了。""今朝吃啥西？""师父喂，今朝早饭是番薯。"

白望光一想，"好的，肚皮还真饿哉，拿得你们冷的，吃得你们热的"。白望光灶头间里走进。一镬番薯吃了半镬，将庵堂里格山门打开，再后门一开，谋命格逃走哉。到了五更头，尼姑婆起床做功课，等功课做好么，小尼姑婆说："师父喂，山门恁格[②]开开哒哉？"又有小尼姑婆来话："师父喂，后门也打开了。"老尼姑婆吃得惊，连忙吩咐："快点去看看我眠床横头第三个甏！"小尼姑看了回话："师父喂，第三个甏底朝天了，里头银子没有了。"又有个小尼姑婆在说："师父喂，灶头间一镬番薯只有半镬哉。"

老尼姑一听："好啊，我有数的，一定是田素贞的走家败百败命的扫帚星狐狸精，借用敲更之便，串通贼骨头，偷走我三百两银子，还要吃掉半镬番薯。好的，你们给我田素贞去叫得来。"

（唱）老尼姑婆怒气生，
叫出这位田素贞。
叫伊大殿高头跪端正，
菩萨面前讲实情，
有没有同贼骨头有事情？
你说得灵清倒罢了，

① 扑转：绍兴方言，意为"倒过来、底朝天"。
② 恁格：绍兴方言，意为"怎么"。

说不灵清今朝不给你来做人。
哪晓得田素贞牙齿咬得紧层层：
哎呀，师父啊！
我是名门贵千金，
怎么会做这种事情？
你冤枉我是罪过人。

“你不承认，打！”可怜这位田素贞，被打得地下滚来滚去。则啱，翠碧尼姑看不过去哉：“师父喂，你不要打哉，再打下去，我们庵堂里要犯人命哉，传扬出去我们名声也不好听。师父喂，我看这样吧，只要田素贞再给你三百两银子总可饶她了。”老尼姑说：“她银子哪里来，叫她拿出来。”翠碧她说：“田小姐喂，你银子有有[①]哉？如有，快拿出来，否则要拷死哉。”“师父啊，我与田凤到庵堂一共只带三百两银子，全部都交给老师父保管了，哪里还有银子！”老尼姑说：“没有，再打！”翠碧又说：“师父喂，你们不要再打她了，要么这样，你给我们大木鱼一个，斗篮一只，明朝我与田小姐到街上乞讨募化，只要三百两银子讨齐，你总好让她做人了。”

（唱）翠碧尼姑有好心，
师父跟前来恳情。
出口叫声田小姐，
要是你答应好做人，
不答应你是命难存。
师父啊，
我是田府贵千金，
抛头露面难为情。
田小姐，我与你到大街上，

① 有有：“有没有”的省略用法。类似还有“要要”，即“要不要”的省略用法。

你给我旁边跪端正，
让我给你募化雪花银。
募化三百两雪花银，
你田小姐好做人。

“你只要同得我去去够哉，我会替你讨的。”

田素贞一想，事到如今，还有啥办法呢？

则喏，一只篮，一个大木鱼，两个人来到街上募化。头一日，运道算好的，募化了五十多两回来。老尼姑婆想上想，“有这么多好募化，今朝五十多两，明朝五十多两，我敲更也不要她敲哉，地也不要她扫哉，日日叫她去募化，我们铜钱银子成把成把好进来，看来好发大财哉”。想到这里，老尼姑同田素贞说：“好的，从今朝开始，你另外生活甭做哉，日日给我讨银子去。”老尼姑婆当作一场生意做哉。

（唱）老尼姑婆下命令，
叫田素贞再去募化雪花银。
唱一个再表灵清，
要唱这位王庆明，
奉皇旨意回家门。
奉旨成亲来动身，
大官船中身坐停。
大橹、小橹、催艄橹，
三板纤要扯端正，
纤塘路里缓缓行，
两边两岸看灵清。
高山茶叶低山桑，
满山的桃树绿盈盈，
农村一派好风景，

国泰民安蛮太平。
暂勿唱大官船中王庆明，
再唱苦命田素贞。

田素贞刚刚码头里在募化，阿弥陀佛。

（唱）路过君子叫一声，
苦命三字田素贞，
庵堂缺少雪花银，
南无佛，南无阿弥陀佛！
师父说我与盗贼有私情，
要我募化雪花银，
南无佛，南无阿弥陀佛！
要募化银子三百整，
可怜我素贞还好做人，
南无佛，南无阿弥陀佛！

这辰光，王庆明官船刚刚路过码头，听说有人当街在募化银子，连忙关照水伙手："来，与我停舱靠泊。"

（唱）有官打扮无官样，
无官打扮江湖先生。
扮成一个看相人，
一只相盘拿手心，
善观气色写灵清，
走到街上看分明，
人山人海数不清，
但只见一本万利开典当，
两旁就是金字妆。

这旁边二龙抢珠珠宝行，
金银珠宝放毫光。
山珍海味南货店，
桂圆荔枝加冰糖，
四季鲜果水果行，
苹果鸭梨篓子装。
五颜六色绸缎店，
湖州纺绸加杭纺，
六是草头开药房，
麝香还要加犀黄。
七星剑高挂古董店，
羊脂白玉放毫光，
八字墙门开茶坊，
红茶绿茶用锡瓶装。
九卖玲珑江西碗，
茶壶茶杯夹茶缸，
十字街口闹嚷嚷，
造起一座大楼房。
街坊景致虽然好，
哪有心思看街坊？
手搭凉棚望一望，
只见是码头上闹嚷嚷，
人马围拢为哪桩？
走上去我要看清爽。

王庆明上前要去看，要死哉，贼骨头白望光也在赶闹热场。他挤拢去一看，只听田素贞跪着在说："噢，众位乡亲，公公婆婆，叔叔伯伯，想我苦命人田素贞走错路途，寻找丈夫，误入耽搁在白云庵。我随身带进去有三百两银子，被钻仓小贼偷去，哪晓得师父说我同得贼骨头有私情，要我募化三百两银子，我还好做人，要是募化不齐，要想做人万万不能。”

旁边头的白望光想，“这老尼姑婆是坏，我同田素贞有啥屁事啊！可怜见她跪着乞讨也罪过人。对，我同她去明说，就说三百两头我拿的”。再一想，不对，有这么许多人，要是我承认是我拿的，他们都晓得我是贼骨头，要给众人拷死的。还是走开，走开！则喏，随身带着的二两银子丢在田素贞面前，管自己走得去哉。

（唱）要唱这位王庆明，
侧着耳朵听灵清：
我当乞讨的是啥人，
原来是田素贞小姐苦命人。
本当我街上和她夫妻认，
再想想，为官之人要灵清。
认姐认妹都好认，
冒认妻子有罪名。
我还是再在旁边听灵清，
到底他老公是啥人。

“噢，你们两位叔叔伯伯，我夫王庆明上京赶考，杳无音信，庆明，公子！可怜公子喂！我在受苦你晓不晓得？”

王庆明一听，果真是未婚妻田素贞，乃么上前问翠碧尼姑：“小师父，你们还缺多少银子？”

小尼姑一看，“噢，你这位江湖看相先生，偶还缺少一百两银子。”“那好，小师父，一百两银子由我来付，你叫小姐爬起来。”“噢，田小姐喂，你赶快爬起来，一百两头有人给你会钞哉。”田素贞说：“多谢先生！”

王庆明想，“田素贞在此求讨银子，都是庵堂里当家尼姑所为，老尼姑到底有怎么坏，待我前去探查一下”，所以就说：“田小姐，我来问你，你们庵堂在哪里？我跟你到庵堂里去小歇一下。”

翠碧说：“来，你这位江湖先生后头跟牢。”

（唱）三个人在赶路程，
要往白云庵里走一程。
将身来到庵堂门，
庵堂门口站定身，
要叫翠碧去通禀，
与当家师父说灵清。

翠碧说：“师父喂，外头有个江湖先生，给田小姐会钞一百两银子。”老尼姑婆一想，要死哉，人的相貌是要生得好，这还一百两一百两地来哉，这样下去我尼姑真当要发茶哉。“赶快叫他走进来。”王庆明将身走进大殿，说道：“师父喂，这位田小姐，还缺一百两雪花银子，一切由我来承担。”谁知恶尼姑交关精刁，“哎哟，你这位江湖先生，你空口白牙这样说说，不要说一百两，哪怕一千两也好说的，有没有要当场见过。”

则喏，王庆明侧身从衣袋里取出一张一百两的银票交给老尼姑。当家尼姑笑煞哉：“哎哟，田小姐喂，快点谢谢这位先生，他替你会钞一百两银子，你到缘房里去陪陪他，茶么送送，白话讲讲，好端端亲热亲热。”要死哉，庵堂变得妓院哉！

（唱）田素贞在前头走，
王庆明在后头跟。
唱一头再表灵清，
王庆明缘房里头坐定身。
田素贞手托香盘到来临，
一碗香茗拿端正，
王庆明低下头想灵清：
我与她分开有三年整，

不知她有没有变心。
今朝我要试试心，
待我上前寻开心。
出口叫声田小姐：
我替你会钞一百两雪花银，
你道我上南下北受苦辛，
可怜积下一百两的雪花银。
今年我年纪廿一岁，
老婆不讨进，
我看你相貌多端正，
头里看到脚后跟，
好像南海观世音。
哎呀，田小姐！
你何必在庵堂受苦辛，
还是与我四海为家同道行，
看看相、算算命，
养活你一个人稳笃定。

出口先生叫一声，
你看错人头不该应。
想我田素贞，
本是名门贵千金，
哪会做出这种事情？
只因为我暂时落魄庵堂进，
谁知道贼骨头不该应，
偷走我三百两的雪花银。
啊呀，先生啊！
你替我会钞雪花银，

我是永生永世记在心。
想不到你别有用意求私情。
先生啊，你给我庵堂里头等一等，
我情愿重新再到大街上，
募化一百两雪花银，
还你先生无事情。
先生啊，你要和我夫妻称，
这桩事情万万不能。

勿晓得王庆明这几句话一听么，就像六月里吃棒冰冷啧啧，交关舒服，想“我老婆真好”。

（唱）既然我老婆不变心，
我应该对她讲真情。
素贞我妻叫一声，
我是你丈夫王庆明。

田素贞要气煞人！
你江湖之人不规正，
你冒认兄妹倒不要紧，
你冒认妻子有大罪名。

啊呀，素贞妻！
我正式名叫王庆明，
为只为我同张春两个人，
到得山东来投亲。
谁知路过黑虎岭，
黑虎岭有人起黑心，

一块石头来掉落，
我神志昏昏不灵清。
合同纸被他们盗得去，
我是没有地方好动身，
这辰光全靠凤鸣村好心人，
好心人大名叫张生，
他是救了我的命。
谁知你爹爹不该应，
丈人女婿不相认，
遍身打得我血淋淋。
全靠田茂老总管，
是他救了我的命。
田茂总管有好良心，
送我关王庙里来养伤，
当家师父救我命。
那时光我在庙堂里，
幸亏你小姐有好心，
随带三百两雪花银，
来看望我苦命王庆明。
后来我对你说灵清，
说你爹是个大坏人。
我要告状老田培，
你好心好意来相劝，
你说道小小衙门八字开，
没有铜钱要吃亏。
后来我走出外头到来临，
见仇起意告你父亲，
可恨狗官不该应，

屈打成招定罪名。
说我是冒认大官亲，
可怜我牢监里头来关进。
牢头禁子排起来自己人，
他儿子替我代坐牢监受苦辛，
放我庆明上京城。
啊呀，小姐呀！
我是上京求功名，
三等甲第中头名。
万岁圣旨有一道，
叫我庆明奉旨成亲。
官船刚刚来路过，
潇湘码头停上停。
见你募化雪花银，
跪在街上受苦辛。
啊呀，小姐啊！
今朝你在庵堂里，
尼姑婆做人有这样狠！
你不可多说半毫分，
待我回到船中去，
衣衫鞋帽换一换，
白云庵多少尼姑婆，
一个、一个、一个、
十个、十个、百个、
百个、千个、万个、
万万千千、一个一个杀哒干干净，
替你素贞报仇冤。

田素贞一听吃了惊：
既然你是王庆明，
你为啥街里在算命？
既然你是个做官人，
有何凭证我看分明。

这辰光王庆明从内衣里摸出凭证："噢，我此里有龙批执照黄金印。一颗金印，万岁封我山陕两省代天巡按。"这头一张龙批，龙批像我们现在开出来的介绍信，怎么几个字？上写"王有武之子王庆明，一十八岁，上京赶考，得中头名状元。万岁见喜，封他为山陕两省代天巡按。出京巡查，钦赐尚方宝剑，若是有地头不法刁民，可先斩后奏"。田素贞一见，"先斩后奏"，好哇！

（唱）果真是我夫王庆明，
可怜夫妻两人来抱紧。
哀哀悲悲哭伤心，
出口我夫叫一声，
可怜田凤罪过人，
给尼姑活活拷煞丧了命。
你要为她报仇伸冤。

小姐你不可眼泪淋，
我一定替她报仇冤。

"不过我走之后，你不可对尼姑说，我是你老公王庆明，现在已是两省代天巡按了。"乃么王庆明走出缘房，同老尼姑说："师父喂，我去哉。""哎哟，你这位先生，我们田小姐说两句还好的，相貌也好，温顺也温顺，你铜钱积多哉再来哦！""马上就来！""好，你赶快来，我们等着你。"

勿晓得王庆明一走，田素贞熬勿牢同老尼姑寻开心哉："师父喂，你知道现在走出的那个人是谁？""他么是江湖看相算命先生。""他不是江湖先生，是我老公王庆明。已经中了头名状元哉，万岁还封他为山陕两省代天巡按。”“啊，小尼姑喂，你们赶快燕窝、人参、白木耳拿得来炖炖给田小姐吃！”田素贞说，“噢，师父喂，我和你开开玩笑的，他不是我老公，是江湖先生”。说是江湖先生么，老尼姑拿起家法又要打哉。就在这辰光，外面一声：“报！巡按大人王庆明到。”

（唱）王庆明戴乌纱穿蟒袍，
腰系搁带脚踏朝靴进庵堂，
威风凛凛，旗牌校尉站两旁，
尼姑婆吓哒冷汗冒。

“来啊，把白云庵所有尼姑绑出斩首！”则喏，大小尼姑都用麻绳吊牢。这辰光，其中有个翠碧话哉：“田小姐喂，做人要凭良心的。哎！我替你挑水的，我给你吃镬焦团的，我给你去讨银子的，你难道好坏不分，真的都要杀掉吗？”

田素贞一想，对呀，没有翠碧我早已命归西天了，所以连忙对王庆明说：“老爷，这么多的尼姑就只有她是好人。”王庆明说：“好，将翠碧留下，其余统统杀掉。”同时还跟翠碧说：“从今朝起，白云庵由你做当家。喏，有种路过的客商，到你的庵堂来耽搁过夜，一宿两餐，好生看待。我给你五百两银子做养老本钱，田小姐是我的未婚妻，我要带回去到山东奉旨成亲。不知你意下如何？”

翠碧一听开心啊！“哎哟，田小姐喂，你们去够哉，有句话叫‘受得苦中苦，做得人上人’，你以后做人平安幸福哉。”

（唱）王庆明带了老婆田素贞，
一路动身要往山东去成亲。
唱一头再表灵清，
要唱银龙代替王庆明，
代坐牢监受苦辛。
谁知上司详文到来临，
要将银龙法场斩首命归阴。

可怜张德老泪纵横在叹息：
王庆明啊王庆明，
我的儿子给你来抵命，
我的儿子有好心救人命，
难道天下没有这种好心人，
来救救我儿子一条命？
老太公哭伤心，
法场里人马围起数不清。

大家都在看杀头。这辰光监斩官在问："时辰可到？""说时辰未到。""时辰未到，有亲探亲，有眷探眷，时辰一到，号炮三声，红头落地。"

可怜张德他老伴儿拿了碗杀头饭，弄了一对白蜡烛，两吊银锭，到法场里来望儿子哉。

（唱）银龙是五花大绑混登登，
他的娘亲哭伤心。
儿啊儿，娘亲总以为，
张德万年香火传，
想不到你是个短命人。
你有好心救别人，
别人没有这种好良心，
今朝不来救你命。
娘亲只有薄皮棺材备端正，
我白头在送黑发人。

监斩官再问时辰到不到嘞，说"时辰已到，号炮三声，红头落地！"不晓得红头落地的"地"字还不叫出，围墙上头，呼！纵进来一个人，把跪着的银龙挟得就走。

要晓得法场里来救的那个是啥人？就是田凤。有几个看官要说了，你说田凤死掉哉，怎么还活着？我上书不是有一句话，“戏文做不下去出菩萨”。喏，是黎山老母将田凤的人救去，给她毛病医好，在黎山修道、学本领。今朝师父掐指一算，说银龙和田凤是前世姻缘定下的一对。今朝老公有难，叫她下山来救，救到黎山去哉。勿晓得，法场里所有人都茫空哉，杀头杀哒人都没有哉。赶快回去，还道惹鬼哉。

（唱）唱一头再表灵清，
要唱王庆明他老娘亲，
日夜记挂儿子王庆明，
早晚啼哭罪过人。
儿啊儿，你到山东去投亲，
音信全无半毫分。
你丈人那里过光阴，
开开心心在做人。
可怜我，在娘儿子挂娘心，
可惜你小人没有好良心。
日夜啼哭罪过人，
哭得双目看不灵清。
老太太一路讨饭来寻儿子，
要和儿子来道理评。

她从山西来到山东，刚刚一根亮眼棒掇[①]掇来到大街上，听见开锣喝道，两乘大轿抬过来哉。“喂——巡按老爷来哉——路上老百姓让拢，撞进的要杀头的！”

不晓得老太太双目失明，一撞两撞，一定要一乘大轿里去撞进咚嘞。

（唱）老太太冲冲跌跌把路行，

① 掇：绍兴方言，指用棒子、棍子等细长物体杵、戳。

大轿里要撞端正，
两旁衙役起噪声，
回禀老爷说真情。

“启禀老爷，有一年老婆婆，双目失明，撞翻在轿下。”“啊？你们给老太太扶起，到轿沿里来！”“呃！啊吔，你老太太七老八十做啥哉呢！年纪这样大哉，还要到街里来弄啥西？来来来，老爷叫你走过去。”

王庆明轿里坐着说：“你这位老妈妈，年老之人双目失明，因何在大街之上走来走去，你难道屋里小人没有，无人照顾吗？”“噢，大老爷喂！”

（唱）大老爷叫两声，
慢慢听我讲真情。
我老家住在山西省，
平阳府西乐县，
西乐县该管太平村，
可怜我老太公老早命归阴。
屋里头娘和儿子两个人，
我叫我儿子来投亲，
到了山东无音讯。
可怜我在娘儿子挂娘心，
我的儿子是坏良心。
大老爷，我是来把儿子寻，
他到田府来投亲。
他寻欢作乐蛮高兴，
忘记我娘亲罪过人。
大老爷，我老太公名叫王有武，
不孝之子叫王庆明，
万望老爷替我道理评。

老太太讲完“啪”地当街跪下，勿晓得轿里坐着的王庆明，一个头劈开一样地痛。为啥？这不是我宣扬迷信，长辈勿能跪在小辈面前的，否则小辈受不起的，乃么王庆明连忙出轿。

（唱）走出轿外的王庆明，
双手搀起老娘亲。
娘啊娘，我就是你的儿子王庆明。
老太太一听吃一惊，
悲伤的眼泪如雨淋，
大骂不孝的王庆明。
娘啊娘，孩儿肚里有许多话，
请允许我日后说你听，
街坊闹地不宜留，
跟随孩儿往田府门。

则喏，轿子备好，直往田府而去。头牌执事先去通报！

（唱）要讲田培坐端正，
可怜正在愁煞人。
上司有文到来临，
公文上一甲一名中头名，
就是这个王庆明。
我是真假不分清，
将正式王庆明打得浑身血淋淋。
赶出田府大门外，
害得他是受苦辛。
现在他有高官做，
这笔账总要和我来算清。

田培么坐坐来咚愁，头牌执行来报了：“报！王庆明到。”田茂老总管连忙出外迎接：“噢，姑爷，你回来了。”王庆明说：“是呀，我回来了。”

则喏，后头田素贞跟进，现在威风哉！田素贞头戴凤冠，身披霞帔。走进以后，王庆明当即说：“来呀！将田培拿下，绑出监斩！”

田培绑出要斩哉么，旁边头田素贞拉拉王庆明袍角。王庆明说：“你有啥事情？”“你怎么可以杀我爹呢？你难道我的人不要啦？”“你这人我要的。”“那我是你老婆，他是你丈人，自从盘古分天地，哪有女婿杀丈人的茶事情。”王庆明笑笑说：“你放心些，我是吓他一吓的。”“噢，吓他一吓，也好，给他脑子清清。”王庆明继续说：“来啊，将田培绑出监斩！”

可怜田培连忙求饶：“女婿大爷喂，你饶饶我哦！我另外地方没有错，错就错在我死要面子，明明晓得前头来投亲的是冒牌货，我与他翁婿相认了，都怪我真假不分害你受苦。”“那好，我问你，你屋里的王庆明在不在？”“在，在，在里面。”“那你叫他出来。”“好。”

乃么田培吩咐张春、翠莲出来。两个人走出来到了大厅，张春连忙跪下：“大老爷在上，下跪王庆明，叫我们夫妻出来，不知有何贵干？”

这边上面坐着王庆明。“哇！下跪王庆明，我来问你，你屋里是哪里人，家中还有何人？”“大老爷喂，我爹娘死过，叔伯全无，我是到我丈人这里来投亲的，有合同纸为凭，我现在成了亲拜了堂，老老实实做人过日子。”“哦，那好，你这位王庆明，抬头看我一看。”“哎哟，大老爷喂！你们是做官的人，我是白衣人，在大老爷面前不敢抬头。”“恕你无罪，胆大抬头。”勿晓得张春抬头一看，乃么完结。

“相公，相公喂！相公，我错，相公，我错哉！”

（唱）张春奴仆叫一声，
你不应该谋我命。
你到田府里来投亲，
害得我相公受苦辛，
狗胆包天小奴才，

竟敢冒充我王庆明。

王庆明下命令，将张春他们夫妻俩，五花大绑去游街，游街以后来斩首，翠莲丫头开声话哉，她的嘴也厉害的："老爷，你做官人要灵清的，他是冒充的，我有啥个罪，你也给我死[1]？""你为啥冒充田素贞和他拜堂成亲？""你晓得啥西，是田素贞逃掉了，好日到了，新娘子没有了，叫我顶替小姐去拜堂的，我是一个萝卜拔出给他们补汪塘去的呀！难道我也有罪吗？""这个……"王庆明心想，翠莲的话有道理，所以就说："那好，将翠莲留下，张春绑出监斩。"还说，"翠莲，我这里给你一百两银子，你从此走出田府，另外再去嫁老公去。""哎，这样做就还差不多。"

旁边田培也说："谢巡按大人不斩之恩。""死罪好免，活罪难饶，因为你做出来的事情像畜牲差勿多，今日也给你尝尝畜牲的味道。你头戴畚斗，身穿麻衣，屁股里插一把笤帚，当黄狗给我爬三圈。"

田培没法，三圈爬好。王庆明上前："拜见岳父大人！"

有几个看官要说，王庆明叫田培扮黄狗，再叫他岳父，他等于是黄狗女婿。王庆明的意思是，叫岳父扮狗消罪后，重新做人。这辰光，田培看到王庆明娘亲，说："这个老太太是谁？"庆明说："她是我的娘，为了我哭瞎了双眼。"乃么田培请来名医，给老太太治好双眼。

（唱）勿唱田府一段情，
王庆明要下命令。
叫了衙役有几名，
要到黑虎山下凤鸣村，
去接那救命恩公叫张生。

还拿出银子，吩咐衙役将黑心亭改造成积德亭。

① 给我死：绍兴方言意为"让我死、弄死我"。

（唱）再唱这张生，
越想越要气煞人，
我老婆本钱给王庆明，
一去上京无音讯。
害得我老婆讨不进，
进出仍然独个人。
王庆明啊王庆明，
我当你是好心人，
我是救了你的命，
想不到你是忘得干干净。
常言道，好心人有好报应，
谁知道，我好心仍无好报应。
王庆明，你忘记我张生罪过人，
你叫我如何做做人？

你这里在怨王庆明，几个衙役抬得一乘轿到村口了，见到村民在打听："你们这几位阿哥，你们村里有没有一个砍柴佬叫张生？"有人话："张生死哉，衙门里来拘哉。"又有人话："你们不要弄错，没有抬着轿子来拘人的，一定是来接他的。"乃么几个村民交关热情，领着衙役来到张生家门口："张师傅，衙门里有人来接你了。"张生出来一看问："你们来弄啥西？"衙役们说："你是我们老爷的救命恩公，他叫我们备起大轿来迎接你的。""你们老爷是谁？""我们老爷叫王庆明，现在是山陕两省代天巡按，叫我们接得你去享福。"张生一听，"嘿嘿，看来我老婆有得讨哉！"

（唱）张生轿里来坐进，
一路之上无耽停。
唱个头再表灵清，
回文转来唱啥人？

要唱张德夫妻两个人，
哀哀悲悲哭伤心。
可怜我儿子叫银龙，
代替王庆明去杀头，
杀哒人都无踪影。
儿啊儿，都是爹娘害了你，
不知你在何方安身？
老太婆今后你我互照应，
相互安慰相互关心。
再想想，王庆明这位读书人，
不会是个坏良心，
但愿他有高官做，
一定会来谢恩人。

你们两夫妻在自解自叹。再讲银龙与田凤，今朝他们师父黎山老母关照说：“你们的主人王庆明已有高官承做，你们快往历城县去见主人公。”乃么两人赶到山东历城县田府。有人通报王庆明，说道：“外头有一男一女要见老爷。”王庆明勿相信，吩咐手下人去问一下两人叫什么名字。旁边的田素贞说：“老爷，要来见我们的人一定是同我们有关系的，叫他们进来就是了。”

勿晓得手下人问了一下名字进来说：“老爷，这两个人一个叫银龙，一个叫田凤。”田素贞一听逃得去哉，想田凤已经给白云庵尼姑拷死了呀，怎么还会来？她还以为鬼显灵哉。王庆明说：“鬼也好人也好，叫他们进来再说。”则喏，两个人走进田府。勿晓得银龙见到王庆明，脱口而出：“兄长！”王庆明回应：“贤弟！”田凤她说：“姑爷！”王庆明见田凤有脚有手不是鬼，连忙吩咐：“有请夫人。”听到有请，田素贞走出外头，见到田凤一把将她抱紧说：“田凤，你已经死了，怎么还会在世上？”

“小姐，我全靠师父黎山老母相救，并在她处学本领，后来又往法场救了银龙。今日师父测算姑爷高中，叫我们来历城县田府投奔。”则喏，大家开心煞哉。

（唱）皆大欢喜闹盈盈，
再讲巡按王庆明，
提出与素贞两个人，
田府拜堂来成亲。
田培岳父讲真情，
说道：贤婿啊，
你王家还有门户在，
应到山西去成亲。
银龙田凤两个人，
也要一同往山西城。
庆明吩咐老娘亲：
娘啊娘，我山东还有个大恩人，
他是我家里的老家人，
现在衙门当牢头，
就是张德大好人。
我们一道同往历城县，
见过张德好心人。

一班人马来到历城县衙门，县官沈得清出外跪迎。迎进衙门，王庆明怒说：“大胆沈得清，我来问你，王庆明冒招官亲的案子是不是你审的？”“大老爷，一些不错，是我审的。”“既然王庆明案子是你审的，你倒是看看我是啥人？”“你是代天巡按老爷，我是小小的芝麻绿豆官，我不敢抬头。”“恕你无罪，胆大抬头。”

沈得清抬头一看：“喏，还是我屈打成招的那个，牢监坐得要死，今朝还官做得介大哉。”“那我该死，大老爷喂，我也是一时糊涂，你给我一条性命保保牢。”“沈得清啊沈得清，常言道，为官之人上为国家办事，下为子民百姓申冤，你屈打成招，残害好人，本当要将你斩首，难为你做事也是对的，因为我没有合同纸，所以你不承认我是田府的女婿。那这样吧，弃掉纱帽，摘下圆领，赶出衙门。”还好的，去掉纱帽，脱掉圆领，街里去卖烧饼油条。

公堂之上衙役全部退出，请出张德夫妻，王庆明撩起蟒袍，跪在张德夫妻面前：“拜见义父义母。”张德一听，“哦，是你啊！好的好的，以后我们两老太婆两口棺材有着落哉。你不好早几日过来的，我儿子银龙代你到法场里去杀杀头，杀得人都没有哉。”王庆明说：“义父，你请放心，有请恩人。”

则喏，银龙他们两个人走出来，这辰光银龙指着田凤说：“爹爹，我不死，全靠她相救。”

王庆明说哉：“贤弟，田凤，我对你们说，我们要回山西去哉，你们在山东，要你好好照应两老，今朝由我做媒，田凤和银龙配上一对，不知你们意下如何？”“哦哟，还有啥话？”老太公老太婆想，“做人总要良心好，今朝儿子也有老婆讨”。王庆明还说：“义父，这里历城县县官的一顶纱帽给你，由我暂时决定，历城县县官归你做。待日后我进京时，奏明圣上，再行定夺。”张德开心啊：“想做人只要良心好，我毡帽拿掉戴纱帽。”

（唱）喜酒吃了赶路程，
一路之上开锣喝道闹盈盈！
路上有书路上唱，
路上无书不谈讲。
来到山西平阳府，
府台老爷忙煞人，
县官老爷急煞人，
西乐县的县大人，
状元府造得簇簇新，
打恭迎接王庆明。

人还没到皇帝圣旨到哉，状元府给他造好。王庆明对娘说：“姆嬷喂，我路远迢迢一路回来，我和田小姐两个人尚未拜堂成亲，由你娘亲做主，我们要拜堂完婚。”

有句老话："穷在街头无人问，富贵深山有远亲。"王庆明穷哒[①]答答滴格辰光，一些亲眷朋友都避开哉，现在做两省代天巡按哉，一班亲眷都汇拢来哉。

（唱）田素贞与王庆明，
两厢成亲拜堂完姻。
拿出了龙批执照黄金印，
两张合同纸摆端正。
王庆明和田素贞，
一拜天地谢皇恩，
二拜堂上老娘亲，
三拜夫妻心上人，
合同纸小书大团圆，
若有机会再补情。

（整理、校订：倪齐全）

① 哒：方言中指"到……的程度"。

双玉结

为救丈夫，苦命女千里奔波
王爷相助，贤伉俪破镜重圆
却引出一段灭门之仇……

双玉结

（唱）开言叫声同志们，
排排坐坐静静听，
《双玉结》后集透分明。

唱后集之前，前书有必要回唱一下。

（唱）小书出在大明朝，
正德皇帝坐龙廷。
小书倷道出在何方地？
出在江苏省该管苏州府，
昆山县里玉龙镇。
玉龙镇有个王爷叫顾鼎仁，
屋里造起银銮殿，
大门口姜黄旗杆竖端正，
廿四档阶踏威风凛凛。
话起王爷顾鼎仁，
与正德皇帝第一人，
桃园结拜有感情。

他们结拜兄弟有三个人，大哥九千岁莫奈何，老二就是王爷顾鼎仁，老三才是正德皇帝，三兄弟正德皇帝最小。

（唱）讲起这位顾王爷，

三儿一囡有名声。
长子名叫顾正福，
当朝天官有权柄。
次子名叫顾正寿，
刑部大堂赫赫有名。
第三个儿子叫顾正宝，
兵部尚书也出名。
生得千金顾玉英，
十六岁那年命归阴。
顾王爷想起阿囡苦命人，
心中烦闷不开心。
三月初三这一天，
随带顾福老总管，
外出游玩去散心，
走进途中福寿凉亭。

乃么就在福寿凉亭里，收得个苦命女子叫陆素珍为继拜囡，并当场赠送一只玉结作为见面礼，说“如有大劫大难到来，到昆山县里来寻我干爹”。后来陆素珍丈夫犯了人命官司，八月月半要斩首，可怜陆素珍牢监里头去探监，两夫妻哭得天昏地暗。

（唱）陆素珍和林子文，
夫妻双双哭煞人。
牢头禁子来提醒，
说道昆山县县官，
只要塞给他雪花银，
侬丈夫马上好放行。
可怜这位陆素珍，

眼泪汪汪罪过人。
啊呀，大伯呀！
可怜我无亲又无眷，
哪有银子救夫命？

牢头禁子话哉："你这家人家介覅好，难道连继拜亲都没有？"

一提起继拜亲来，陆素珍想起三月初三这天，在福寿凉亭里寻得个干爹，并同我说，以后如有大劫大难，叫我去寻他。"大伯，我继拜亲有哒——"

（唱）大伯呀，我有一房继拜亲，
屋里头就在昆山县城。
小女子叫一声，
你说继拜亲在昆山县，
未知他叫啥姓名？
大伯呀，他是我继拜老父亲，
他名字叫做大麻子。
牢头一听笑煞人。

"哈哈哈哈，小女子，你真当在讲大笑话哉，我昆山县城里据我晓得有三十六个大麻子，七十二个小麻子，还有一百零八个胡搭饼[①]麻子。有这许多麻子，你的干爹到哪里去寻呢？"但陆素珍为救丈夫林子文，抱着一线希望，去寻找麻子。

（唱）素珍她，为救夫君一条命，
各到各处把麻子寻。
为寻麻子受苦辛，
仍不见干爹老年人。
幸亏碰到一个好心人，

① 胡搭饼：绍兴方言，比喻模糊成一团。

指点素珍进王府。
王府里头来走进，
寻着那麻子老父亲。

可怜陆素珍虽然找到了继拜爹，但心里总是勿高兴。王爷夫人想办法哉："哎呀，王爷喂！我阿囡勿高兴，我给伊戏文做台看看，让阿囡心花开开。"王爷点头应承，乃么要叫顾福老总管，戏文班子请来，拣得则戏文《斩窦娥》，戏文做到要将窦娥绑出法场斩首，可怜陆素珍赖倒勿会做声哉。顾王爷人都气煞："你们这班戏子神志不清，戏文做到我女儿昏过去，本王爷岂肯饶你们？来呀！将这班戏子捆绑杀头！"勿晓得陆素珍听到"杀头"两个字，醒转来哉。

（唱）爹爹呀，莫怪戏子这班人，
女儿我，实有要事求父亲。
为只为，我夫子文犯人命，
昆山县牢监受苦辛。
详文送到京都批，
八月月半要命归阴。

顾大麻子一听，我道啥要紧事体，原来是小事一桩。

（唱）女儿尽管放宽心，
你丈夫一定能保命。
不要说一个林子文，
哪怕十个林子文，
你爹爹也能担保。
女儿啊，你三个阿哥在京城，
都是朝中一品掌权柄。
你二哥他，刑部大堂有名声，
详文都要经他批，

故请女儿来放心。

啊呀，爹爹呀！
详文已到昆山县，
八月月半要杀人。

“那也不要紧，待为父写封书信，叫昆山县释放你丈夫林子文。”乃么王爷书信写好，派人送到昆山县。县大人收到书信，一霎时看不懂，要晓得顾王爷这封书信恁格写：高山两枝木，花开花结果，四书何等重？王爷姑爷立即释放，并用小轿一乘送回王府。

昆山县官接那书信，叫师爷详译一下。“高山两枝木”是个“林”字，“花开花结果”是个“子”字，“四书何等重”就是“文”字。师爷问：“县大爷，我们牢监里头有勿有一个叫林子文？他是王府姑爷，马上好释放哉。”

（唱）昆山县官勿相信，
既然是王府姑爷林子文，
刑部大堂就是顾正寿，
怎么会杀妹夫批端正？
今朝详文到我手，
八月月半一定要执行。

可怜陆素珍得知消息哭也哭煞，乃么王爷又写好书信一封，关照正福、正寿、正宝三人，“你们兄弟齐心协力，来救妹夫林子文，不得有误”。王爷夫人也话：“哎呀！王爷，你轻描淡写写写勿相干的，你就说，若救勿出妹夫林子文，叫他们勿用再来昆山，勿用来见爹娘了。”

三个儿子接到书信，可怜也急煞哉，当夜头去敲龙凤鼓击景钟，说妹夫八月半要杀头，请万岁定夺。万岁一听，八月月半，今朝已八月十四哉，叫谁去救救呢？我圣旨放下去，等于是张白纸，也呒有[①]用场哉。九千岁话：“万岁喂，还来

① 呒有：方言，“没有”。

得及，我去救去。”

九千岁莫奈何，人称是飞毛腿，日行千里，夜行八百，赶到昆山营救林子文。这位林子文总算法场里头救出，送进顾王府。我唱格前情回书就到这里，今朝我后书接落去。

（唱）朋友们倷静静听，
待我后书接下原因。
自从救了林子文，
王府里头来送进。
转眼时间快得紧，
将近一年到来临。
要讲王爷顾鼎仁，
银銮殿里想灵清：
这位林子文，武术精通技艺精，
跑马射箭，不是一般等闲人。
介辰光，我曾代皇十八日，
屈害忠良谋过命。
那一年，潼关总兵常同雪，
伊有一张血草图，
我要向他借三日，
常同雪勿肯借我半毫分。
我万岁跟前奏一本，
害了他全家一满门。
逃出常家一后代，
听说在江阴一带过光阴。
如果这位林子文，
就是常家的后代根，
我关门养虎，虎大一定要伤人。

勿错呀，今朝又是，
八月月半到来临，
我叫出总管老家人，
大小姐楼上走一埭，
请林姑爷下楼把酒饮。
老酒将他来灌醉，
盘问底细查实情，
是不是常家后代根?
如若是常家一脉根，
今朝不给他来做人。

乃么顾王爷吩咐老总管:“顾福！”“有，王爷，叫我顾福何事？”“你大小姐楼上走一趟，就跟林姑爷说，我请他到银銮殿里吃酒。”“是是是，有数哉。”

（唱）老总管把路行，
三步并作两步行。
行行走走快得紧，
大小姐楼上到来临。
姑爷姑爷喊两声，
林子文来接应。

介辰光林子文同老婆陆素珍，刚刚对面坐坐在吃老酒，一听外头有人叫，林子文说:“娘子喂，外头有人在叫，是啥人到哉，待我出去看过灵清。”

林子文来到门口，门闩移开，“哦，我道是何人，原来是总管伯伯来了，总管伯伯你到来何事？”“林姑爷，今朝我奉王爷之命，叫你到银銮殿吃老酒去。”“好，总管，你先走一步，我与娘子话一声，马上就到。”

乃么总管下楼，林子文把岳父请他去银銮殿饮酒之事向陆素珍一讲。陆素珍说:“林郎，今日干爹叫你吃酒，为妻有几句言语关照于你。”“娘子请讲。”“林郎呀！”

（唱）上前林郎叫一声，
今朝干爹请你吃老酒，
你老酒勿可来多饮。
因为倷林家，是朝廷钦犯有罪名，
爷爷名叫常遇春，
爹爹潼关当总兵，
都遭奸人来陷害，
林家全家斩满门，
只有逃出你林郎独个人，
为此你千万要当心。
有道是，
画龙画虎难画骨，
知人知面不知心。
千万不能狂饮酒，
说话处处须小心。

“娘子放心，本当我有一斤好吃，我吃半斤。如果有二斤好吃，我就吃一斤。娘子你也保重身体，我去去就来。”

林子文来到银銮殿，见岳父大人坐在上方，连忙行礼：“岳父大人在上，小婿大礼叩见。”“啊哈哈哈！贤婿，一旁看座。”“谢过岳父，小婿高坐了。”乃么两人对面而坐。“顾福，快快斟酒。”老总管过来，往两只酒杯里斟酒。王爷酒杯拿起：“贤婿，去年八月月半，你法场里差险险一命休矣，今朝八月月半，我们丈人女婿，老酒吃吃，心事谈谈。来，这杯老酒，祝你功名成就，步步高升！”“多谢岳父。”一杯后第二杯再洒满。“贤婿呀，这杯酒，祝你夫妻早生贵子。”“多谢岳父！”“贤婿喂，这第三杯老酒，祝你夫妻白头到老。”“多谢岳父！”三杯老酒吃落，有句话“酒吊酒，酒引酒”林子文喉咙里酒虫爬出来哉。

等到酒虫爬出来哉，林子文陆素珍同伊说过的话忘记哒滑脱精光[①]。伊话："岳父大人喂，这样小小的酒杯，一杯两杯吃吃不过瘾哉，你既然给我吃哉，让我吃个饱。"

王爷笑煞哉："啊嘿嘿嘿！那好，顾福，你酒坛去捧一个来。"

勿到一歇工夫，老总管酒坛端来，林子文看见酒坛高兴煞哉，走过去泥盖揭开，别人吃老酒碗里倒一倒，伊碗里勿倒哉，将酒坛抱起后，嘴巴对牢"汩汩汩汩"一坛酒吃了半坛才下去。王爷笑煞哉："嘿嘿嘿，贤婿呀，你老酒已经吃醉了。""岳父大人，还勿醉来，要吃吃还有半坛好吃来。""贤婿你醉了，自从你到我家以后，我看出你双眉紧锁，你莫非有啥个心事？你如果有心事，同我岳父大人话话，岳父大人给你解忧解闷。你如果有冤枉之事，也同我说说，岳父大人在万岁跟前给你特奏一本，我好替你冤枉审清。"

这句说话说到林子文心窝里，乃么酒后吐真言哉。

（唱）岳父啊，上前岳父叫一声，
你道我是哪一个？
我三字名叫常子文。
爹爹名叫常同雪，
雁门潼关当总兵。
为只为朝中出奸人，
说我爹爹藏着血草图。
万岁听了奸人奏，
害得我全家灭满门。
万望岳父为常家，
万岁面前奏真本，
给我常家雪冤恨。

---

① 滑脱精光：绍兴方言中的状态词，形容一无所有。

顾王爷刚才脸孔还有笑靥，
听说是常家后代根，
脸上的麻点也梗梗清。
林子文我道是啥人？
原来真是常家一脉根，
是我顾某对头冤家到来临。
如果我今朝勿给伊命归阴，
我顾家性命也难保成。

如果我同伊吐露真情，我年纪大，伊年纪轻，眼前打打勿是伊的对手。勿错呀，叫他回房去，待我调整人马，将他拘牢再说，介辰光顾王爷皮笑肉勿笑地说："嘿嘿嘿，贤婿呀，你是常家后代，常家可是忠臣，岳父大人要上朝去，万岁跟前一定特奏一本，为你们审清冤情。你还是先回房去吧。"

林子文心里多少高兴："多谢岳父！"

（唱）今朝这位林子文，
心里想想多高兴：
岳父大人有好心，
为我常家审冤情，
冤枉审清一身轻。
一路行走勿耽停，
伊闺楼高头到来临。

"娘子开门。"陆氏素珍走到门口，将门一开，老酒气息"哗"一蓬往房间里扑进去。陆素珍一看："林郎啊，为妻叫你不要吃酒，你，你，你，吃得如此大醉。""娘子喂，我只尝了尝，要吃吃还着实好吃哒来。""林郎，为妻问你一声，你酒后有没有道出自己的身世？""娘子喂，同别人话出来要闯祸的，跟自己丈人佬话话无所谓，我都跟伊话出来哉。干爹话万岁跟前要去特奏一本，把常家冤枉审审灵清。""啊呀，不好了！"

（唱）听说林郎诉真情，
吓得我三魂六魄无处寻。
骂声林郎是个糊涂人，
看来是劈天大祸要来临。
林郎啊，王爷不是我亲爹，
如果我素珍是他亲生，
你同他讲讲真情勿要紧。
你可知继拜爹总是继拜亲，
如果干爹是忠人，
常家还能保太平，
倘若干爹是奸党，
常家定要断后代根。

可怜你这冤家喂！陆素珍愁煞哉，林子文老酒吃饱醉意蒙眬地话："娘子喂，你一根鸡毛当令箭，怕怎啥？不要紧咯！"

介辰光陆素珍走进房间里拿了一盆冷水，林子文头高头"哗"倒下去。要晓得老酒吃饱的人，冷水一激头脑会清醒的。"娘子喂，你怎么用冷水来淋我？""林郎，你酒后吐真情，看来大祸临头了。"

这时的林子文也后懊悔煞哉。"娘子喂，话已出口哉，收勿回哉，你话怎么办？"

（唱）勿唱两人愁煞人，
要唱王爷顾鼎仁。
银銮殿里坐端正，
林子文原来就是常子文，
今朝要斩草来除根。
为保顾家平安日，
即刻吩咐要杀人。

“戚龙、戚虎、戚彪、戚象在哪里？”“在，王爷叫我们四将何事？”“大小姐楼上的姑爷，林子文可晓得？”“晓得！”“他改姓埋名，原是朝廷钦犯之后，命你们手拿铁索链条，前去捉拿，不得有误！”“王爷，有数哉。”

这辰光顾家四将答是答应了，但互相在说：“阿哥喂，今朝奉王爷之令，去扪朝廷钦犯，你可晓得朝廷钦犯武艺高强，说不定我勿是他的对手。平日里看林子文拳头捏拢好像升箩介大，腰部被凿拳头，肋膀骨起码有两三根好断掉；伊只手伸开来像蒲扇一样，头里若抓一把，像红霉豆腐开甏差不多，脑骨会开裂。这种人只能骗他落圈套。”“阿弟喂，照你话来怎么扪呢？”“办法有咯，照我话来，你们三人门口伏好，我去叫门，请林姑爷开门。林子文若是把门一开，一只脚跨出，你们就铁索链条‘嚓啷当’套进咚好哉。”“阿弟喂，你话来是勿错，也许林子文勿来开，是大小姐来开门，而大小姐伢麻氏夫人当伊心肝肉咚，如果大小姐来开门，我们也‘嚓啷当’将她套牢，被老夫人晓得，我们四个头户口可以迁出哉。”“阿哥喂，你真茶，林子文的喉咙像蛙鸣，大小姐的喉咙脆哆哆，喉咙声粗的，我们铁索链条准备好，如果喉咙脆哆哆的来哉，我们铁索链条后背藏过，你看怎么样？”“好的，我们去试试看。”乃么三个人埋伏好，铁索链条准备好，就等林子文出来。戚龙上前去叫大小姐开门，勿晓得陆素珍一听，“冤家喂，他们果真来扪哉。”

（唱）今朝日子林子文，
一听上门来扪人，
一把宝剑来抽出。

娘子你只管放宽心。
一百人马来扪我，
只给我子文当点心。
两百人马来扪我，
给我子文当饭桶拎。
三百人马来扪我，

林子文要开斯文，
个个给倻[①]命归阴。
陆素珍一看子文怒气生，
阻止官人要耐心。

冤家喂，你气耐耐心平平，
待我开门看灵清，
未知啥人到来临？

陆素珍来到房门口："外面敲门的是啥人？""哦，原来是大小姐，我们是戚龙、戚虎、戚彪、戚象四大将。""既是四将来了，容大小姐前来开门。四位将军，你们来我大小姐楼上却是为何？""回禀大小姐，奉王爷之命，前来捉拿常子文。"

里头林子文一听，宝剑抽出："哇！大胆四将，谁是我的对手，谁敢碰我一根汗毛，就要他的狗头！"

四兄弟一听，人都吓煞。"阿哥喂，林姑爷青筋在跳了，伊跳一跳，我喉咙痒一痒，他如果发起野来，偶头都落地，做平肩王哉。"就在这辰光，陆素珍上前一步："四位将军，你们奉干爹之命，来抲我丈夫，你们覅[②]怕也覅愁，把麻绳给我，大小姐替你们去代抲。""多谢大小姐！"乃么一根麻绳交给大小姐陆素珍，陆素珍拿着麻绳，来到丈夫跟前。

（唱）上前林郎叫一声，
为妻说话侬勿听，
今朝大祸来临身。
啊呀，林郎呀！
你覅怪戚门四兄弟，

① 倻：绍兴方言，第三人称代词。
② 覅：绍兴方言，意为"不用"。

也勿能伤倻四个人。
倻是奉我爹爹一支令，
来扨你林郎苦命人。
如若你害倻四个人，
倻屋里头有父母亲。
老婆儿女一家人，
叫倻以后靠啥人？
啊呀，林郎呀！
今朝我为妻讲真情，
我肚皮里头有小人，
有你常家后代根。
如果你要杀出去，
常言道，
独龙难斗地头蛇。
林郎你只有一个人，
王爷府里人马多得紧，
越打越多，越打越多，
难保你林郎一条命。
死了你一人我伤心，
更何况，我肚皮里还有，
常家后代根。

“啊呀，林郎呀！依我为妻的主意，我给你麻绳吊牢，叫四大将押到银銮殿，让我干爹去审问。另外，我去恳求干娘，请老母亲来保你一命。如果你今日再不听为妻之言。我当场墙壁里碰死给你看。”林子文一听，想想老婆格心肠也石硬的，伊大茶吊痴[①]格墙壁里真当会去碰的，伊如果一死要死两个，连我常家的后

① 大茶吊痴：绍兴方言，形容做事鲁莽。

代都呒有哉，所以连忙讲：“娘子你勿可碰，我听你，我听你。”说完，林子文从身上取下一把宝剑：“娘子，这把宝剑是常家传家之宝，今日由你娘子收领。来吧，你用麻绳将我捆绑。”乃么陆素珍将丈夫五花大绑后说：“四大家将，朝廷钦犯已经捉拿，你们将他押去吧。”

四大将话：“林姑爷喂，我是没有话头，有句话，‘吃伲一碗，由伲使唤’，我是奉王爷之命来拘你，你覅来怪我。依平常待偶也不错，老酒给我们吃碗把，烟钿也给我们一点，今朝我们推来搡去地也不弄了，你先头走，我们后头跟跟算哉。”林子文话：“我一人做事一人当，今朝我跟你们走。娘子你要保重身体。”

（唱）今朝日子林子文，
大步行走勿耽停。
路上有书路上唱，
路上无书覅唱清。
银銮殿里来走进，
王爷上头坐端正。

“王爷在上，四将叩见，朝廷钦犯捉到。”“啊吔，嘿嘿嘿！朝廷钦犯，今朝给你个明白，雁门关潼关总兵常同雪就是你爹爹。他有一张血草图，我要向他借，你爹就是不肯。我万岁跟前特奏一本，你家就满门抄斩，监斩官就是我。嘿嘿，朝廷钦犯呀朝廷钦犯，想勿到我顾某在关门养虎，差险险虎大伤人。今日你性命难保。顾家四将，你们将朝廷钦犯押出后花园，一刀两断。”“是！”

（唱）要唱他们四大将，
押着这位林子文，
看来子文要难做人。
唱个头来表灵清，
回文转来要唱啥人？
要唱小姐陆素珍，
丈夫被拘去急煞人，

三脚两步下楼登，
要求干娘去救人，
一路行走勿耽停，
干娘门口到来临，
亲娘亲娘叫两声。

“亲娘开门！”里头麻氏夫人，坐坐在念佛：“阿弥陀佛身金色，宁波乘船到上海。我老太婆麻氏夫人，可怜生了三个儿子赫赫有名！生了个囡可惜早已身亡。可怜我王爷三月初三这天给我继拜得个囡来，我老太婆多少高兴、多少中意！我没事做，经念念佛念念，晏昼头[①]吃了一支黄鳝，夜头吃了一只甲鱼腿。”

听到这里有几个朋友说：她在念荤佛啊？不是荤佛，是念一亲经。听莲花落的老太太倷记把牢，我教你们几句一亲经，以后念佛场里好去做头头。倷听牢：

（唱）南无阿弥陀佛，
陀佛，南无阿弥陀佛，
阿弥陀佛念念一亲经，
一心要念一亲经。
倷话丈夫亲勿亲？
丈夫出门有外人。
倷话儿子亲勿亲？
讨进媳妇有两条心。
倷话养囡亲勿亲？
鸟窝飞散也勿亲。
倷话女婿亲勿亲？
三句说话就勿上门。
倷话兄弟亲勿亲？

① 晏昼头：绍兴方言，中午。

一些上落，
打开头皮丧性命。
倷话啥西顶顶亲？
铜钿银子顶顶亲。
走到城里好买糕饼、买糕饼。
老太太念经念佛闹盈盈，
一听门外有叫声。

念佛篮放一放，连忙去开门。来到门口头，移开门闩，“哦哟，我道是谁，啊呀，我宝贝囡到哉！可怜我的心肝肉、宝贝肉、夜明玉、南货店里买来粉蒸肉、瓜子花生豆板肉[①]。肉里肉、熟里熟。阿囡喂，可怜你眼泪水疤[②]格啥事体哉？是谁骂你？是谁拷你？你说给伊死就死，你说给伊活就活，只要偌阿囡话，我老太婆就去做。”陆素珍一听，说：“娘，没人打我，没人骂我，也没人作弄我。因为爹爹叫我林郎到银銮殿吃老酒去，后来老酒吃好，林郎回到我楼上，爹爹派四大将将丈夫的人诃得去哉。所以我来恳求侬，要娘亲给我做主呀！”“阿囡喂，勿要紧的，你爹是开开玩笑的，伊是老酒吃饱玩玩的，你老公的人有为娘人格担保，保险公司由我开哉。侬放心，我去走一埭[③]就好哉。阿囡喂，偶走咚，走得慢些，勿可走得介快，如果走得快，娘绊一绊，要翘元宝[④]的。慢些好哉，可怜哪，慢些！”

（唱）勿讲娘囡把路行，
路上有书路上唱，
路上无书勿讲清。
花园里头来走进，

---

① 在江浙民间，本句所列举的物品皆为珍贵之物，以此来比喻陆素珍在麻氏夫人眼中的珍贵。绍兴方言“肉”与“玉”同音。

② 眼泪水疤：绍兴方言，形容眼泪汪汪的样子。

③ 走一埭：绍兴方言，即“走一趟”。一埭，一趟。

④ 翘元宝：绍兴方言，比喻摔跤，摔跟头。

九曲桥上步难行。
假山湖石边有杀声，
到底为了啥事情？
要走过去看灵清。

娘囡往假山湖石走过来，而要杀林子文的四个人，老早看见哉。“阿哥，走过来是麻氏夫人，王爷对麻氏夫人也要让她三分，林子文暂时勿可杀，我们先去见夫人。”四个人走过来。“王爷夫人在上，四家将叩见。”“省哉省哉，息哉息哉，爬起来。”“是是是！”“我问傢今朝在杀谁？”“回禀夫人，偶在杀常子文。”“啥西啊？傢真当神气勿灵清哉。连我女婿大爷的人也敢杀。我王爷是老酒吃饱哉，傢难道老酒也吃饱哉？你们没有我的命令，谁敢杀林姑爷，谁敢碰伊一根汗毛，就要谁的狗头！”“是是是！”“阿哥喂，阿弟喂，夫人话过哉，如果林姑爷的汗毛动一动，我们的头都要落地。不可杀，不可杀！”

麻氏夫人话哉：“阿囡喂，我要与你爹爹这个老死尸评过道理。这老死尸老甲鱼，连至女婿大爷都杀哉，如果这样下去，我老太婆都要被他杀掉。”

（唱）今朝娘囡两个人，
一前一后把路行。
她们大厅里头来走进，
只见王爷坐端正。
麻氏夫人走过去，
行过大礼站停身。

“啊吔！王爷在上，我这样掇一掇[①]。”“夫人一旁看座。”“谢坐，谢坐。”老太婆坐落，陆素珍走过去：“爹爹在上，女儿万福！”“阿囡罢了，在你娘旁边看座。”“谢过爹爹。”她也坐落。

这时老太婆话哉：“哎哟，王爷喂，你怎么女婿大爷都要杀哉？这样下去，

① 掇一掇：绍兴方言，作揖。

我老太婆也要杀掉哉！”“夫人啊，你哪里晓得林子文伊姓常，勿姓林，是常同雪之后，他一家人是我所杀，我现在关门养虎。虎大伤人，要反受其害。我来问你，你是要靠儿子吃饭，还是要靠女婿吃饭？”“这个……王爷喂，儿子全子，女婿是半子，我总要靠儿子吃饭的。我看这样，我女婿大爷勿可杀伊，叫伊也勿可来杀我，怨怨相报何时了，你话是不是？”“夫人呀，杀人要灭口，斩草要除根。若今日不给他死，以后顾家性命难保。夫人不必相劝，我一言既出，驷马难追，话出要杀，一定要杀。”

老太太想，“乃么完结，我阿囡里牛皮吹过，保险公司是我开的，实介一来，保险公司倒灶哉！”没办法了，只有叫阿囡自己去劝了。“阿囡喂，做娘的本事呒有，你爹里我劝勿好哉，可怜只有你自去劝哉。”可怜陆素珍走过去，地上跪倒：“爹爹，看在我女儿面上，饶饶我林郎一条性命吧。”

（唱）爹爹容禀啊，
上前叫爹爹老大人，
女儿是莲蓬结籽苦在心。
自从进了王府门，
爹娘待我似亲生。
爹爹呀，看在我女儿的面上，
饶饶林郎一条命。
若还爹爹肯饶伊，
我夫妻做牛做马报恩情。

“哎呀，爹爹饶命呀！”王爷一听：“阿囡呀，为父主意已打定，今朝一定要斩你丈夫林子文。以后你没男人覅愁，待为父书信一封，关照你京城做官的三阿哥，叫伊拣个新科状元与你成亲。”“爹爹呀，古人有句常言，叫‘好马勿吃回头草，好人勿走回头路’，我活着是常家人，死了也是常家鬼。万望爹爹开恩，饶我丈夫一命。”“阿囡你覅话哉，你既然另外老公不肯嫁，就在我顾家养老送终。”陆素珍左劝右求无济于事。介辰光伊突然想到，“爹爹，你既然一定要杀林子文，但今朝不能杀”。“啊？为何勿能杀？”

（唱）爹爹呀，
你真是一个糊涂人，
大明朝，王法条条勿留情，
营救朝廷钦犯有罪名，
藏着朝廷钦犯也有罪名。
我丈夫，既是朝廷钦犯大罪人，
理应到法场公开行刑。
今日里你在王爷府里动私刑，
你是知法犯法有大罪名。
顾王爷一听吃一惊，
要感激阿囡来提醒。

顾鼎仁想想差险险犯大错哉，幸亏阿囡提醒我。“阿囡，那依你之见呢？”“照我话来，等明朝天亮，将我丈夫林子文麻绳捆绑，关进囚车，你派人送往京城，叫万岁去处理。”顾王爷一听有道理，乃么吩咐一声，话将常子文关进囚车，明日一早送京城叫皇帝定夺。

（唱）一夜无话勿要讲清，
第二日东方发白天已明。
可怜这位林子文，
囚车里头来关进。
铁索链条来吊牢，
眼泪汪汪好伤心。
勿听我娘子来相劝，
劈天大祸到来临。
林子文口口声声叫娘子，
陆素珍哭哭啼啼到来临。
林郎啊，你今日押送到京城，

凶多吉少难做人。
如若是，万岁龙怒害你命归阴，
为妻我也覅做人。
活着难能夫妻配，
死了也与你来成亲。

哎呀，娘子呀！
我这次解押去京城，
倘若有三长并两短，
一年两年总要等，
三年四年等勿牢，
尽管另外嫁男人。
如果男家有大人，
孝顺大人你自个福。
如果男家是种田人，
当植田地你自个福。
如果男家养六畜，
饲养六畜当自个肉。
娘子啊，今日我往京都城，
请你也离开顾王府，
因为你腹内怀身孕，
他是我常家后代根。
万一这位顾鼎仁，
为了斩草要除根，
翻脸不留父女情，
你性命可能也保不成。
只要你逃出顾王府，
你只管张三李四嫁男人。

如若生出后代根，
你要用心抚养让他读诗文，
大考年间到来临，
叫他上京求功名。
倘若功名来成就，
你同儿子讲灵清，
爷爷名叫常同雪，
爹爹名叫常子文，
死于奸人手中心。
要伊仇报报冤申申，
我死在黄泉也甘心。

啊呀，林郎啊！
你叫我另外嫁男人，
为妻我宁愿覅做人。
林郎呀，
我等得牢也要等，
等勿牢，也要等，
如果你真当命归阴，
我给你守节守端正。
林郎呀，
如果你解到京都城，
我想方设法逃性命。
一定逃出王爷府，
再到别处苦求生。

可怜两婆佬[①]抱头痛哭，不离不弃。顾王爷一看，要死哉，我的继拜囡与林

① 两婆佬：绍兴方言，夫妻二人。

子文，两个人像臭柏油一样胶牢哉。如果这样下去，囚车京都去勿成哉。乃么吩咐众丫头下楼，推的推，拉的拉，将陆素珍往王爷府里拉进。这头王爷派出三十六个家丁，信一封，囚车一部，将林子文押往京都叫皇帝处理。

（唱）路上有书路上唱，
路上无书勿要谈讲。
实足走了三月整，
这一日，狮子山边把路行。
勿唱倷在路上行，
要唱狮子山高头，
有两名强盗到来临。
大强盗名叫王德彪，
二强盗名叫孟沙清。
聚义厅里坐端正，
吩咐喽啰最要紧。

“众位喽啰听着，本大王有言吩咐，你们下山抢掳，有三种人勿能抢。”“大王，哪三种人勿能抢？”“头一种，行商苦力勿能抢。第二，好老百姓勿能抢。第三，大肚婆勿能抢。”“大王，除出这三种人以外，还有哪些人好抢？”“要抢贪官污吏的赃车。还有一种囚车，因为囚车里都是逼上梁山，同官府作对的人，是偶强盗的朋友。”一班喽啰，连声称：“是是是！”“众兄弟下山去吧，呵——”

（唱）奉了大王一支令，
劫富救贫我本分。
山坡高头来瞭望，
山脚下，一辆囚车到来临。

“大王吩咐过，囚车里的人是偶强盗的朋友，速速前去营救。”喽啰兵下山岗，将狮子山脚下底团团围牢。勿到半个大时辰，三十六个家丁全都五花大绑。

一班强盗在话："阿哥喂，将一班人头割落，肚皮剖开，一颗心挖出，过老酒吃。精肉做馒头，皮肉好熬油。"可怜三十六名家丁大家跪倒求饶："山太爷饶命，我家里还有八十三岁老娘要我养。""对咯，对咯，偶老婆肚皮里有货色哉，如果将我杀掉，小人生出来变遗腹子哉！对勿住，饶命，饶命！"一班强盗将三十六个人押上狮子山，还有一班强盗话："众位兄弟，大王吩咐过，囚车里佬倌，是我们的朋友，我们不能让他吃亏，众位喽啰，囚车抬上去见大王要紧。"

嗨嗨嗨！呵呵呵！抬起来。

（唱）囚车抬抬把路行，
狮子山上到来临。
聚义厅里停一停，
回禀大王最要紧。

"下来下来，吃力煞哉。回禀大王，山下底捉到三十六名家丁，囚车一部。从家丁里上上下下，搜出金银珠宝勿少。还有一封信和一个犯人。"乃么其中一个强盗把一封信递给大大王。山上的大大王，年纪望上去只有廿多岁。头上戴着书生帽，身穿一件绿海青，脚踏靴子，手摇象牙扇子。一封信拆开来一看："哎哟，众位喽啰，囚车里佬倌倷道是啥人？雁门关潼关总兵常同雪之后叫常子文。伢狮子山高头，又多了一位英雄。众位喽啰，囚车敲破，囚车的树木拿到灶头间，好烧火的。铁索链条用凿子凿断，铁索链条的铁，伢好打兵器的。将这位常英雄去香汤沐浴改换衣衫，清静房间里住进。""是是是，囚车敲破，铁索凿断，常英雄浴潒潒，清静房间里住进。""灶头间喽啰听牢，烧一斗米饭，煮十斤牛肉，取一坛老酒，弄好送过去。""阿哥，大大王的人客到哉，这爿话哉，外镬猛来里镬幽来，懒惰肉饼子斩起来。"

（唱）勿到一个大时辰，
白米饭软喉口，
豆腐桶里来撬进。

饭桶里盛勿及，要豆腐桶里盛了。

（唱）香喷喷牛肉，
大钵头里来撬进。
老酒抬一抬，
喽啰兵在起忙头，
边走边在动脑筋。

“阿哥喂，我们香煞哉，我口里水咽勿及哉。阿哥喂，伢抓些尝尝。”“吃勿得的。”“反正他们吃勿光的，我们现在吃点没关系的。”“熬一熬算哉。”

（唱）喽啰兵送饭菜忙煞人，
清静房间门口到来临，
饭担停一停，
门口头要喊两声。

“常英雄开门。”常子文门闩移开。啊！别人两只眼睛看，伊三只眼睛看，嘴巴开得老老大，钵头里牛肉的香气往鼻孔里闻进去，香气通过大脑，口里流水大量供应。呔呔呔！常子文心想：“强盗怎么待我介好？送白米饭老酒牛肉给我吃。大概吃饱后，给我到‘外婆家’去了，好的，吃了再话。常子文走出外头，桶盖掀开，别人用只碗盛饭，伊勿用碗盛，拿起饭瓢像舀水般舀的。”牛肉用手抓，老酒捧起，“汩汩汩”一歇工夫，这许多食料全部吃光。两个喽啰兵张口结舌：“阿哥，刚才你说吃了剩下归我们吃，你看，别人都吃光了，饭桶底里还有三颗饭粒。”

（唱）喽啰兵笑煞人，
常英雄叫一声，
伢要回转复命最要紧。

“常英雄你是赞，你真好，伢要走哉，伢去哉。”

（唱）勿唱喽啰兵，
倻在路上行，
要唱这位常子文，
饭足酒饱放宽心。
房间里来走进，
抬起头要看灵清，
一张眠床摆端正。
夏布帐子亮晶晶，
春秋薄被摊得紧层层。
帐子钩里有样东西挂端正，
常子文看了呆煞人。

摘下来一看，还认识的，是啥西啊？是常家屋里传家之宝——青铜剑。常子文想："我常家的传家宝青铜宝剑共有两把。一把雄一把雌，一把由我子文带在身，还有一把由我妹妹常金花带在身。怎么会在强盗手里？莫非妹妹她，我们半路失散后，一个人路过强盗山，被强盗揢牢，硬要她做压寨夫人，阿妹勿答应，强盗王杀了我妹妹？"

（唱）今朝是见到一把青铜剑，
好似见到妹妹的人。
哎呀，妹妹呀！
今朝你死得好伤心，
为兄我，
十八般武艺样样能，
要给妹妹报仇冤，
强盗山杀得干干净净。

宝剑抽出："妹妹，你上天有灵，为兄给你报仇来了。"

（唱）常子文怒气生，
宝剑拔出，
准备往山下杀端正。
唱个头来表灵清，
回文转来唱啥人？
要唱清静房间外头登，
走来一位年轻人，
头上戴着书生帽，
身穿绿海青，
脚踏靴子，拿象牙扇，
来到清静房门口停一停。

“常英雄开门。”里头的人正火冒三丈：“呀呀呸！大胆强盗，我妹妹死在你手里，我要替妹妹报仇雪恨，你往那里走？”“常英雄你气头要耐，你门开开来，话灵清后再好杀的。”常子文想想勿错，阿妹是死是活我还不知道，强盗是好是坏我也勿晓得，好的，门开开来再话。宝剑入鞘，门打开，谁知山寨上的大大王，见四下无人，走进以后门关拢。开口就叫：“兄长！”“你，你是何人？我常家只有妹妹，没有兄弟，你不要冒认于我。”“兄长，兄长喂！”

（唱）兄长啊，我是你妹妹常金花。
哥哥你若勿相信，
我摘下帽子你看灵清，
青丝头发根打根。
啊呀，哥哥呀！
偶自从被奸人来陷害，
杀了我全家一满门。
可怜我兄妹三个人，
一路逃性命。

官兵追得紧层层，
将伢团团来围牢。
哥哥你为了斩草勿除根，
放落伢小阿妹，
藏起我跪倒去求情，
偶是官家后代根，
饶饶伢三条命！
官兵头目勿答应。
哥哥你同我话灵清，
你话妹妹喂，
你背着小妹逃性命，
我同官兵来对抗。
哥哥你同官兵来对打，
我背小妹逃性命，
逃要逃出皇城里，
十里凉亭来走进。
小阿妹哭煞人，
伊喊肚皮饿，
我叫她凉亭里坐一坐，
冷饭头给伊讨端正。
一碗冷饭来讨到，
小妹妹已无处寻。
可怜我，
走投无路没办法，
女扮男装为寻你哥哥一个人。
一路来到强盗山下底，
强盗拦我紧层层，
㑚要我的买路钱，

我话强盗喂，
我可以答应，
但我的拳头勿答应。
强盗王勿相信，
一个牛头攻，
向我妹妹攻过来。
强盗哪是我对手，
我十八般武艺件件能。
蹲下一个扫堂腿，
要将强盗来扫倒，
背脊心里踏得喊救命。
强盗王“哎哟哎哟”喊饶命，
他说道只要饶伊一条命，
大大王的位置让给我。
后来我想上想，
寻你哥哥无处寻，
寻寻小妹无踪影，
隐姓埋名改名叫王德彪，
招兵来买马，
只要兵马来招齐，
力反那皇城，
要给爹娘报仇冤，
我是你同胞手足骨肉亲。

常子文还以为在做梦：“你难道真是我金花妹妹？”“哥哥，这是真的。”“妹妹！”“哎呀，哥哥！”“妹妹，我找得你好苦呀！”兄妹抱头痛哭。

（唱）哥哥呀，自从兄妹来失散，
你在哪里过光阴？

出口妹妹叫一声，
自从失散我无处寻，
我逃要逃到江苏省，
苏州府昆山县玉龙镇，
小林村庄住端正。
隐姓埋名叫林子文，
讨进你嫂嫂陆素珍。
伊是贤德妻子有名声，
后来我，
人命官司来犯进，
也是你嫂嫂，
寻找继拜爹，
将我救进王爷府门。
啊呀，妹妹呀！
杀我全家一满门，
你道是啥人？
就是王爷顾鼎仁，
杀了我全家一满门。

这山寨上大大王气头多少急！“哥哥，对头冤家已经晓得，山上我有一千喽啰，喽啰下山将王爷府团团围住，杀他个鸡犬不留陷地三尺。”“妹妹呀，你千万千万动勿得，如果你一千喽啰，王爷府里杀进去，杀了别人倒罢了，王爷府里头，还有你嫂嫂陆素珍，我走的时光，你嫂嫂身上怀孕三月整，我一路到狮子山，又是三月整，你嫂嫂陆素珍肚皮里有六个月哉。如果杀掉嫂嫂一个人，常家要断后代根。”“哥哥喂，照你话怎么办？”“你下山去救嫂嫂要紧。”“哥哥喂，你说来也发魇[①]，嫂嫂怎么长怎么矮，怎么张相貌，我又勿晓得，叫我怎么去救

① 发魇：绍兴方言，意为“可笑”。

救？”“噢，妹妹，你说嫂嫂的相貌啊，你给我听咚。”

（唱）出口叫声好妹妹，
话起你嫂嫂陆素珍，
青丝头发根打根，
柳叶眉毛左右分，
寸管鼻头笔笔正，
樱桃小口红缨缨，
画眉眼睛水灵灵，
鹅蛋那脸形。
生得勿长也勿矮，
勿胖也勿瘦，
小脚尖尖二寸九，
升箩里“咕噜噜”好调头。
话起你嫂嫂陆素珍，
耳朵后背有颗痣，
这颗名叫朱砂痣，
就是你嫂嫂一个人。

“哥哥喂，照你话来，嫂嫂的相貌，有天上仙女一般漂亮。好吧，今朝已经来勿及了，明日一早，我下山营救。哥哥，聚义厅我领你去，我走后，山上没有统领，由你统领山寨。喽啰兄弟给你认得认得。”“好。”兄妹两人来到聚义厅。“众位喽啰，这是我的阿哥叫常子文。而我是隐名埋姓女扮男装，我实际上叫常金花。今日哥哥到哉，我的位子让给阿哥当哉，你们大家都要听他的说话。我有些私事，明早要下山去办一下。”一班喽啰话：“是是是。”则喏，第二日一早，兄妹两人分别。

（唱）常金花大大王，
奉伲阿哥之命，

到昆山寻阿嫂最要紧。
勿唱一位大大王，
寻俤阿嫂路上行。
要唱王爷府里一段情，
里头素珍罪过人，
可怜眼泪汪汪好伤心。

“林郎啊林郎，自从你解到京都，将近已有三月了。我在楼上思想起来，好不使人烦闷也！”

（唱）坐在楼登描绣花，
想起丈夫林子文。
八月月半起祸根，
解要解到京都城，
杳无音信到来临，
莫非丈夫一个人，
半路高头出事情？
莫非一路到了京都城，
丈夫已经丧了命？
林郎啊，
如果你已丧性命，
半夜托梦来告知，
告知我为妻苦命人。
我一路去到还愿堂，
干娘面前去求情。
叫她银子拿许多，
和尚道士叫几名，
要给你七七敲八八吹，

超度你亡灵慰你心。
林郎出走的辰光，
叫我想方设法逃性命。
等到夜已深人已静，
丫头使女早困觉，
今朝我素珍要逃性命。
头上凤头翡翠来拔落，
身上绫罗绸缎脱干净。
一只玉结来取下，
打开箱子摸衣裳，
破衣裳取出来，
身高头穿端正。
常家顾家是对头人，
身为常家儿媳妇，
我勿要拿金、勿要拿银，
我单衣薄裳逃性命。
一路到京都寻丈夫，
寻我林郎最要紧。
夜已深人声静，
月色昏暗沉沉，
素珍身怀有六甲，
脚高脚低路难行，
总算逃出王爷府门。

这辰光，一路逃来天已亮哉，肚皮也饿哉，冷也冷煞哉。这怎么办？我肚皮饿了倒不要紧，而肚皮里的小人是常家的后代，饿死怎么对得起常家之人？对，还是讨饭走大路。可怜陆素珍在十字街口求乞讨来银子，一路往京都而去。

（唱）十二月廿八到来临，
西北风呼呼呼起响声！
鹅毛大雪纷纷飞，
可怜陆素珍，
身上衣衫多寒冷。
啊呀，苍天啊，你无眼睛！
冻死我个苦命倒无妨，
冻死我肚皮里小亲生，
对不起常家心不宁。
抬起头来看灵清，
有座破庙到来临，
破庙里头来走进。

可怜陆素珍破庙里走进，抬头一看，上面写着“孟姜庙”三字。伊越加伤心煞哉，天哪！想勿到来到孟姜庙了。

（唱）孟姜娘娘一个人，
为寻丈夫范喜良，
死要死在半路上。
想勿到我陆素珍，
为寻丈夫常子文，
莫非我也要死在半路亭？
孟姜娘娘你显灵圣，
我丈夫有没有命归阴？
如果丈夫命归阴，
你给我来支下下签；
如果丈夫没有命归阴，
你给我来支上上签。

可怜陆素珍，
蒲墩高头来跪定，
一只签筒拿手心。

手捧签筒边摇边说："孟姜娘娘显灵圣，万望你显灵圣，我老公有没有死，如果死了来支下下签；如果还在，给我来支上上签。""卜落笃！"签经摇出，是第几签？第四签，是支上上签！签经高头写着：贤有心云志，君安乐未封，若逢侯首印，好事喜冲冲。

我现在要给大家详签经哉。"贤有心云志"，是指你老公志气高。"君安乐未封"，是时机还没到，君王还没有封他。"若逢侯首印"，他有将相之才，今后印子一定能到他手里。"好事喜冲冲"，好的事体都凑拢来哉。可怜陆素珍求到上上签高兴煞哉："谢过娘娘！"陆素珍心里宽上宽，我老公没事体那就好。冷也冷煞，佛桌旁边有堆草壳，今朝也勿怕脏，把干草盖在头上，像小山一座堆起来，躲在草堆里发抖。她在抖勿去讲她，庙外有个人来哉。

（唱）要唱庙外走来一个年轻人，
头高头，戴着一顶书生帽，
身高头，穿着一身绿海青，
脚踏靴子左右分，
一把宝剑别端正。
来个佬倌是啥人？
山寨高头大大王，
在寻阿嫂忙煞人。

今朝是风也大，雪也大，没有地方好过夜，破庙里头歇息再话。

（唱）破庙里头来走进，
身上积雪掸掸清。
蒲墩高头来坐定，

坐要坐到大天明，
天明再把嫂嫂寻。

前半夜还好坐坐，后半夜肚皮饿哉，冷也冷煞哉，可怜你饿煞冷煞，而佛桌下的陆素珍还要难过。她在哭啦："苦哇！"是后半夜，你好哭哭啊，汗毛管五百一千竖起来。常金花大大王梦中惊醒，啊，莫非有妖魔鬼怪？将一把宝剑抽出："呀呀呸！哪来的妖魔鬼怪？"草堆里有个头钻出来，"你这个强盗！"常金花大大王心想，"难道这讨饭婆认得我，山高头做大王只有我自有数，难道我脑壳上，有'强盗'两个字写着？"则喏，一把宝剑陆素珍项颈里搁牢，"大胆你这疯婆女子，竟敢骂我强盗。如果叫我英雄，今朝饶你性命，叫我强盗岂肯饶你？""英雄饶命！""好，要我饶命不难，你家住哪里？姓甚名谁？讲得灵清今朝算哉，讲勿灵清我决不饶你。"

（唱）英雄容禀。
上前英雄叫一声，
小女子莲蓬结籽苦在心。
家住昆山玉龙镇，
小林村庄我家门。
丈夫名叫林子文，
苦命我名叫陆素珍。
为只为八月月半起祸根，
老酒吃饱大祸临。
可怜他一路解到京都城，
小女子我一路到京都寻亲人。
我为他身受怀孕九月整，
我为他披头散发不像人。
我为他身上衣衫不周全，
我为他讨饭求乞雪花银。

我为他东打听西找寻，
我为他冰天雪地过光阴。
英雄啊，
你好事做在眼面前，
烧香烧在三宝殿，
饶饶我苦命之人一个人，
大恩大德我永记心。

“英雄饶命！”常金花一把宝剑项颈里搁牢咚，听说她叫陆素珍，老公叫林子文，一把刀放下去哉，“怎么会有这种事体，有这么巧啊？你老公叫林子文，你叫陆素珍，我阿哥隐姓埋名就叫林子文”。再一想么，同名同姓总有的，不会是我阿嫂，因为照阿哥话来，阿嫂的相貌，像天上仙女般漂亮。唉，临走时阿哥关照过，我阿嫂有个特点，耳朵后背有颗朱砂痣，如果有痣就是我阿嫂，没痣不是我阿嫂。佛桌上有对三拜头蜡烛，什么是三拜头蜡烛？年老的老婆婆老公公都有数，三拜蜡烛只有这么长，蜡头点着后，只有三拜好拜，蜡烛油流掉就灭掉哉。常金花大大王火石磕着，用蜡烛照阿嫂一颗痣，勿晓得一照么，陆素珍耳朵后背果真有颗朱砂痣。乃么上前一声叫：“嫂嫂。”陆素珍一听：“你是何人？我听丈夫说过，家里只有姑娘，没有阿叔，你不要冒认于我。”“嫂嫂，你为常家受苦了，我是你的姑娘，嫂嫂你来看。”一顶帽摘下，头发“嘚儿”披下。

（唱）嫂嫂呀，哥哥救到狮子山，
我奉哥哥一支令，
救你嫂嫂到来临。
想勿到你嫂嫂独个人，
破庙里头受苦辛。
哎呀，嫂嫂呀！
你为常家受苦辛，
我代替哥哥来陪情。

哎呀，嫂嫂呀！
今朝已经来勿及，
但等明朝天亮头，
我去轿子备一乘，
叫他们抬到狮子山，
同我兄长两个人，
夫妻相会合家亲。

这时候的陆素珍还以为是做梦："莫非我在做梦不成？""嫂嫂这是真的，我是你姑娘常金花。"陆素珍见到亲人哉么，可怜眼泪水还熬得牢啥西？"妹妹，可怜妹妹喂！""嫂嫂，嫂嫂呀！"今朝后半夜，姑娘阿嫂两个人勿困觉哉，咚咚较讲话讲到大白天亮，东方发白哉。"嫂嫂喂，你庙里勿可走开，我街里去一埭，可怜你在发抖，我衣裳去买两套来，棉被买床来，轿去雇乘来，你要等着的。""妹妹喂，你去吧，为嫂等着。""好，嫂嫂我去哉。"

（唱）要唱这位常金花，
一路来到街坊上，
棉袄棉裤买端正。
一床棉被来买进，
一乘眠轿讨端正，
轿夫手抬抬把路行。

抬轿两个人，一个叫张三，一个叫李四。抬轿来到孟姜庙门口。"两位轿哥，你们茶一歇，我把阿嫂抱抱出来。"棉袄棉裤拿出去，给阿嫂穿上，将阿嫂的人抱出来，眠轿里头困进咚。什么叫眠轿？观众朋友，《翠姐姐回娘家》里就有这种轿。好像窝篮介一只，困也好困，坐也好坐，这种就叫眠轿。则喏，陆素珍眠轿里困落[①]，棉被没头没脑盖牢。"倷两个轿哥，倷抬得耐些，阿嫂肚皮里有小人

① 困落：睡下。困，睡；落，方言意为"下"。

咚哉，马上要生产了。如果走得快，小人早产要寻着你们的，你们只要好好抬，抬到目的地，银子赏每人五两。”张三李四一听，啥西啊？“阿哥，阿弟喂，赚老婆本钿，要看这堆头里哉。嗨左[①]，嗨嗨！”

（唱）轿子抬抬不留停，
狮子山下到来临。
要唱一班小强盗，
山坡高头望灵清。

“我的哥，下底有乘轿来哉，山大王回来了，快去汇报新大王。报新大王，大大王回来了。”常子文听到阿妹回来了，知道娘子一定也来了。“众喽啰出外相迎！”

（唱）常子文带着一班喽啰兵，
出外相迎最要紧。

“妹妹，侬嫂嫂有没有找到？”“哥哥，嫂嫂已经找到了，眠轿里躺着。”常子文将棉被角头掀开，见娘子面黄肌瘦、骨瘦如柴：“娘子，你受苦了。”可怜陆素珍头直起来：“林郎，你没死啊？”“娘子，我勿死，我抱你上去。”一只手拄弯口托起，一只手胳肢下托起，“娘子同我来”。

（唱）常子文抱着老婆陆素珍，
狮子山高头到来临。
房间里头来抱进，
眠床里困进。
命令一班小强盗，
服侍娘子最要紧。

则喏，合家算团圆哉。团圆后陆素珍十个月满足哉，肚皮也痛煞哉在生小人，

---

① 嗨左：绍兴方言，表示干力气活儿使劲时的呼喊声。

常子文急煞哉，收生外婆[1]叫进，给陆素珍接生，生生很顺当，而且还是个儿子。

（唱）常子文多高兴，
出口娘子叫一声，
常家有了后代根。

哎呀，娘子呀！
我要给他名字起端正，
请你娘子来起成。

素珍她给儿起名叫胜节，
常子文满口来答应。
眨眼间小人满月到来临，
开开心心要办剃头酒，
陆素珍小人抱在怀兜里，
一直要往聚义厅。
刚刚走到半路上，
有一班人喊救命，
到底为了啥原因？
走哒过去要看灵清。

木栅栏里头有一班人在喊："大小姐救救！"原来是王爷府里三十六个押林子文来的人，现在都关起来了。头发也老老长哉，衣裳都粉粉破哉，他们大小姐的人认得的，所以一看熟人就喊。陆素珍上前一步，原来是王爷府的人，说："你们勿可愁，有我大小姐在，我到林郎里去话一声，一定放你们回去。""多谢大小姐！"乃么陆素珍小人抱抱，要往聚义大厅而去。

① 收生外婆：江浙方言，指接生婆。

（唱）今朝这位陆素珍，
小人抱抱把路行，
聚义厅里来走进。

啊呀，林郎呀！
千错和万错，三十六个家丁都没错。
他们奉我爹爹一支令，
将你林郎押到京都城。
他们上有老下有小，
你将他们来关牢，
老婆儿女都饿肚子，
家人都要难做人。
哎呀，林郎呀！
今朝伢儿子剃头酒办端正，
放他们出来最要紧，
给他们头也剃一剃，
沐浴换装弄干净，
剃头酒吃好再放行。

"娘子，那好，我听你的。喽啰哪里？木栅栏里三十六个人放出来，头剃剃，浴浴浴，衣裳换换，叫他们来吃剃头酒。"

（唱）吃桌翻桌闹盈盈，
要唱那，
山下来了一个人。

勿是别人，是个小强盗。

（唱）小强盗上山岗，

大大王跟前讲灵清，
到底为了啥原因？

“回禀大大王，当今皇帝贴出皇榜，安南国起反，中原没有大将挂帅！若有人征剿安南，有官官上加官，无官平地起官，官职不要，赏黄金万两。若是犯法之人，征剿安南国，将功补过。”常子文伊话：“娘子喂，外国人反得好，反得好！”陆素珍一听，“你个冤家哇”。

（唱）骂声冤家勿是人，
古人有言道分明，
国家有难，匹夫有责。
再说道，常家忠良有名声，
如果外国人来反进，
杀了我国老百姓，
害得百姓受苦辛。
我勿忠勿孝背罪名，
我骂你林郎理不明。

“娘子喂，照你说怎么办？”“照我话，你们兄妹两人，武艺高强，应该为国出力。去征剿安南，你看怎么样？”“娘子喂，我听你的。今朝甮话哉，儿子剃头酒吃落，明日我兄妹下山，前去揭皇榜。”

（唱）第二日，东方发白天又明，
兄妹双双两个人，
一路下山最要紧。
行走来到京城里，
城门口前到来临，
围拢人马里三层外三层。

大家都在看皇榜，今朝常子文一张皇榜“嗖”揭落，看守皇榜两个禁军校尉说："你这位后生，莫非武艺高强来揭皇榜？""我武艺高强，要保护万岁，征剿安南。"这两个校尉，是九千岁莫奈何旁边的人。"那好，同我们见过千岁要紧。"

（唱）兄妹两人跟前禁军校尉把路行，
千岁府里来走进，
见过千岁最要紧。
九千岁莫奈何，
大厅高头坐端正，
禁军校尉去通禀。

"报！回禀千岁，今日有人揭了皇榜。"千岁话："好，带他进来。"校尉走出外头，将兄妹领到千岁跟前，老千岁在问："后生哥，家住哪里？姓甚名谁？有啥个本事能征剿安南？"

（唱）哎呀，千岁呀！
上前千岁叫一声，
雁门关潼关总兵常同雪，
是我爹爹老大人。
我三字名叫常子文，
妹妹名叫常金花，
伢两人武艺高强有本领。
保护万岁坐龙廷，
征剿安南勿留情。

老千岁听说是常家后代，高兴煞哉："哈哈哈！国家有救了，想勿到常家还有后代，两位暂住千岁府里，明日一早，我奏明万岁。""多谢千岁！"

（唱）一夜无话勿要讲清，
第二日，东方发白天又明。
大明朝，正德皇帝一个人，

五更早朝坐龙廷，
文武百官左右分。

“五谷丰登，万古千秋。寡人大明正德，自从登基以来，马放青山，刀枪入库，这是寡人一片洪福。想勿到安南国起反，中原没大将挂帅，寡人我时刻挂在心中。众位爱卿，有本快快起奏，无本两旁退朝。”这时文武朝官中有一个人立出来哉：“臣，老千岁见驾，我主万岁！老臣有一本启奏。”“千岁，你有何本奏？”“臣启我主万岁，雁门关潼关总兵常同雪之子常子文，常同雪之女常金花，兄妹两人武艺高强，要保护万岁稳坐龙廷，要前去征剿安南，望万岁定夺。”当今万岁在想，当初有常同雪在时，国家很太平，外国人勿敢来侵犯。常同雪一死，外国人经常来侵犯。“那好，传兄妹两人上朝。”“万岁有旨，传常家兄妹上朝。”“领旨，领旨也。”

（唱）耳听内侍一声传，
兄妹两人上朝廷。
百步金阶来走上，
行来已到金銮殿，
文武百官两旁分。

“上坐我主万岁，万岁！万岁！万万岁！常子文兄妹两人，参见我主万岁。”“爱卿平身，两位爱卿，今朝千岁奏本，说你们兄妹武艺高强，保我稳坐龙廷，可有此意？”“万岁，我兄妹两人，愿保你万岁稳坐龙廷。”“那好，常子文过来听封，寡人封你为征剿安南大元帅，给你兵马十万。常金花，寡人封你为先行官。你兄妹齐心协力，去征剿安南，征剿完毕，寡人重重有赏！”“谢主隆恩！万岁，万岁，万万岁！”

（唱）兄妹两人多高兴，
第二日，
十万兵马点端正。
常子文多威风，

征剿帅旗背端正，
手拿一根蓝银枪，
率领众军把路行。
实足行了一月整，
安南边界到来临。
常子文抬起头来看灵清，
外国元帅帅旗竖端正。
上写常字有名姓，
中原元帅也姓常，
外国元帅也姓常？
到底为了哪一桩？

介时光打仗要站表明说的，说限定三日，金沙滩大家开战。三日以后，这头摆起长蛇阵，那面也摆起长蛇阵，常子文奇煞哉，心想，长蛇阵只有常家会摆，怎么外国人也会摆出长蛇阵？介辰光两个元帅面对面，伊话："外国元帅，你们小小国家，为啥勿年年进贡，岁岁来朝，还敢侵犯中原大国？"对方话："大胆中原元帅，我一不要江山，二不要社稷，替父报仇那是目的。""你口口声声要替父报仇，你家住哪里？姓甚名谁？"

（唱）中原元帅你听好，
我原本就是中原人。
常同雪是我父亲大人，
我三字名叫常金娥，
当今昏君实无道，
我要给爹娘报仇冤。

常子文一听："你是常家的后代，你爹是雁门关潼关总兵常同雪，你道我是啥人？我是潼关总兵常同雪之子，我叫常子文，你来看。"

一把宝剑往上擎起，外国元帅马高头还坐得牢吗？翻身下马。"原来兄长到来，兄长在上，受小妹一拜！”常子文忙问是怎么回事。

（唱）哎呀，兄长呀！
上前兄长叫一声，
可怜我兄妹三个逃性命。
官兵将我来围牢，
可怜你为了斩草勿除根，
你放下我一个人，
你同官兵去求情。
官兵就是勿答应，
你同姐姐讲灵清，
你叫她背着我逃性命，
你同官兵来对打，
姐姐背我逃性命。
十里凉亭来背进，
可怜我肚皮饿煞人。
姐姐给我去讨饭，
谁知道来了一个大男人，
见我哭得好伤心，
要带我到安南国，
他是安南国国王有名声。
后来我给他当女儿，
给我请了个拳教师，
现在我长大成人，
十八般武艺全全能。
父王跟前，
十万兵马讨端正。
征剿中原大国，

给我爹娘报仇冤，
我是你小阿妹到来临。

常子文一听小阿妹到哉，马上落马，上前亲亲热热一声叫："妹妹！""哥哥！"

这时先行官也到哉："小妹！""姐姐！""妹妹，当今万岁已经封我元帅之职，你姐姐封为先行官，从此后我们两国言和，年年进贡，岁岁来朝，决不侵犯。你同外国父王去讲。""那好，兄长喂，顾鼎仁代皇十八日，伊有一封反书，写给安南国我父王，伊里通外国，要谋皇篡位。一封反书你拿去，给皇帝去看看。""那好，众三军回朝。"

（唱）常子文得胜回朝路来行，
要见皇帝一个人。
皇帝看了笑盈盈，
赞子文不损兵马获全胜。

常子文万岁跟前奏一本："臣启我主万岁，臣帅有一本启奏。""元帅你有何本启奏？""万岁，此有一封密信，由你万岁定夺。"万岁一封信拆开来一看，气得肚皮眼都翻出哉。"顾鼎仁啊顾鼎仁，我游龙戏凤，叫你代皇十八日，你要谋我大明朝锦绣河山。"好，派出禁军校尉，将顾鼎仁从王爷府里扨来。顾王爷看到密信后，铁证如山，难以抵赖，不过他说："皇帝喂，介时光我有谋皇之心，但最终没谋，请万岁恕罪。""那好，既然如此，打下天牢，永不见君。"顾鼎仁天牢打进，顾家三个儿子官降三级。则喏，当今皇帝要封常子文："常子文过来听封，寡人封你子代父职，继任雁门关潼关总兵。常金花过来听封，寡人封你公主娘娘享荣华。陆素珍过来听封，寡人封你一品夫人在朝中。常子文儿子常胜节封为十三太保。狮子山一班强盗收为正规军，由常子文统领。"

（唱）出口叫声朋友们，
《双玉结》小书唱端正，

常家团圆喜盈盈，
大明正德享太平。
今朝唱到这里停，
下次有机会再奉敬。

（整理、校订：倪齐全）

花亭会

员外小姐，投亲表弟为赘婿

苦读书生，一举高中招东床……

花亭会

（唱）大宋朝仁宗皇帝坐龙廷。
小书出在山东省，
山东省该管济南府，
济南府所管历城县。
历城县的城里头，
有户人家有名声。
张琪员外赫赫有名，
两老夫妻坐大厅。
张员外独有一事勿高兴，
你道啥西勿高兴？
只因为，
生了一个女千金，
三字名叫张美英，
今年年纪十九春，
虽然是，
年纪十九相貌灵。
常言道，女大总要许人家，
没有儿子要断后代根。
两老夫妻愁煞人，
坐在大厅动脑筋。

今朝两老夫妻坐在大厅之中，员外跟夫人在话：“夫人啊，我与你两个人勿生多男多女，只生一女取名张美英，今年年纪十九岁了，常言道，男大当婚女大当嫁。如果我囡另配豪门，我们两老夫妻到谁处靠老？有谁给我们抱头送终？因此我叫家人张兴，外头小倌人[①]去买个进来作为儿子，老来我们好有依靠，不知夫人意下如何？”

夫人听了员外这几句话在劝他：“员外喂，有句话‘儿子要亲生，畈田要冬耕’。买进来的小人总归之勿好格。我倒有个主意了。”

听到夫人有主意就问她：“夫人啊，你有啥个主意？快快讲来。”“员外喂，你可晓得你有个阿姐，嫁到山西太原府高家庄，你姐夫名叫高文清，两老早已亡故。生下儿子一名，三字名叫高文珠。我排上排，算了算，今年年方十八哉。员外喂，你写封信到山西，叫你外甥来投亲，叫他荣华富贵享不尽。只要你外甥来投亲了，我们半个儿子，半个女婿都有份，不知员外意下如何？”

张员外听了夫人这几句话，心里很高兴。“夫人啊，你的主意不错，那好，你磨墨，我来写信。”

则喏，夫人旁边磨墨，员外一封信写好，叫出家人张兴：“张兴哪里？”

张兴来到员外跟前：“不知员外有何吩咐？”“张兴啊，这里有封书信，给我送到山西太原，高家庄高文清的儿子，名字叫高文珠里去，书信交给他，不得有误。”“晓得！”

（唱）为了员外送书信，
马房里头来走进。

马房里头走进，牵出一匹白马，马高头一骑。

（唱）要到山西太原府去送信，
一路上马不停蹄快得紧，
山西太原府已来临。
高家庄在眼前，

① 小倌人：江浙方言，小男孩。

高文珠的屋里勿知情。

对面有个老年人，

我老太公里去打听。

“喂，你个老勿死[①]喂，我有事体要问你哉。”叫他老勿死。老人家心想，这个呒爹娘教训，你叫我老勿死，我勿来理朝你。张兴想，难道这老太公耳朵聋的？噢，是叫错了，连忙枪头甩转：“喂，老伯伯喂，我有事体要问你哉。”

叫老伯伯了，老人家去理他了：“啊哼啊哼，你的没爹娘教训，你个冬芥菜的儿子，你这油豆腐的外甥，刚才叫我老勿死，现在为啥叫我老伯伯？”“老伯伯喂，你勿可生气，我叫你老勿死，我是有道理的。”“啥西啊？叫了老勿死还有道理，你话话看，有啥个道理？”“老伯伯喂，我来问你声，你老哉要勿要死？”老人家一听，“啥西啊，老哉要勿要死？现在形势有介好，我还想活下去。”“所以我对的，叫你老勿死——老来勿死，就是这个意思啦！”老人家一听，“啥西啊，老勿死就是老来勿死？嗯，道理也有的，我想你小的也勿死，你这小勿死。你叫我老勿死啥件头？”“老伯伯喂，我来问你声，这里是不是山西太原府高家庄？”他说是的。

“高文珠屋里头，你晓勿晓得？”“我怎么会不知道，你只要往对照头[②]走过去，有很大一块场地，有很小的草棚棚就是。”“那好，老伯伯喂，你这人良心有些好的，都在说良心好的人，寿数木佬佬[③]格长。你是大人，我是小人，我看这样吧，我拜你两拜，跟你下世会。”“是下次会！啊，下次会。”

（唱）勿唱张兴送书信，

小书要唱高文珠。

自从父母命归阴，

坐在草棚棚里难过光阴。

---

① 老勿死：绍兴方言，即“老不死”。

② 对照头：绍兴方言，意为“对面”。

③ 木佬佬：绍兴方言中的程度副词，用来形容很多。

“一粒明珠土内藏，未知何日放毫光。小生高文珠，自从爹娘父母双亡，思想起来好不烦闷人也。”

（唱）自从我，
父母双双命归阴，
我在家中受苦辛。
可怜我，
灶上没有米一粒，
灶下没有柴两根，
三餐茶饭无滋味，
四季衣衫打补丁，
五更天寒挡勿停，
六亲无靠罪过人，
勿是七窍勿灵通，
八字当中命注定。
究竟如何过光阴？
实在愁煞我文珠苦命人。

你草棚棚里受苦受难吃呆苦头。只听见外头有人敲门，“喳叭喳叭”喊高文珠名字。高文珠一听，外头有人叫他，将门一开：“我道是谁，原来是小哥，不知小哥敲我门有何吩咐？”“我来问你声，你是不是高文珠？”“小生正是高文珠。”“好的，这里有一封信你拿牢。”高文珠接过书信：“小哥这封信是啥地方送来的？”“是啥地方送来啊，山东历城县。”“小哥一路之上辛苦，到里头坐一歇，茶吃一呷。”张兴家人抬头一看，他这家交关清爽，但坐坐的地方都没有的。“我勿坐哉，还有事情嘞，你照信上办事。”话落，马高头爬上回去了。再讲高文珠拆开书信一看，交关高兴，原来舅舅书信已到，叫我到他家中去投亲，还有啥话呢！我到舅舅家前去投亲，用功读书，大比之年到来可以上京赶考。如果求得一官半职，也好为高家屋里光宗耀祖，可以重振家业。想到这里，朝爹妈牌位拜了拜，可怜人家穷了，锁锁门的锁也没有，地上拾起一根草绳，门里吊牢。包裹一背，要到舅舅家中去投亲。

（唱）高文珠，
　　肩背包裹出了门，
　　要往那舅舅家中去投亲。
　　路上有书路上唱，
　　路上无书勿用讲清。
　　山东历城县，
　　城里头来走进，
　　过路人里问一声，
　　好心人跟伊来指明，
　　前头就是张家大台门。
　　行得几路抬头看，
　　白围墙黑漆台门，
　　两只石狮左右分，
　　还是上前去敲门。

“门上可有人在？”“哎哟，我道是谁，还是个后生哥。后生哥，你敲张家大门，你有啥事情？”“门倌伯伯，你给我去通报一声，就说山西太原府高家庄高文清儿子，名字叫高文珠，今日到舅舅家中来投亲了。”“啊，我道是谁，还是外甥大爷来哉！外甥大爷喂，我们都是自己人，勿用通禀的，直接走进来。”“常言道，舅舅大，外甥小，理应通禀。”“好的，外甥大爷，你外头立一立，老奴前去通禀。”

（唱）门倌回身把路行，
　　走过一进又一进。
　　绕过回廊进大厅，
　　员外夫人叫一声：

门外有个后生人，
他说道，家住山西太原府，
爹爹名叫高文清，
他三字名叫高文珠，
他说道，到舅舅家中来投亲，
两老一听蛮高兴。

“哎哟，我道是谁，原来外甥大爷来哉。总管，快快有请！”“晓得，外甥大爷，我给你话过哉，员外、夫人听说你来投亲，两个人很高兴，叫你走进来。”“多谢门倌伯伯！”“谢伊做啥！你也客气，我也客气，弄得勿好[①]大家掐到乌青都掐起[②]，快些走进来。”

高文珠走进里头，来到大厅之中，上前一步：“舅舅舅母在上，外甥这厢有礼！”“哎哟，外甥儿啊，罢了罢了，一旁看座。”

外甥坐落，舅舅在问伊：“外甥大爷，我信没写来辰光，你是怎样在做人？好勿好讲给我舅舅听听。”高文珠长长短短，跟舅舅话了一番。

（唱）自从父母双亡，剩我独个人，
风扫地、月当灯，
苦过光阴到十八，
多亏舅舅书信到，
叫我外甥前来投亲。

外甥儿啊，舅舅叫你投亲，
有桩事体要与你话灵清。
不知我话出来，
你会不会答应？

① 弄得勿好：绍兴方言，意为“说不定、也许”。
② 掐到乌青都掐起：（用手）掐到淤青都掐出来，比喻吵架吵到不可开交。

舅舅喂，只要我能做得到，
我桩桩件件都答应。

“好，外甥儿啊，我与你舅母两个人，勿生多男多女，只生一女，取名张美英，今年年纪十九，常言道，没有儿子要断后根，所以你的人，我舅舅看了很欢喜，你给我做上门女婿，不知意下如何？”

高文珠听到这几句话，想上想，“舅舅叫我投亲是假的，做上门女婿是真的”。有句话，好汉不做倒插门。所以高文珠向舅舅说声“谢谢”，准备要走哉。可怜他舅舅败天败地在哭！听到他舅舅在哭，人的良心都是精之肉[①]做的，文珠一双脚门口头跨勿出去哉，乃么回进里头，跟舅舅话：“舅舅喂，你要我的人给你做上门女婿，你要答应我两个条件。”

舅舅听上听，有条件总还有希望。“外甥大爷你话哪两个条件，我舅舅桩桩答应。”“舅舅，头一个条件，我与表姐拜堂成亲，头一个小人生出来，勿管是男小人女小人，要姓我们高家的姓，如果生两个，我们每家一个，如果生五个，你们三个我两个。”舅舅一听：“外甥大爷喂，只要你会生，侬话姓啥就姓啥，而且十个廿个由你生。”“舅舅，第二桩，如果我高文珠姓张哉，以后我爹妈的羹饭到哪里去吃吃？所以这个姓数，我不能姓你们的。”舅舅听了：“外甥大爷，这两个条件我桩桩答应。那么你面叫一声。”“拜见舅舅舅母。”“啊想上想你这人茶的，我囡给你做老婆哉，总要亲亲热热叫我们一声。”“哎，外甥儿啊，要改口了。”“拜见岳父岳母！”“啊，哈哈哈！外甥儿啊，你在我家用功读书，大比之年到，给你上京赶考。”

（唱）暂勿唱高文珠舅舅家中过光阴，
用功读书很用心。
光阴似箭快得紧，

---

① 精之肉：绍兴方言，即“精肉”。

日月如梭像流星，
大比之年将来临，
高文珠心想上京求功名。
勿错呀，
我要与舅舅讲一声。
快步来到正大厅，
把长短情由讲灵清，
张员外一听来答应。

“外甥儿啊，上京赶考是读书人的大事体，舅舅一定答应。不过你表阿姐在楼高头，我给你去叫下来，让你们相会。”张员外把阿囡叫下来，跟囡话：“女儿，你的终身大事由为父作主，今朝已许配你表弟哉。他要上京赶考去，你有啥说话，有啥个事体，你都好关照于他了。为父要给他去准备包裹雨伞了。”

乃么张美英上前一步：“表弟请了。”“不知表姐还有何事吩咐？”

（唱）表弟呀，
表弟我夫叫一声，
表弟呀，山东到京城路遥远，
临别之话讲分明，
此番上京求功名，
你有官无官早来信。

“请表姐放心，我有官无官早些回来。”乃么张员外把包裹雨伞交给外甥：“外甥儿啊，你有官无官早些回，没官做也勿要紧的，我们日子好过咯。”乃么高文珠包裹一背要上京赶考。

（唱）高文珠肩背包裹出了门，
要上京城求功名。
路上走了数月整，

总算到了京都城。
贡院里头来走进，
三场考试来考明。
运道好福星来高照，
头名状元来中进，
仁宗皇帝很高兴。

仁宗皇帝交关高兴，要头名状元、二名榜眼、三名探花郎，叫他们参相拜客。老辈手里状元中进，一定要去参拜王公大臣的。这里我暂且勿表。

（唱）暂勿唱状元榜眼探花郎，
参相拜客威风凛凛！
要唱那，
当朝太师有名声。
太师你道是啥人？
三字名叫温尚达，
温尚达是个大坏人。
两老勿生多男女，
单生女儿温定金。
尚未来娶亲，
他有意在考生当中拣一名。

正好头名状元高文珠来参相拜客哉："拜见温太师！""啊，哈哈哈，状元公，罢了罢了，一旁看座。"高文珠坐落，温尚达想上想，这位头名状元相貌堂堂、一表人才。"状元公，老夫前来问你，你家中可有妻子？""太师，我屋里已有老婆哉，勿是别人，就是我表阿姐，名叫张美英。""状元公，乡下女子大脚大手，勿能上大场，喏喏喏！老夫家中有位女千金叫温定金。今年年纪十八，你岳父大人叫我声，马上给你们拜堂成亲。以后你的官职会不断上升。"

高文珠想上想，啥西啊，你要叫我做坏良心之事放弃张美英？此事万万勿可能！“太师，你要我给你做女婿，要拿到万岁的圣旨，我才能答应。”则实在高文珠是难难温太师的。勿晓得温尚达想，“你这个贼有介坏，拿着皇帝来压我。对，早三个月前，万岁有张圣旨给我，我只要在这张圣旨上改它一改”。“那好，状元公，你在我家稍等片刻，待老夫上金殿去一趟。”温尚达出正大门，随即走进书房，箱子打开，一张圣旨一拿。这个贼胆子大勿过哉，圣旨都敢改哉。乃么一道圣旨改好，到外头“绕丧”般绕了三圈，再走进屋里。

（唱）温尚达笑盈盈，
状元公叫一声。
万岁圣旨在我手，
你奉旨与我女儿来成亲。

圣旨下，高文珠接旨，高文珠想上想，啥西啊，真的拿来了？没有办法，只能接旨：“万岁万岁万万岁！”要知道温尚达圣旨恁格改呢？

“钦旨诏曰：今有寡人做媒，新科状元高文珠，与温定金钦配夫妻不得有误。钦此！”

高文珠不知情，还道这圣旨是真格，乃么接过圣旨一看，人都吓煞！旁边温尚达不让你多想。“哼！难道你要违抗圣旨不成？”

高文珠有数，违抗圣旨有杀头之罪。这怎么办？对，我现在先答应他，以后有机会我再好想办法的。乃么高文珠点了一下头，温尚达想，头点了就是同意了。“那你就面叫一声。”“拜见岳父大人。”“啊哈哈哈！来呀，上挂灯结彩，下红毡铺地，请下小姐给他们拜堂成亲。”

（唱）家人门丁忙煞人，
张灯结彩闹盈盈，
旁边傧相喊连声，
一拜天二拜地，
要夫妻对拜算完姻。

高文珠心想，“天地要拜的，今日夫妻不能对拜，拜下去就成为夫妻，我怎么对得起表阿姐？”所以夫妻对拜格辰光管自转身了。新娘子头上有红巾盖着，她没有看见，刚刚拜哒[①]高文珠格屁股里，好一对恩爱夫妻送入洞房。

（唱）新郎新娘两个人，
新人房中来走进。

房间里走进，眠床沿里坐着，高文珠盖头红勿去揭，想上想，“我家中老婆有了，你爹有介坏，硬硬叫我拜堂成亲，今朝盖头红我是不揭的”。旁边新娘子不知内情，想上想，“你盖头红勿来掀是啥原因呢？再仔细一想，噢，我嫁到他家去，是要他先来打招呼，今朝他嫁到我家来，是要我先去打招呼的”。想到这里，新娘子自己揭开了盖头红。

（唱）官人啊，
官人我夫叫一声，
为妻有话说分明。
今朝你我成了亲，
为妻是你高家人。
从今后，
夫妻共商大事情，
你遇困难我帮忙，
我有困难你照应。
官人啊！
春宵一刻值千金，
官人为何双眉紧锁不出声？
官人啊，倘若你有为难事，
你跟为妻讲分明，

① 哒：方言，意为“到”。

为妻我帮你夫君分担轻。

高文珠一听更生气，
常言道，龙生龙，凤生凤，
老鼠生来盘屋栋，
难道她待我文珠有真心？
勿错呀，
我应该把内心话儿讲她听。
出口小姐叫一声，
天下男人多多少，
却为何偏偏拣我为难人？
可怜我文珠真是苦命人，
我父母早早命归阴，
苦度光阴到十八春。
多亏舅舅有好心，
接我到他家过光阴，
还将表姐张美英，
终身配我做夫人。
小姐呀，我同表姐两个人，
拜了堂成了亲，
我已经是个大男人。

“啥西啊？你是个大男人啊！”“是的，与你老实话，小人①也有五个生出哉。”“这下完了。”

（唱）我爹爹是个糊涂人，

---

① 小人：绍兴方言，即“小孩”。

给我拣个老公是大男人。

小姐呀，
做人总要凭良心。
常言道，凭良心树靠根。
可怜我的表阿姐，
望穿秋水在家等。
还望小姐有好良心，
你放我文珠回家门。

“官人啊，我与你两个人，拜过堂、成过亲、炮仗放过、喜酒吃过，哪个不知？哪个不晓？你如果我的人不要，以后谁还要我的人？你若不见气[①]的话，让你表阿姐做大，我做小。”温小姐要硬跟伊哉啦！高文珠心想，这个温定金良心有些好哒。良心好，勿晓得相貌恁介[②]样式。抬头一看，哎哟，温定金的相貌不比表阿姐差！温小姐喂，难为你相貌好，今朝夜头里床边让你挤一下算了。

（唱）一夜无话勿讲清，
金鸡报晓天要明。
温尚达坐正大厅，
要等新人来叫一声。

昨天晚上，极不情愿地叫了我一声，今朝两个人应该双双对对，拜我一拜，亲亲热热叫我一声。你么坐坐等着，只见温定金“噔噔噔”走落下底，将爹爹胡须拔牢：“爹爹喂，你这老乌龟、老勿死、老甲鱼，你给我拣的老公是大男人。”“啥西啊？是大男人！”“爹爹喂，他家中已有老婆，勿是别人，就是他表阿姐。我跟他话过哉，叫他写封信，让他叫娘舅舅母同表姐，一道到我家来享荣

① 见气：绍兴方言，意为“介意”。
② 恁介：绍兴方言，意为“怎么”，同“恁格”。

华富贵。”她爹爹一听，“阿囡啊，如果他娘舅舅母来，你老公还得份[①]，如果表阿姐来，你老公难道还有份吗？”“爹爹喂，我老早给她安排好了。”“啥西啊，你给她安排好了？你话话看，怎么安排？”“爹爹喂，如果他表阿姐来了，高文珠这个人一三五归伊，二四六归我，礼拜天给他休息。”“哈，可怜你这小鬼啊，年纪只有十八岁，脸皮有九尺厚哒哉！”

（唱）勿唱爹囡两个人，
大厅之中把话论。
回头再讲高文珠，
书房里头写书信。

一封书信写好，叫来家人温龙。“温龙啊，这里有封书信，你送到山东历城县张美英家中去，不得有误。”“晓得。”温龙书信一拿，刚刚走到大门口，温定金看见哉。“温龙，你急急忙忙到哪里去？”“状元夫人，我奉状元老爷命令，前去送信。”“噢，送信去的，那好，你将信拿来让我看看。”温龙心想，你们是两夫妻，看看就看看。乃么书信交给了温定金。温定金书信一拿，“温龙喂，你到大门外等着，等歇我会叫丫头给你送出来的。”温龙外头等着，我暂且不表，再讲温定金走进书房里头，房门一关，拔下一根银簪将信封口一些些挑开。为啥要介小心？如果心急火燎撕开来，缺角字要读勿通的。

（唱）温定金拆开书信看灵清，
上写娘舅与舅母两大人，
再写表姐张美英，
我头名状元来中进，
参相拜客祸临身。
可恨这个温尚达，
见我容貌蛮端正，

---

① 你老公还得份：意为“你老公还有你的份”。

硬硬叫我来成亲。
承蒙小姐有好良心，
叫我书信来写明，
见信马上来京城。

温定金看后将这封信“嗵嗵嗵”[①]撕破，造出高文珠的笔迹重新写了封信，信壳里头盛进。叫出兰香丫头，讴伊把书信交给温龙。温龙书信一拿，快马加鞭往山东历城县前去送信。

（唱）快马加鞭勿留停，
山东历城送书信。
行得几路快得紧，
张家门口停一停。

张家门口一到，书信交给老总管，吩咐他这封书信，是京都来的。老总管将书信交给员外，张员外一看，嗯，这封信是京都来，那是外甥大爷写来的，因为这笔迹我晓得。可怜阿囡在楼上，日也想夜也想，困觉想，吃饱也想，一个人要想煞咚哉。我赶快把书信拿到阿囡房里去。“阿囡啊，可怜你日也想夜也想，女婿总算来信哉。”“爹爹喂，信在哪里？拿过来让我看看。”伽爹把书信交给伊，有句话，“见信如见人”，张美英一封信拿牢，伊亲热煞哉。伊摸过摸、吻过吻，吻过吻、抱过抱，抱过抱、捏过捏。弄得伽爹都心急煞哉：“到底有啥好说话写咚？”“爹爹喂，你到下面去等着，茶歇[②]我会跟你说的。”伊还要卖关子来啦。她爹人都气煞，来了封信看都勿给我看。唉！没有办法，只有下楼等消息。再讲张美英，拆开书信一看，人都吓煞！

（唱）拆开书信看分明，
张美英吓哒眼泪淋。

① 嗵嗵嗵”：绍兴方言，形容撕纸、布等或抽打的拟声词。
② 茶歇：绍兴方言，意为“等会儿，过一会儿”。

表姐呀，
我头名状元来中进，
参相拜客祸临身，
撞上太子有罪名，
万岁见我龙心怒，
要绑出午门丧性命。
我的人你勿用等，
侬另外再去嫁男人。

张美英见信放声大哭："表弟，表弟喂，表弟呀！"楼下她爹一听，连忙"噔噔噔"走到囡的房间里。"阿囡，是不是好话多，不过你笑勿及在哭哉？""爹爹，你的儿子、你的外甥、你的女婿已经死了。""你在说茶话啊？""爹爹你勿相信自来看。"美英将书信交给她爹。张员外接过书信一看："阿囡呀，信纸有哒，信壳有有咚？""爹爹喂，信壳还在，侬看。"张员外将信纸和信封笔迹一对，"阿囡，这封信是假的，你来看，信纸上的张美英三字，好像湖蟹在爬，信壳高头的张美英写得非常美。阿囡喂，我晓得哉，你表阿弟头名状元中进，看来已经坏良心哉。既然他坏了良心，这种人也勿用等哉，以后爹多再替你拣过。"话落之后怒气冲冲下楼而去。张美英心想，表阿弟是不会变心的。对，上次我有一套衣裳做好咚，这套衣裳准备给表阿弟穿的，现在表阿弟人在京都城，勿错，我要女扮男装上京去寻表阿弟。乃么张美英头上戴起小生巾，身上穿起海青衣襟，一双大高靴只有三寸金莲。老辈手中女人的脚都只有三寸，顶小二寸多些，升箩里头好调头。张美英伊道被角撕破，棉花絮挖出塞进高靴里，双脚穿进，一张纸上写了四句说话。

（唱）不孝女儿张美英，
女扮男装出家门，
上京去把表弟寻，

拜别爹娘两大人。

写好之后，包裹一背，上京而去。再讲张夫人得知外甥大爷写来一封祸信，心想，“可怜我们囡楼上要哭煞咚哉，我还是上楼去劝劝伊”。勿晓得走进囡格房间里，人没有，看到桌上纸里有四句话写着，张夫人是大家出身，字也认得咯，仔细一看晓得勿对，连忙把员外去叫上来。张员外一看，“夫人啊，看来阿囡上京寻她的表阿弟去了。”“员外喂，不知苦头会不会吃？”“伊自要去，吃苦也是自之故。”

（唱）勿唱两老愁煞人，
再唱美英一路行。
快步行走勿停留，
但只见，
天色已经暗腾腾。
叫我到何方去安身？
猛将抬头看分明，
前头四海客栈已相近。
勿错呀，
客栈里头去安身，
老板热情来欢迎。

“哎哟，客人喂！吃点啥用点啥，两啥并一啥，要吃你开口，马上我动手。”“店家，我是吃饭住宿。”“好的。”楼上十三号房间领进。“客人喂，你这里坐着，我去脚桶水面盆水端上来，脚洗洗，脸洗洗再吃饭。”话落过之后房门一关，可怜张美英走得脚吃力煞哉，在敲两只大脚膀。一双高靴脱掉，纱布一圈一圈绕开来，“哎哟”一声。你房里“哎哟”一声，外头店老板脚桶水刚刚端上来，听见“哎哟”一声，想想刚才男的走进去，出来的声音怎么是女的了，倒要看看灵清。乃么脚桶水放一放，挖了个洞洞眼望进去么，“喂，伊只脚介小的，好像粽子的一团。噢，也许小时候火堆里烫坏的。”房里张小姐第二只脚高靴脱掉，纱布绕开，又是“哎哟”一声。店老板想，要么勿看，看哉看个灵清。他抬头一看，“嗯，看来她是女扮男装，想上想，这种外国货，今朝夜头要尝尝哒来。”

（唱）客栈老板起黑心，
一个主意来打定。
勿唱美英夜饭吃过去困觉，
要唱客栈老板坏良心。
夜半三更人声静，
他轻脚轻手上楼行。

到了房门口，蜡烛吹灭，一扇门撬开，他熟门熟路，摸到眠床里，朝张美英合扑[①]扑落去，好像公猪拦胎[②]，抱牢瞎吻地吻，吻到后来，怎么有介臭的？难道这个大姑娘牙齿不刷的？蜡烛点着，棉被掀开，人都气煞，张美英人没有。原来张美英一看这客栈老板贼眉鼠眼，夜头晚间是防他一身，伊眠床里勿困，一只夜壶当头，揣被盖着[③]，等老板往床上扑去，张美英摸黑逃出房门。店老板好吻不吻，夜壶里去吻牢，弄得人都臭煞。望眠床边一看，见有只包裹，打开包裹内有十两银子，客栈老板想上想，这十两银子我稳赚哉咯。嘿嘿，夜壶么是臭的，银子总是香的。

（唱）再唱这位张美英，
小脚尖尖逃性命。
可怜她逃要逃到小凉亭，
凉亭里头坐停身，
魂灵吓得怦怦怦。

可怜凉亭里头坐咚，仔细一想，“勿对，我的包裹忘记在客栈里了，怎

① 合扑：绍兴方言，指整个人面朝下扑倒的动作。
② 公猪拦胎：绍兴方言，意为“公猪找母猪交配，公猪追，母猪逃”。
③ 一只夜壶当头，揣被盖着：意为“把一只夜壶盖上被子，当作人睡在床上”。

么办？如果我现在去拿，客栈老板勿会放过我。对，到明早天亮我再好去拿的”。凉亭坐坐管自困熟哉。侬么管自困着，凉亭外头来了两个讨饭佬阿兴、阿旺，一个伊话：“阿哥喂，凉亭里有个人困哒，还是个女的。”“侬怎么晓得是女的。”“打呼噜听得出的，你听，她说‘呼雌，呼雌’！雌的就是女的。”“好的，走进去看看。”勿晓得走进凉亭一看，果真有个人稻草堆里困着。“喂喂喂，你这个神气不灵清，这张大眠床是我们的，谁叫你享受的。你是啥人？”张美英被他们叫醒，人也蒙掉了，“奴家，小生，小生，奴家。”可怜身份都分不清哉。两个讨饭佬说：“奴家是女的，小生是男的，难道你是一个雌雄婆。”其中一拿起一根讨饭棒，将张美英头上一顶帽子挑下，张美英一根辫子“蛇”一起溜到脚后根，阿兴看了看，还真是个女的。“阿旺喂，可怜我们今世讨饭，老婆总没得讨了，今天我跟你分工分一分，这个女人前半夜给你，后半夜给我，现在已经半夜过了，我上。”阿兴准备要非礼。阿旺良心好，连忙阻止。“慢慢交，姑娘，不知你叫啥名字，这么会男扮女装，夜宿凉亭？”“噢，两位大哥呀。”

（唱）两位大哥叫一声，
小女子名叫张美英，
家住山东历城县，
张家台门的女千金。
爹爹张琪有名声，
为只为由我爹爹做大媒，
将我终身来许定。
许给表弟高文珠，
谁知道表弟上京求功名，
头名状元来中进。
说道是，
撞上太子命归阴，
此事我有点不相信，
我女扮男装上京城。

又谁知，
我四海客栈去安身，
老板做人勿该应，
见我容貌多端正，
夜半三更来调情。
我寻机逃出外头来，
凉亭里头来逃进。
我是一个苦命人，
还望大哥饶我命。

“这样说来，你比我们讨饭的还要罪过人哒。那好，阿兴喂，今朝我们好事做桩咚，省得下世再讨饭。美英喂，你这个人交关罪过，我看这样吧，偶凉亭里一张大眠床让给你困，我们给你站岗放哨。”张美英想，“我这个人的相貌，如果到天亮让你们看清爽，你们肯定不会放过我的。不错，待你们困熟后，我再逃走”。乃么一边说谢谢，一边在等他们睡熟。再讲阿兴、阿旺门口头管牢，前半夜还好熬，后半夜上睫毛与下睫毛在“找对象”了。竹梢丝弹都弹勿开。这个头皮这边歪，那个头皮那边歪，出凉亭一条路让他们挡住了。张美英拔腿要逃，要往他们人上跨过，心想，“他们两人多少罪过，如果我从他们身上跨过，害得他们人越加难做”。乃么拿来一根稻草，耳朵旁边在筅[①]。两个人痒煞哉，一个头往这边转，一个头往那边转，一条路被放开。张美英拔腿就往外头逃，阿兴这人交关惊醒，他抬头一看，啊，张美英逃走哉！“阿旺喂，我看做好事真没用的，我们倒想照顾伊，她还管自逃走哉。追上去，苦头给她吃些。”

阿兴、阿旺两个人，后头追得紧，追上张美英后，阿旺他说：“大姑娘，你这人良心真当没有的，我们良心多少好，眠床勿困给你困，你话是不是？你要走了，总应该跟我们说一声。”“我看见你们两个人慌煞哉。”“你看谁慌，那个人鼻头嚎嚎尖的。”阿兴想上想，“在话我啦”，刚想上去打她几下。阿旺话：“阿兴

---

① 筅：绍兴方言，作动词，意为“用细软的物体挠痒”。

喂，你就是气头上场。我有办法了，张美英，你刚叫我们啥人？”“我在叫你们两位大哥。”“那好，你若勿厌憎我们，我们就给你做哥哥，你给我们做妹妹。”

张美英想上想，“勿错，爹爹啊爹爹，你经常说儿子不会生，我外头给你领两个回来”。想到这里，上前跪拜：“哥哥在上受我一拜！”

阿兴、阿旺高兴煞哉：“妹妹喂，起来，起来。好的，你要上京去寻表阿弟，偶两个讨饭哥哥没有东西好送你，还有两个烂铅板侬好做做盘缠，侬拿去。”

（唱）张美英喜盈盈，
感谢哥哥有好心。

“哥哥，我要上京去寻表弟了，四海客栈里我还有只包裹忘记夯[①]，里头有十两银子倷去拿来好用。”

（唱）谢谢妹妹送偶银，
你路上头一定要当心。

哥哥呀，如若我表弟来找到，
接倷到我家过光阴。

暂勿唱阿兴阿旺两个人，
客栈去取雪花银。
再唱张美英，
小脚尖尖上京城，
一路走一路行，
总算到了京都城。
京城地大人又多，
表阿弟应到哪里寻？

---

① 夯：绍兴方言，意为“在那里”。

张美英抬头一看，卖鱼桥上人山人海。对，我要卖身，卖到大人家去，大人家里卖进咚，就可打听到表阿弟撞死太子这桩茶事情。

（唱）勿唱这位张美英，
卖鱼桥上立定身。
再唱这位高文珠，
日等夜等在等人。

“我书信写出已经木佬佬[①]日子哉，为啥我舅舅、舅母与表姐张美英还勿来投亲呢？”刚刚愁死愁活在愁。

（唱）万岁圣旨到来临，
要叫高文珠内府里走进，
教育太子读诗文。

高文珠想，“如果我内宫里走进，舅舅、舅母和张美英到我家来，有谁去照顾他们？”

（唱）我要与楼上温定金，
大小事情话过灵清。
房间里头来走进，
啊吔，小姐呀！
万岁圣旨到来临，
叫我内宫办事情。
今朝我内宫里头来走进，
倘若是我舅舅舅母和表姐你家来投亲，
他们三人你要好看好待好照应。

---

① 木佬佬：绍兴方言，形容很多。也作“木木佬”。

温定金笑盈盈，
假装来答应。
状元老爷喂，
你放心去内宫办事情，
娘舅他们到来临，
我一定会好看好待尽心照应。

高文珠想上想，有你这句说话我就放心哉。

（唱）勿唱这位高文珠，
内宫里头来走进。
再唱温定金，
房间里冷清，
要烧火外婆到外头，
好使的丫头买一名，
陪吃陪困陪散心。
烧火外婆把路行，
大路高头看灵清，
卖鱼桥的高头顶，
人山人海闹盈盈！
我走将上前看分明，
见张美英立着卖身。

张美英觉得奇怪，比我相貌差的都买去了，我相貌介好，怎么没人来买我？到旁边去打听："外公喂，比我相貌差的都买走了，我相貌有介好，怎么没人来买我？""噢，大姑娘，你是来卖身的啊？你这是个头世人，卖身没有卖过，我来教你，稻草头上插根咚，就会有人来买的。"

勿晓得张美英这好相貌头上一插稻草么，"哗"旁边一班后生哥都围拢来哉，大家都在问她："大姑娘侬相貌有介好，要卖多少铜钿银子？""我有三勿卖。”“卖身还有三勿卖？”“你话话看，哪三勿卖。”“头一个勿卖，年纪大的外公外婆，买去做囡做媳妇，我是勿卖的。”“老太婆跟我们勿搭界。”“第二个勿卖，穷人家勿卖，我要卖给有铜钱人家。”“铜钱银子我们有。”“第三个勿卖，你们一班后生哥，买去做老婆我勿卖的。”一班后生哥想想，做老婆勿卖，难道买回去做姆嬷？乃么一班后生哥都回开哉。烧火外婆一听，上前去说：“大姑娘喂，你卖给我。”“外婆喂，我有三勿卖的。”“你的三勿卖我听见了，我勿给你卖到穷人家去，我给你卖到太师府里去。”

张美英想，太师府里，这还有啥话！“外婆喂，你前头带路，我后头跟牢。”

一班后生哥一看，噫吔！介漂亮个大姑娘被一个老太婆骗得去哉，晓得这样，我应该话给伊卖到皇帝屋里头去，伊一定跟得我哉。

（唱）烧火外婆前头行，
张美英后头缓缓相跟。
将身走进太师府，
猛将抬头看灵清，
这家人家大得很，
三板萧墙团团转，
九间打大十三进。
有东花园西花园，
黑漆廊柱荷花墩，
内设还有饮酒亭。
烧火外婆开了口：
姑娘喂，
你楼梯下等一等，
待我上楼去通禀。

烧火外婆走上楼登，跟少奶奶长短情由一讲。温定金一听说道：“外婆喂，你把买来的丫头领到房间里来。”

烧火外婆落楼把张美英领上楼登，温定金抬头一看，“嗯，你这大姑娘喂，你看见我为何不抬头？”“少奶奶，偶相貌丑陋，难以抬头。”“哎，相貌这东西，是爹娘生好咚哉，你尽管抬起头来，让我看过灵清。”

张美英抬起头。温定金一看，哎哟，相貌勿差，比我要好！“大姑娘喂，你为啥要卖身，家里出了啥事体，好勿好讲给我听听？”

（唱）少奶奶容禀，
上前少奶奶叫一声，
你问我是啥某人，
三字名叫张美英。
家自住山东历城县，
张家台门有名声。
谁知道我爹亲自来决定，
许给表弟高文珠配婚姻。

旁边头温定金一听，张美英、高文珠。难道天下真有这种巧事吗？不过同名同姓也是有的，再听下去。

（唱）谁知表弟他，
头名状元来中进，
写来一封信，
说道是撞上太子要命归阴。
我美英不信有此事，
才至京城里头把表弟寻。
温定金一听苶煞人，
我道来者是啥人，
原来是冤家张美英。
一个办法来想定，
丫头使女叫一声。

“丫头使女听牢，你们将张美英的人，廊柱高头吊牢，上身衣裳剥掉给我打咚。”

一班丫头想一想，她是丫头，我们也是丫头，丫头对丫头，起啥个轧头[1]？大家勿起拷。温定金想，“你们勿拷，你们勿拷我自动手”。用油竹梢对准张美英，“啁啁啁”用力三鞭。再用盐汤水“哗”上上下下淋上淋。可怜张美英哪里吃得消，心想，“我有啥事体做错了，要这样打我？”乃么楼上“喳叭喳叭”在喊叫。烧火外婆想上想，啥件头哉？难道事体做错在打伊？“哒哒哒”走到楼上，一看么人都吓煞。

（唱）烧火外婆上楼登，
抬起头看吓煞人！
出口叫声少奶奶，
听我把话讲分明，
如果她事体来做错，
你拷打惩罚情有愿，
你凭白无故乱打人，
温家门面多难听！
再说道，她没有写过卖身契，
更没拿过卖身银。
还不是温家真佣人，
手下更是要留情。

温定金一听，要死哉，道理还是有格，所以连忙话：“难为你外婆来讨保，就不去打她了，不过，你叫她落楼去，柴间里关进咚，叫她挑水劈柴。”

一句说话话落，把张美英绳子解散，由烧火外婆领她下楼。温定金坐在楼顶，想了想，勿对，这桩事体只有外婆晓得，乃么连忙又把外婆叫上来。“烧火

① 轧头：绍兴方言，意为“矛盾，争执”。

外婆，我家中的事你都晓得的，你如果跟张美英话出来，你的肋旁骨我不给你剩半根。”“少奶奶，我有数哉。”

（唱）外婆美英两个人，
柴间草棚来走进，
美英她，长短情由要问灵清。
外婆呀，
刚才我勿说张美英，
少奶奶是笑盈盈。
我话出我是张美英，
少奶奶当即翻脸下狠心。
外婆呀，
你是太师府里老佣人，
这桩事体你总灵清。

烧火外婆有口难开，
叫我如何来讲明？

心想，叫我怎么话话呢？如果我话出来，肋旁骨勿给我剩半根。哎！我还是劝劝伊：“美英喂，家家都有一本难念的经，事体你也甭问了，你还是先养伤要紧，等你伤养好，外婆我找个机会放你逃走。”

（唱）烧火外婆好良心，
帮美英涂药养伤勤照应。
七日之后到来临，
张美英伤势来好转。
烧火外婆开了口，
美英你可逃性命。

这一日，烧火外婆一不小心，一只脚扭伤哉。伊端了碗参汤来则[①]美英话："美英喂，侬伤好哉，好逃走哉。我要到楼上给温小姐送参汤了。"

张美英心想，"外婆待我有介好，今朝脚扭伤，上楼多不便。我还是帮伊事体做桩去"。"外婆喂，侬参汤给我，我给你送上楼去。"

（唱）美英送汤要上楼登，
房门口到来临。
踏进房门看灵清，
丫头们在服侍温定金。

温定金做人是惬意，十几个丫头在服侍伊，有几个在给伊敲大脚膀，有几个在给伊梳头，可怜有个小丫头在敲大脚膀，因时间长了，人困熟哉。你么在打瞌睡，温定金一看，人都气煞哉，心想，我叫你敲大脚膀，你大脚膀勿敲，在打瞌睡了。伊拔落银针要刺小丫头的眼睛，张美英想上想，勿对，如果眼睛刺瞎，以后叫她怎么做人？想到这里，特地将一碗参汤地上敲破！小丫头惊醒哉。温定金抬头一看，又是你张美英，是谁叫你上楼来的？乃么使唤一班丫头，将张美英扯牢。温定金拿起一把剪刀，将张美英的头发"吱啦吱啦"剪掉，像孵出麻雀的一只。老辈手里有这种规矩，女人头发剪掉，一生一世老公不能嫁了。可怜张美英捧牢一个头，"哒哒哒"跄[②]落楼讴[③]烧火外婆，把事情经过向外婆一讲，烧火外婆一听，"可怜都是我错，我不叫你上楼送参汤，也不会出这种事情"。

（唱）美英啊，你头发剪掉人不像，
岂能出外逃性命？
勿唱倷两个人愁煞人，
再唱楼上温定金。

① 则：绍兴方言，意为"同，与，和"。
② 跄：绍兴方言，意为"跑"。
③ 讴：绍兴方言，意为"叫，唤"。

温定金一想，勿对，我这样在作弄张美英，以后老爷回来被他知道，我也要难做人的。想想索性杀掉伊算哉。想到这里，当即讴来两个家丁。“温龙、温虎哪里？”温龙、温虎走进房间里头：“少奶奶，你叫我们啥事？”“温龙、温虎，少奶奶待你们好勿好？”“少奶奶，你待我们只有这样好哉[1]。事体没有，到辰光巴掌拳头吃两个。”“你们两个茶死尸，我打是要你们好呀，我今朝叫你们上来，非办别事，你们各拿一把钢刀，把柴房里格人去杀掉。”“少奶奶，柴间里有个人，这人叫啥名字？”“噶佬倌[2]叫张美英，跟我世代有仇。”“杀掉过之后钢刀拿上来，钢刀上的血是咸的还是淡的，我要尝过的，如真的杀掉了，铜钿银子给你们，卖身契还给你们，从此以后你们跟我勿搭界哉。”

旁边温龙、温虎一听，啥西？这票生意倒好做做咯。“少奶奶，我们晓得哉。”勿晓得两个人钢刀一拿，边走边想，“哎，早两个月前头，状元老爷叫我去送书信，信封高头写张美英收，今朝叫我们去杀的人，也叫张美英。这个人到底好勿好杀？勿错，烧火外婆跟前去问问灵清”。

（唱）温龙温虎两个人，
　　　外婆里去问灵清。

“外婆，外婆喂！”

烧火外婆抬头一看：“倷两个人拿得把刀怎啥哉？”“非为别事，少奶奶关照，说柴间里有个人叫张美英，这个人好勿好杀，我们不知道的，所以过歇来问你一声。”

（唱）烧火外婆听得气煞人，
　　　温定金啊温定金，
　　　你抢了美英的好男人，
　　　还要害她一条命！

---

① 本句意为“你待我们好得不能再好了”。

② 噶佬倌：绍兴方言，意为“这个人”。噶，这个；佬倌，人。

这辰光，烧火外婆灵机一动："温龙、温虎喂，少奶奶话要杀的人总好杀的，不过，倷两个人还没有讨老婆做人家，杀的事体做勿得的，有句话'人在做，天在看'，倷如果杀人放火的事体做过，以后永生永世人家做勿成哉。要么这样，我老太婆反正也差不多要到阎罗王里去报到哉，张美英这人我给你们去代杀。""你给我们去杀，还有话啥，钢刀拿去，谢谢外婆。""温龙、温虎喂，我给你们桌子搬出来，你们老酒吃起来。"乃么烧火外婆钢刀一拿，走进灶间，钢刀高头盐汤卤水搽上搽，鸡笼里搁了一只小雄鸡杀掉。勿到一歇时光，外婆走出来哉。"温龙、温虎喂，我替你们杀掉哉，这钢刀拿牢。"两个人老酒吃好一看，钢刀上真的有血了。"外婆喂，你良心有介好，我看这样吧，茶歇[①]铜钿银子拿来我们也分给你。""铜钿我不要，倷好走哉。"

（唱）温龙温虎叫一声，
偶大家出世来做人，
勿能光为雪花银。
要讲道德凭良心，
为人要多做好事情。
温龙温虎两个人，
一路走来一路想，
今日里，外婆代偶去杀人，
不见尸首不见人，
少奶奶跟前也难讲清。

"温龙喂，这人是外婆杀的，到底杀人还是杀畜牲偶也不接头[②]。我看这样吧，我与你两个人到小姐房门口，一只脚门槛里头，一只脚门槛外头，把钢刀递进去叫她去尝，她尝了是咸的，我们一只脚跨进去；尝了是淡的，我们两人勿用走哉，我们两人抱牢，从楼梯上滚落去，她走走总是滚滚快，她拿不牢我们。"

---

① 茶歇：绍兴方言，意为"过一会儿"。
② 接头：绍兴方言，意为"知道，知情"。

（唱）温龙温虎两个人，
老酒吃饱把路行，
房门口停一停，
叫一声小姐温定金。

“少奶奶杀掉哉！”“两个茶死尸要给你们吃巴掌哉，怎么我杀掉哉？”“少奶奶喂，我们说话连刀快哉，你叫我们去杀的人，我们杀掉哉。喏，钢刀交给侬。”

温定金看上看，刀里是有血哒。是人血还是畜牲血，我要尝过的，手指头一抹，嘴巴里尝了尝，这血是咸的。“好的，你们是杀掉了。铜钿银子拿了去，卖身契还给你们，从此后跟我们不搭界，由你们自由去。”

两个人想，外婆良心好，人替我们杀了，铜钿银子也要给她的。走到柴间里头：“外婆喂，你良心真当好不过哉，人替我们杀掉，这里有元宝一只送你。”“温龙温虎，你们两个茶死尸，我根本没有杀人。”“外婆你勿杀人，这血怎么会咸的？”“你们是不知道的，钢刀上盐汤卤水搽一搽，鸡笼里扳只小雄鸡杀掉，鸡血碰上咸的东西凝固了，所以这血咸了。”“烧火外婆，你的人良心真好，你也越老越聪明哉。”“温龙、温虎，倷今朝帮我做桩事体，后花园里有个空坟头咚，青草割割，污泥淋淋，甭问坟是啥人的，倷只要心里有数好哉。”

（唱）勿唱温龙温虎忙事情，
再唱这位张美英。
烧火外婆同她讲，
美英啊，你柴房不能住端正。
外婆喂，我不住柴房住何方？
你到后花园桂花凉亭住端正。

我若住在桂花亭，
倘若温定金来游玩，

被碰见，我性命仍然难保成。

此事你尽管可放心，
凉亭里也有一个苦命人，
也是温定金的对头人。
她是会帮你避定金，
也不会欺侮你半毫分。
三餐茶饭我会送，
你尽管住着放宽心。

暂勿表张美英在太师府提心吊胆过日子。要讲京城里的高文珠教太子读书，日子已经木佬佬哉，心想，舅舅、舅母和表姐总已经在太师府投亲了。乃么向皇帝告假几日，一路回家而来。

（唱）高文珠回家行，
飞马行走到家门。
小姐的房里来走进，
出口叫声温定金：
舅舅舅母张美英，
有否到我家来投亲。
温定金这坏女人，
一个妙计想灵清。
出口老爷叫一声：
可怜你表姐张美英，
独个人到我家来投亲？
我双手送茶又递饭，
奉敬姐姐像亲人。
才知她命苦福又薄，

一场大病命归阴。
文珠一听泪淋淋，
大哭表姐张美英。

“那我表姐死了以后，尸首安在何处？”“尸首葬在后山高头。”“好，我立马就去哭拜！”“哎呀，老爷，你有所未知，在你回来前几日，一场大风大雨将坟头冲走，现在要看看都寻勿着哉！”喏，温定金讲造话甭打草稿啦。高文珠伊话：“那好，既然我表姐坟墓难找，她是为我而死的，我要为她守孝三个月，三个月守满，我再到你里处来。”

高文珠话落过之后，走进书房，暗啰啰[①]在哭，侬么里头来咚哭，书房外头有人在听，勿是别人，就是烧火外婆。烧火外婆想上想，老爷回来了，可怜他表阿姐，苦头吃得伤心伤肝。乃么在敲书房门：“开门，开门！”

高文珠听到外头有人敲门，眼泪揩清爽，将门开开：“我道是谁，原来是烧火外婆。”

“烧火外婆你有啥事体？”“老爷喂，你在哭。”“我勿哭。”“勿哭眼泪水哪里来的？”“风吹尘入眼。”“你造话，老爷喂，你勿哭我要哭哉。”“你到外头去哭。”“你不要听，我偏要哭给你听。”

（唱）啊呀，老爷喂！
你也叫作高文珠，
有个人也叫高文珠。
你这高文珠为人忠厚多善良，
我在说的高文珠没爹生没娘养。
屋里头老婆已经定，
京城里老婆再讨进。
老爷喂，你这种老爷没处寻，

① 暗啰啰：绍兴方言，意为“暗中，暗处”。

我在骂的高文珠是畜生人，
跌倒就死命归阴。

“外婆，你在骂我？”

（唱）老爷喂，你这老爷多少好，
我在骂那个高文珠，
拗青花跌倒就死，
这男盗女娼这没爹娘生。

“外婆，你又在骂我。”“老爷喂，我没骂你。”“外婆你跟我老实话，表阿姐到底有没有死？”“可怜老爷喂，你表阿姐死掉哉。”“那她尸首葬在哪里？”“葬在后花园里。”“外婆，你在骗我，温定金她说葬在后山高头，你怎么说坟在后花园呢？而且她还说坟头被大风大雨吹掉哉。”“后花园的空坟头，我是给她装装样式的。”高文珠哪里还熬得牢，跌跌冲冲出门而去。

（唱）高文珠将身出了书房门，
跌跌冲冲花园里头来走进。
猛将抬头看灵，
果然有只黄泥坟，
上写表姐张美英。

表姐呀，你年纪轻轻命归阴，
我娘舅舅母可知情？
表姐呀，你为我文珠丧了命，
我陪你到明早大天明。
谁知道，大风吹得我冷如冰，
表姐呀，我们桂花凉亭诉衷情。
表姐呀，你慢慢走慢慢行，

听我文珠讲几声。
表姐呀，你石凳高头坐定身，
听我慢慢讲灵清。
自从我来到你家门，
娘舅舅母对我好良心。
可怜你，年纪轻轻命归阴，
叫我如何做做人？
如果被娘舅舅母得知情，
两老肯定要哭伤心。

“表姐喂，表姐呀！”侬么“表姐，表姐！”来咚哭，假山后背也有人在哭：“表弟，表弟喂！”高文珠不要吓死吗？伊还道鬼来哉。再一想么，噢，一定是夜深人静，我格哭声传过去，对面假山上撞一头的回音。勿晓得往凉亭深处走过去一听么，只听里头有声音传出来：“表弟，表弟。”

高文珠走近一看，只见里面有个人困着，蹲倒去仔细一看：“啊，是表姐。”“表弟！”

（唱）表姐呀，人人都说你命归阴，
我文珠总是勿相信。
侬头发剪哒瘷稀稀，
是谁害你苦命人？
到我家来投亲，
因何只你独个人？

表弟呀，那时你上京求功名，
我言语再三吩咐清，
叫你有官无官早回信。
谁知你中了状元后，

写了书信回家门，
说道是，撞上太子命归阴，
我美英也是不相信，
所以我女扮男装上京城。
可晓得，我为你一路之上受尽苦，
我为你相府里头来卖身，
我为你被温定金作弄得不像人，
我为你受尽折磨成下等人。
表弟呀，想不到侬是一个坏良心，
这种人世上没处寻。

“表姐呀表姐，你搞错哉！那封信不是这么写的，我说，我头名状元中进，温尚达良心坏，见我容貌端正，要找我为婿，承蒙小姐良心好，叫我书信来写明，来接你们三个人到京城来享荣华富贵。现在看来，这都是温定金搞的鬼。表姐喂，你这里等着，到明朝一早，我直去皇宫。我跟仁宗皇帝万岁讲过灵清。”

（唱）金鸡报晓天大明，
高文珠上金殿万岁跟前话灵清。

第二日，高文珠把长短情况与仁宗皇帝讲上一番，仁宗皇帝一听，龙心大怒！乃么招来温尚达：“大胆温尚达，你身为三朝元老，狗胆包连天，圣旨都敢改。哼！来呀，将温尚达打入天牢，永不见君。将温尚达的家产全部没收，把温尚达的家人，发配到边关充军。”

（唱）万岁呀，可怜我表姐为了我的人，
苦头吃得伤肝伤心，
头发都剪得癞稀稀，
叫她今后如何做人？

“恳求万岁开恩定夺！”“那好，寡人封张美英一品夫人，赐凤冠霞帔，回家拜堂成亲。”“谢过万岁！”

高文珠千谢万谢仁宗帝，高高兴兴回府门。把长短情况与表姐一讲，表姐交关高兴！则喏，外婆良心好，温府的人除出外婆，都到边关充军去哉。之后高文珠、张美英啦一行人马要回家成亲去哉。谁知道，半路上碰见阿兴、阿旺两个人，这两个人，自从十两银子来讨回，赌场里头走进，银子输得滑脱精光，又讨饭过日子。现在听说阿妹头名状元寻着，乃么连忙拦轿求救，张美英也不忘他们。“哥哥喂，你们两人得罪过人，轿子后头跟牢，一道到我家去去享荣华富贵。”

（唱）一班人马快得紧，
高高兴兴回家门。
张家屋里来走进，
文珠舅舅茶煞人。

伽舅舅想，走出去人只有两个，回来时人有挨堆堆[1]了，“儿啊，这是怎么回事？”“爹爹喂，你专门话，姆嬷儿子不会生，这两个是我外头领来的，是我的哥哥，就是你儿子了。”“好的好的，只要有儿子，我后代也有哉。我看这样，外甥大爷，我囡为你苦头吃到伤心伤肝，既然你们都寻着哉，我也晓得你良心没有变。我家里拜堂拜落以后，你回到屋里祭祖要紧。”

乃么万岁圣旨一到，叫他们奉旨成亲。上方点起龙凤花烛，拜堂成亲。高文珠同张美英两个人，三拜拜落，送入洞房。

（唱）房间里头来走进，
对面坐坐笑盈盈。
到了第二日，高文珠同张美英，
轿子里一坐，告别岳父岳母，
回到屋里头，要祭祖而去。

---

① 挨堆堆：绍兴方言，形容很多。

两个人高高兴兴回家门。
一口禀告众位听，
做人总要有好心，
好心总有好报应。

（整理、校订：倪齐全）

日月雌雄杯
西域贡品雌雄杯
能招仙女辨忠奸
神杯一朝碎满地
贤妃奸妃两世人

日月雌雄杯

（唱）观众朋友叫一声，
上得台来唱戏文，
暂不唱越剧鹦哥戏，
日月雌雄杯要透分明。
请你们耳朵陡起[①]仔细听，
我有头有道说灵清。

观众朋友们，今朝我唱的曲目叫《日月雌雄杯》。这只故事出在大周朝，周宣皇帝坐下龙廷。列位同志，你们要静听一二。

（唱）小书出在大周朝，
周宣皇帝坐龙廷，
文东武西站官员，
万岁在上说灵清。

“众爱卿，你们有本启奏，无本退朝。”

当朝兵部尚书李国忠上前一步：“噢，万岁啊！”

（唱）出口万岁叫一声，
臣有一本奏灵清。
西凉国满天星小将到来临，

① 陡起：绍兴方言，意为“竖起”。

午朝门外立端正，
要见你万岁一个人。

周宣皇帝一听，哎哟！他说："李爱卿，传寡人圣旨，叫西凉国满天星小将上殿见驾。""呔！万岁有旨，西凉国满天星小将上殿见驾。"

满天星走进金殿："万岁，西凉国满天星有宝呈献。""满天星，寡人问你，来到中原有何宝贝献上？""请万岁龙目观过。"边说边把一只红盒子递上。

周宣皇帝打开盒子一看，只见是一只泥杯。乃么周宣皇帝怒火冲天，出圣旨一道，将西凉国满天星小将绑出午朝门外，立刻开刀斩首。禁军立即将满天星五花大绑，刚刚要去杀的时候，满天星小将放声大笑，嘀嘀嘀嘀哈哈哈！

周宣万岁在问："满天星啊满天星，你死都要死了，为何还要发笑？""万岁，我笑你万岁有眼不识宝贝。""嘀，满天星，这只烂污泥杯你搪塞寡人，你怎么说是宝贝？""万岁，这是一只'日月雌雄杯'。你只要拍手三记，这只宝贝有七个仙女跳出来，会唱歌跳舞。"

周宣皇帝一听，哎哟！"那好，满天星，寡人要在金殿上当堂一试。"

（唱）周宣皇帝笑盈盈，
拍手三记有响声。
果然有七个仙女跳出来，
唱歌跳舞闹盈盈。
万岁看得龙心喜，
连声称赞满天星。

"满天星，此杯果然是真宝，寡人见了特别喜爱。你回到西凉，传我寡人圣旨，从此以后两国言和，永不交战。西凉为中原年年进贡，岁岁来朝。"满天星说："谢万岁，万岁，万万岁！"

（唱）满天星出了金殿回西凉城，
不唱这位满天星，

唱一头来表一情。
周宣皇帝退朝廷，
猛然想起一桩事情：
这只雌雄杯，
是我心爱之物绝世宝，
我心里主意来打定，
将宝贝藏在桃苑西宫房间里，
请梅娘娘保管我放心。

勿晓得李国忠吃得惊：“万岁啊万岁，以我李国忠之见，先有大，后有小，宝贝应藏在东宫苏娘娘房中。”

周宣皇帝一听，心想李国忠说的也有理。“那好，待寡人下圣旨一道，这只红盒子上要封上三张御条。”

（唱）头一张御条写灵清，
哪个偷看雌雄杯，
乌珠挖出不留情。
第二张御条写灵清，
哪个多说雌雄杯，
舌苔[①]剪下不留情。
第三张御条写灵清，
有人偷听雌雄杯，
耳朵割下不留情。
三张御条来写好，
红盒上头封端正，
东宫房中来送进。

① 舌苔：在绍兴方言中，指代“舌头”。

则喏，这只红盒送到东宫娘娘房中，周宣皇帝下旨，文武百官退朝出门。谁知当朝有一个国丈名叫梅国栋，心里急死了。

（唱）当朝国丈梅国栋，
金殿上头立端正。
两眶眼泪湿淋淋，
心里实在急煞人！
李国忠啊李国忠，
你这做人不该应。
刚才万岁说灵清，
雌雄宝贝藏在我阿囡房中门，
偏偏你李国忠来反对，
将宝贝送进东宫房门，
老夫真正气煞人。
倘若宝杯会说话，
说出忠人和奸人，
说我国丈大奸人，
我们爹娘要难做人。
不错啊，既然万岁退朝门，
我要到桃苑西宫去，
阿囡房中走一程。

要唱国丈梅国栋，
一路走来一路行，
桃苑西宫已相近，
忙将抬头看灵清，
有个宫娥立端正。

他说：“宫娥，里头去通报娘娘千岁，就说国丈有事求见。”

则喏，宫娥来到里头："宫娥叩见娘娘千岁。"

梅娘娘叫梅玉英："宫娥，不知来报何事？""娘娘有所未知，门外有国丈求见。"

梅玉英一听父亲到来，连忙出迎："爹爹到来，不知为了何事？"

（唱）阿囡啊，爹有话语讲你听，
今日里西凉国有个满天星，
送上宝贝到来临。
此宝贝会唱歌会跳舞，
还会开声说事情，
本当万岁圣旨出，
要藏阿囡房中门。
谁知当朝李国忠，
他万岁跟前说一声，
宝贝藏在东宫门。
哎呀，阿囡啊！
要是万岁宝贝拿出来，
拍手三记，
倘若宝贝开了声，
说奸人来道奸人，
说我们爹囡两个人，
日后我们要难做人，
万望你阿囡要三思而行。

旁边头梅玉英一听，"爹爹喂，你为来为去为了只宝杯，恐怕说出我们父女是奸人。既然阿囡已经晓得哉，阿囡会去做的，请你爹爹放心回房去吧。"

国丈梅国栋，走出西宫，回家门而去。这位梅娘娘，坐坐在动脑筋，"既然有只雌雄杯在东宫房里头，待我去东宫与姐姐商量一下"。梅娘娘真聪明，老早一条妙计想好了。

（唱）单身独人往东宫去，
一路走来一路行，
行得几步抬头看，
东宫门口到来临。
一脚跨进东宫门，
出口姐姐叫连声。

“啊，姐姐在上，小妹有礼。”东宫娘娘叫苏娘娘。

“噢，妹妹，今朝到姐姐房中为了何事？我们是姐妹，何用大礼，起来，一旁看座。”“噢，谢姐姐。”梅娘娘坐下。

（唱）姐姐呀，
出口姐姐叫一声，
你听我小妹说灵清。
昨天万岁蛮开心，
说道是西凉国满天星，
有只宝贝献进宫，
万岁藏在你房中。
若还你姐姐有好心，
宝贝给我见一面，
也让小妹开心开心。

出口妹妹叫一声，
另外事体我答应，
要看宝贝我难应承。
你听我姐姐说灵清，
虽然宝贝在我房间里，

万岁有三张御条封端正。
万望你妹妹听灵清，
哪个偷听雌雄杯，
割下耳朵难做人。
哪个多说雌雄杯，
舌苔剪下命难成。
哪个偷看雌雄杯，
乌珠挖出眼不明。
还望妹妹你回房门，
免得大家都难做人。

“噫！姐姐喂，你也是发笑哉！天知、地知、你知、我知，反正万岁在金殿理事，他不知道的，还有我虽然和你姐妹相称，不是一母所生，却比同胞要亲三分来。我们只要御条揭开，让我看看，过歇仍旧封牢，一些都不要紧的。不知你姐姐意下如何？”

要晓得苏娘娘这人心很慈的，听梅娘娘这么一说，想上想，这句话倒也有道理，现在万岁反正不在我房里，只有我们两人，揭开御条看过之后仍旧封牢，也没什么大问题的。

“妹妹，这是你说的哦，看宝贝之事是天知、地知、你知、我知。”“是的是的。”“那好，姐姐答应于你。”

（唱）苏娘娘，满口来答应，
梅玉英揭开御条看灵清。
盒子里头有个泥坯杯，
梅玉英看得奇煞人。
心里想，房中我爹讲灵清，
只要拍手有三记，
宝杯自然有反应，

待我上前试端正。
梅玉英拍手三记后，
宝杯果真开了声，
传出声音在骂人：
说忠人来道奸人，
奸人并非哪一个，
当朝国丈梅国栋爹囡两个人，
梅妖妃听得怒气生。

桃苑西宫娘娘梅玉英一听么，一个人气得呖呖叫[1]发抖！马上拿起雌雄杯“嚓啦啦啦！”掼得百瓣粉碎。

（唱）梅玉英掼破雌雄杯，
可怜这位苏娘娘要急煞人！
出口妹妹叫一声：
你的做人不该应，
我好心给你看茶杯，
想不到你对杯介仇恨，
掼破宝杯罪勿轻。
今日你敲破雌雄杯，
我要你上殿见万岁说灵清。

听说要去见万岁，梅玉英吓哒脸孔洁白，心想，“如果被万岁晓得雌雄杯是我敲破，那我一切都完了”。伊是灵机一动，反咬一口：“哼，苏氏妖妃，你好大的胆！想不到我一早从桃苑西宫路过东宫，你竟敢偷看雌雄杯被我看见，你慌乱中敲破雌雄杯还要来加害于我，今日我与你拼了！”

这个梅玉英手指甲蛮长，一步上前，“啪！”从苏娘娘的眼泡上挖下一颗像

---

① 呖呖叫：绍兴方言，形容发抖得很厉害。

蚕豆大小的肉。可怜这位苏娘娘，鲜血满脸，疼痛难忍。

（唱）要唱妖妃梅玉英，
将自己头发摘[1]哒乱纷纷，
衣裳撕哒碎粉粉，
三步并作两步行，
直往金殿把路行。
万岁万岁连声叫，
假装哀悲啼哭上金殿。

梅玉英这副披头散发的样子，周宣皇帝坐在龙椅上望哒落去[2]人奇煞哉[3]。“哦，爱妃，哪个打得你如此模样？”

（唱）啊，万岁啊！
出口万岁叫一声，
请你听我讲灵清，
妖妃苏氏她的为人不该应，
万岁你宝贝藏在她房间里，
苏妖妃是个大坏人，
揭开封条在偷看，
被我路过东宫看灵清。
她说宝贝是只污泥杯，
随手敲哒碎粉粉，
我上前与她去论理，
她动手打得我勿像人，
恳求你万岁把道理评。

---

① 摘：在绍兴方言中，也可表示用手用力抓、扯拽。
② 望哒落去：绍兴方言，意为“向下望去”。
③ 人奇煞哉：绍兴方言，意为“感到稀奇得不得了”。

周宣皇帝听到这只雌雄杯敲破哉[①]么，乃么一爿脸孔转青哉。就在这辰光，苏娘娘也到哉。

（唱）可怜这位苏娘娘，
满脸鲜血泪淋淋。

“啊，娘娘叩见万岁！”“苏妖妃，寡人问你，你为何敲破我心爱之物雌雄宝杯？”“啊？万岁喂，不是我敲破的！”“还说不是你敲的，你打我爱妃这副光景，来呀！”几个禁军上来：“万岁何事吩咐？”“将这个苏妖妃五花大绑，绑出午朝门外，立刻开刀斩首！”

万岁话音刚落，旁边的梅玉英笑煞哉。可怜苏娘娘跪在地上。

（唱）万岁，可怜万岁喂！
万岁啊，你要杀我不要紧，
我有话语求你听。
可怜万岁啊！
只因为我肚中有小人，
恳求你万岁行好心。
等到我小人满月生，
再来杀我我甘心。
可怜万岁啊，
肚中小人是你骨肉亲，
请你万岁来答应。

苏娘娘在求情，
万岁听得苶登登。
旁边格妖妃梅玉英，

---

① 雌雄杯敲破哉：意为“雌雄杯被敲破了”。绍兴方言语法中，被动语态常常省略“被”。

计上心来话出声，
出口万岁听灵清，
我腹内也有三月零。
周宣皇帝在动脑筋，
苏妖妃啊苏妖妃，
你敲破我心爱雌雄杯，
你说你肚里有小人，
今日死你不要紧，
爱妃也是有小人，
不会断我皇家根。
出口叫声众爱卿，
立斩妖妃不留情。

则喏，周宣皇帝绝叫："哪个大人将这个苏妖妃绑出午朝门外立刻开刀监斩？"

这喏，金殿上头有文武百官，哪晓得这辰光，文官不开口，武官不抬头。你们不要愁，有个来哉。啥人么，兵部尚书叫李国忠。

"臣李国忠叩见我主万岁，万岁，万万岁！"

周宣皇帝说："李国忠，有何启奏？"

李国忠说："万岁啊万岁，依我李国忠所见，苏娘娘必定为奸人所害。"

周宣皇帝愕牢哉，想上想，李国忠在说苏娘娘为奸人所害，莫非真的吗？你么刚刚愕牢，旁边头妖妃梅玉英连忙急说："万岁，既然李国忠说苏氏妖妃为奸人所害，那么谁是奸人？谁是忠人？叫他说说灵清。"

周宣皇帝听上听，爱妃说得有理。"李国忠，寡人问你，哪个是忠人？哪个是奸人呢？"

这个时候李国忠想上想，说忠人个个高兴，说奸人个个仇恨。"噢，万岁呀，我另外人都不能够说，只能说我自己。"

（唱）出口万岁叫一声，

想我李国忠心直口快有忠心。
尽忠报国是忠人，
一句话语说灵清，
万岁听得无响声。

妖妃梅玉英又开口哉：“哎呀，万岁啊！李国忠说他自己是忠人，那么我们忠奸当场分一分。万岁喂，既然李国忠他说是忠人，那你万岁赐他毒酒一杯，要是这杯毒酒会喝的，李国忠真是忠人，毒酒不喝的，说明也是奸人。”

周宣皇帝人也昏头昏脑哉，被妖妃梅女说起来句句当真理，他说：“李国忠，既然你是忠人，寡人赐你毒酒一杯，你要是毒酒喝下去的，你就是忠人，赤胆忠心。毒酒不喝，你也是奸人，绑出午朝门外，立即开刀斩首。”

乃么内侍一杯毒酒拿来，可怜李国忠手捧毒酒，眼泪水啯啯较格流下来。

（唱）李国忠手捧毒酒泪淋淋，
忠人做人罪过人。
今日毒酒下了肚，
全尸还能来保成。
若是不喝这毒酒，
头身分离不成人。
万岁听了妖妃言，
害我忠臣难做人。

乃么一杯毒酒拿起，“汩汩汩汩”地喝下去，等到毒性一转来么，嘴巴里毒酒气喷出来，李国忠说：“昏君，骂一声昏君也。”

（唱）屈害忠良不该应，
轻信梅妃害自身。
周宣昏君你听灵清，
大周江山难保成。

李国忠骂完，“砰！”困翻在金殿之上。

（唱）兵部尚书李国忠，
金殿上头丧了命。
文武百官无响声，
周宣皇帝告众卿。

“众位爱卿，你们哪个去杀苏妖妃？要是你们哪个在寡人面前顶撞一句，都像李国忠那样饮毒亡命。”

皇帝这样一说，金殿上文武官员都勿敢开口，但也呒有人敢去杀苏娘娘。谁知不怕死的人还是有一位，啥人呢？

（唱）三朝元老老丞相，
潘葛丞相有名声。
走上前要说灵清：
万岁呀，
老臣愿杀苏娘娘，
替你万岁解心恨。

周宣皇帝笑盈盈，
心里想，
潘葛老臣多狡猾，
平日里常与寡人来顶嘴，
经常坏寡人大事情。
今日愿杀苏娘娘，
那是一桩好事情。
如若你，
领旨不杀苏娘娘，
不管你资格老、功劳大，

也要治你欺君之罪大罪名。

这辰光，
旁边妖妃梅玉英，
走上前要说灵清，
叫声潘葛老丞相，
今日杀掉苏妖妃，
把苏妃头颅拿到金殿要验端正。

梅玉英这一招厉害的，关照潘丞相杀了苏娘娘以后，要验明首级。乃么潘葛老丞相扯着苏娘娘离开金殿。

（唱）不往午朝门外行，
一路走来一路行。
行得几步抬头看，
潘府门口到来临。
丞相府里来走进，
苏氏娘娘奇煞人。

“潘老丞相，今日你要杀我，怎么不到午朝门外，反而到丞相府里来了？”

潘葛他说：“娘娘啊，老臣不是要杀你，老臣是想救你的，想不到梅妖妃说要验明头颅，所以暂时带你到我府中，再设法相救。”

（唱）潘老丞相在动脑筋，
我如何相救娘娘命？
这辰光他猛然想起一桩事，
相府里有三十六个丫头记分明。
丞相有言要关照，
叫丫头大家集中在大厅，

老丞相一个一个看灵清。
啥人相貌像苏氏，
好言劝说去抵命。
左望右看都不像，
老丞相要愁煞人。
潘葛他刚刚急得团团转，
有个丫头上楼登，
三夫人房里讲真情。

“夫人喂，下面相爷啦，大厅里三十六个丫头在排队呢，会会花心又发哉？”

给丫头一挑拨，三夫人也误会哉。想想我今朝刚刚有个囡生出，还没有满月，你还又要偷花头哒哉。相爷啊相爷，你先后讨了三房夫人，前头两个，一个气不出，一个屁不放，我虽然不给你生儿子，但总有一个女儿给你生了，可怜我坐月子还未满日，莫非你又要讨第四房哉？乃么衣衫穿好，急匆匆下楼而去。

（唱）三夫人下楼登，
看到场景气煞人！
相爷喂，你真是一个老花心，
莫非你又要讨第四房夫人？
可怜潘葛老丞相，
一时眼泪湿衣襟。

哎呀，夫人啊！
你不知相爷内中情，
为只为今朝金殿出事情，
万岁下旨要杀苏氏苦命人。
可怜苏娘娘被妖妃来陷害，
一条性命保不成。

兵部尚书李国忠，
忠心出口说公正话，
毒酒喝了丧性命。
可怜夫人呀，
我本意要救苏娘娘，
假说领旨去杀人，
谁知梅妃心狠毒，
要验头颅见真情。
所以我在三十六个丫头里，
挑一个相貌像苏氏，
为救娘娘去抵命。

旁边头三夫人，
一霎时也眼泪淋。
哎呀，相爷喂！
我是错怪你相爷好心人。
再说道，三十六名丫头中，
呒有像娘娘一个人，
看来娘娘命难成。

这辰光，潘相抬头看分明，
三夫人呀三夫人，
有个人活脱活像苏娘娘，
就是你夫人窦春英。

潘丞相一语而出，三夫人窦春英心里刷刷灵清，意思就是要我为苏娘娘抵命杀头。勿晓得三夫人也是个大好人，伊话："相爷喂，既然你要我为娘娘去代杀头，我也有言语要关照与你。"

（唱）相爷喂，我去杀头勿要紧，
女儿总是你亲生。
没娘的孩儿是苦命，
总要你相爷多操心。
再想想，你身为国臣多事务，
没空调养小亲生，
你把女儿送到山东省窦家村，
请我爹娘养小人。
还有一桩大事情，
要与娘娘见一面，
我有话儿说她听。

乃么潘葛老丞相落楼，实言相告苏娘娘："今朝我要救你一命，现在办法已经想好哉，不过，我三夫人想见你一面。"

（唱）苏娘娘即刻来答应，
大厅里相见窦春英。

娘娘啊，你我容貌像同胞，
今朝我代你杀头去抵命。

苏娘娘激动振人心，
悲伤的眼泪如雨淋。

感谢相夫人好心人，
我大恩大德记在心，
你我姐妹来相称。

妹妹呀，你有话儿讲我听，

姐姐呀，得知你腹中有小人，
如今我也有小亲生。
日后你如若生小人，
倘若生个女千金，
也让她们姐妹称。
万一生个小官人，
我女儿许配你儿子，
请偌娘娘来答应。
如若你今日能应允，
我在九泉也高兴。

苏娘娘听完：“妹妹你尽管放心！”

乃么窦春英面朝潘葛：“相爷，你可动手了。”

可怜潘丞相拿起一把刀就是下不了手。有句话“一夜夫妻百夜恩”，到底有过痛痒关系的呀！偌么勿敢动手，勿晓得窦春英来得个结棍[①]，双手“叭”抓牢潘葛手里的刀，脖子伸上去“咔嚓”一刀去哉。

（唱）三夫人窦春英，
割落头颅丧了命。
可怜潘葛老丞相，
两眶眼泪汰汰淋[②]！
旁边在场苏娘娘，
感激的眼泪也如雨淋。
难为潘葛老丞相，
将头颅摆在托盘上，
上殿交差顶要紧。

---

① 结棍：江浙一带的方言，意为“利索”。
② 汰汰淋：绍兴方言，形容（液体）哗哗地流。

一路行走到金殿，
叫声万岁在上听，
苏氏已经命归阴。

“臣启我主万岁，苏妖妃头儿献上。”
周宣皇帝斜眼一看，他说：“潘葛，寡人自己会细细端详，你退出金殿去吧。”
潘老丞相刚刚退出来么，旁边妖妃梅玉英她说：“万岁，且慢。”

（唱）出口万岁叫一声，
我有事儿说分明。
潘葛你给我听灵清，
这头儿我要拿到桃苑西宫里，
洗刷血迹，仔仔细细看灵清。
是不是妖妃苏娘娘，
是真是假再定论。
跌跌冲冲老丞相，
走出金殿动脑筋，
心里想，要是妖妃梅玉英，
头洗净，看出不是苏娘娘，
潘家都要做杀头人。
潘丞相要愁煞人，
对头走来一个人，
要知此人是啥人？
是丞相身边的近身保镖，
智勇双全叫潘成。

“吔，相爷喂，你双眉紧锁，眼泪汪汪，如此悲伤为了何事？”“噢，潘成啊潘成，你有所未知，刚才万岁圣旨一道，命我去杀苏娘娘，我没杀苏娘娘，而将三夫人的头杀掉替代娘娘，想不到妖妃梅玉英，说要在半夜三更，在桃苑西宫里，将头颅洗洗干净，验明正身，要是她看出是我夫人，那还了得！”

旁边头潘成一听，“嘿嘿嘿嘿！相爷啊相爷，你何必要愁，办法我有”。

（唱）出口相爷叫一声，
请你尽管放宽心。
潘成办法想端正，
夜半三更人声静，
趁人昏睡木登登，
我桃苑西宫一趟行，
偷来头儿顶要紧。

“相爷你看怎么样？我去偷偷来好哉。”

潘葛老丞相想了想，看来此事也只有这样了。

（唱）辰光过得快得紧，
三更天气到来临。
要唱潘成出了门，
路上走来路上行，
路上有书路上唱，
路上无书莫讲清。
桃苑西宫到来临，
围墙旁边站定身。
潘成跳上围墙里，
见头颅在铜盘摆端正。

乃么跳进围墙，刚刚铜盘里要去拿头么末，旁边头有个宫娥管着。这个宫娥，可怜三更天哉，对付在打瞌晥。潘成铜盘里的头拿来之后，“嗒！”腰里一系刚刚要走，回眼一看，不对，铜盘空哉，头没有哉，要是妖妃梅玉英走哒出来，看见没有头要追上来的。“宫娥喂，只有则你委屈一些，你的头摆得摆算哉。”乃么咔嚓一刀，可怜宫娥瞌睡都勿醒头没有哉。

（唱）潘成的本事大得很，
宫娥头儿来割下，
铜盘里头摆端正。
割落头儿要逃命，
跳上围墙立端正。
桃苑西宫里头梅玉英，
出口宫娥叫一声，
快将头儿洗干净。

梅玉英随带贴身小宫娥，来到铜盘旁边，勿晓得小宫娥一看，“娘娘喂，不对哉，宫娥来哒铜盘里头哉！”

妖妃梅玉英抬头一看，只见管头颅的宫娥已经头身分离，乃么人气煞哉。“嗬嘿，嘿嘿嘿嘿！潘葛啊潘葛，你果然不出我所料，苏妖妃不杀，想不到你另外头杀来，来哄骗万岁与我娘娘，夜半三更又来偷头换头。好哇！这样看来苏氏妖妃一定还在丞相府。来人！”屋里走出两名宫娥，说：“娘娘，有何吩咐？”“赶快去叫两位国舅，到丞相府去搜人。”

（唱）这头宫娥去请人，
要去叫两个国舅顶要紧。
不唱宫娥把路行，
回文转来要唱啥人？
要唱围墙高头登，
潘成听得很灵清。
妖妃玉英刚才说，
夜半三更要叫国舅丞相府里去搜人。
潘成急回丞相府，
出口相爷叫一声。

“相爷，头偷来哉，喏，给你。”

可怜潘葛老丞相，三夫人的头捧哒牢，眼泪水“啁啁啁”在流下来。他说：“潘成，你三夫人的头偷得来哉，那铜盘空掉哉，妖妃梅玉英有没有晓得？”

潘成说：“相爷你不可愁，三夫人的头偷得来哉，我把宫娥的头割下，铜盘里摆夯哉。”

听潘成一说，可怜潘葛老丞相眼泪水越加多哉。“潘成啊潘成，则侬祸祟越大哉！”

（唱）潘成啊，偷来头儿不要紧，
你杀了宫娥留祸根。
要是娘娘得知情，
万岁跟前奏一本，
看来我潘葛要难做人。

潘成又在说事情：
相爷喂，我杀了宫娥一条命，
梅妖妃已经得知情。
派出宫娥去叫人，
两位国舅要到来临。
要在相府搜苏娘娘，
你赶快办法想端正。

潘葛一听，“哎呀，潘成喂，这如何了得？”“相爷，你不可愁，你到大门口去立着，要是两位国舅梅隆、梅庆到哉，他们说要闯进丞相府，你只要说两位国舅没有万岁圣旨，丞相府不能搜，他们一定会走的。”

乃么潘老丞相来到大门口，果真两位国舅是来了。“嗬嘿，潘葛老丞相听着，今朝这个苏娘娘，就在你丞相府里头，我们要上上下下、角角落落搜上一搜。”

潘葛老丞相说：“且慢，两位国舅，夜半三更要搜丞相府，可有万岁圣旨？

若有万岁圣旨可有搜，没有万岁圣旨，你们给我滚！你们可晓得，夜深人静私搜丞相府有杀头之罪的？”

梅隆、梅庆两兄弟一听，心想，不错的，没有圣旨去搜变私闯民宅哉，乃么没有办法，只得调头回转到西宫。

“娘娘千岁喂，可怜搜倒搜不出，差一点我们要做杀头鬼哉。”“嗬，两位国舅为何要做杀头鬼？”“啊吔，娘娘喂！夜半三更私搜丞相府，没有圣旨要有杀头之罪的，所以我们回转来了。”

梅娘娘想上想，两位国舅说得有理。

“你们给我等着，我到万岁跟前偷一张文簿假造圣旨，明朝天亮再去搜丞相府，一定要搜出苏妖妃。”

不讲西宫梅妖妃他们在做准备，回转来要讲丞相府里头，潘葛老丞相可怜愁煞哉。要是天亮起来，两位国舅拿万岁圣旨再来搜，死了夫人倒也罢了，搜出苏氏，娘娘性命仍旧难保。旁边头潘成说：“相爷喂，愁愁是没有用场的，办法我有哒。”“潘成啊，你怎么有这么许多办法，现在是啥办法哉？”

（唱）啊，相爷啊，
出口相爷叫一声，
我有办法已想成。
万一天亮到来临，
梅隆梅庆再来搜，
藏园娘娘由潘成。

潘成小聪明确有不少，伊话：“相爷喂，万一两位国舅拿得圣旨再来搜，你到大门口去对付，苏娘娘格人归我藏好，你尽管放心。”

则喏，勿讲潘葛等到天亮候在大门口，要讲潘成把苏娘娘藏在柴房格阁楼上面，自己改换衣衫伏在阁楼口。

（唱）东方调白天已明，
要唱妖妃梅玉英，

看见万岁吒有人，
偷来文簿假造圣旨拿手心，
速叫两位国舅爷，
相府里头再搜人。
一路动身来得快，
相府门口已相近。

“嘿，潘葛老丞相接旨！”潘老丞相他说：“万岁！万岁！万万岁！”

“潘葛听读，万岁下旨一道，丞相府里头有苏妖妃藏着，要上上下下、角角落落搜上一搜。”潘葛老丞相圣旨拿牢后说：“两位国舅，你们今日一定要搜吗？”“万岁有旨，一定要搜！”“那搜得出怎么说，搜不出怎么讲？”“嘿嘿，嘿嘿嘿嘿，潘葛啊潘葛，你神气要清，搜得出苏妖妃，扯到金殿上头交账，而你潘葛私藏苏妖妃也有杀头之罪；搜不出我们走。”

潘葛说：“慢，搜得出我有罪，搜不出我对你们不客气。”“嘿嘿，你想给我们咋样？”

梅庆说：“阿哥喂，少同老贼啰唆，赶快里头去搜——”

（唱）梅隆梅庆两个人，
相府里头来走进。
大厅上头搜灵清，
不见娘娘一个人。
要往厨房里头来搜寻，
见不着娘娘一个人。
厢房里头来走进，
打开箱橱也不见人。
楼登房间来走进，
眠床高头也没有人。
帐子背后仔细寻，

油画大橱开端正，
寻不着娘娘一个人。
柴间里头来走进，
干柴翻得乱纷纷，
寻不着苏娘娘一个人。
梅隆梅庆两个人，
抬起头要望灵清，
柴间里有一个阁楼顶，
走上阁楼也要搜寻。

两兄弟刚刚往柴间阁楼的楼梯里走上去，抬头一看，阁楼顶上头有雪白雪白雪雪白的一个人立着，这是啥人呢？不是别人，就是潘成。伊头戴一顶白帽，身穿一件白袍，要晓得他的一件白袍大衫穿到了脚后跟，他打扮的是个活无常。可怜梅隆梅庆两个人，看得人都吓煞！“阿哥，勿对哉，活无常来哉。”

两兄弟是骨碌碌碌碌从楼梯上滚到地下，拔腿就逃，直往桃苑西宫。

（唱）两位国舅逃性命，
路上走来路上行，
桃苑西宫来走进，
脸孔吓得白转青。

则喏，梅隆、梅庆两个人走进桃苑西宫里头么，可怜走得上气不接下气，差点点当中要挂氧气。“娘娘，娘娘喂，娘娘喂勿对哉！”

梅玉英她说：“两位国舅气急齁头[①]为了何事？”“哎呀，娘娘喂，可怜潘家屋里都要死哉！”“哇！两位国舅到底为了啥事？”“娘娘喂，我们丞相府里头上上下下、角角落落全部搜转，就是没有苏氏。只有柴间上头阁楼顶上有一个活无常来夯，搜也不用去搜哉，不要说这个苏妖妃，连至潘葛他全家屋里都要死掉，

---

① 气急齁头：绍兴方言，形容气喘吁吁或气急败坏。

活无常都来吊他们哉。”

梅玉英一听说有活无常么，她在拨手指头哉，原来伊还会卜六令课[①]咯。妖妃梅玉英手指头一掐，她说：“梅隆、梅庆两位国舅，你们给我二次再搜丞相府。”“娘娘喂，苏氏不死我们要先死哉，你叫偶再去，活无常大概在等我们哉。”

勿晓得你们不肯去，梅玉英发极[②]哉，“哇！两位国舅梅隆、梅庆听着，活无常的后背一定有苏妖妃在，你们赶快去搜！”“呃，娘娘喂，有数哉。”

（唱）两个人调头出了门，
路上走来路上行。
要往相府来走近，
刚想进门再搜人，
听到大厅有讲话声。

潘成在对相爷说：“相爷喂，两位国舅么去哉，不过我是在替你愁，你要晓得，苏娘娘头关逃出，二关还逃不出咯。”“为啥？”“相爷，你难道都忘记哉，两位国舅到桃苑西宫，同梅妖妃一说情况，要晓得梅玉英会卜六令课，倘若给她卜出苏娘娘还在，第二次还会来丞相府搜人。头关我替你藏过哉，这二关救苏娘娘要你自己着力哉。”“潘成啊，叫我如何救得苏娘娘？相府里还有哪里好藏呢？”“嘿嘿嘿嘿，相爷喂，藏藏的地方还有一个在。”“嗬，潘成，两位国舅上上下下、角角落落全部要搜，有啥地方还可以藏人？”“嘿嘿，相爷喂，诰命夫人藏经楼里就好藏。”“潘成啊，你另外办法好想，藏经楼里怎么好去藏娘娘？万岁下过圣旨，文官坐轿路过藏经楼要下轿而行，武官骑马经过藏经楼要下马而走，若还哪个要走进藏经楼里，要吃三年六个月长素，怎么好去藏娘娘？”“相爷喂，你要想灵清哦，娘娘要是搜出，你头也保不牢的。藏经楼里藏着娘娘，不但能救娘娘一命，而你的头也能保住。”

可怜潘葛老丞相心想，事到如今也只有这个办法啦！

---

① 卜六令课：绍兴方言，即“占卜”。
② 发极：绍兴方言，即发狠。

（唱）潘成喂，
倘若国舅到来临，
娘娘你去藏端正。
匆唱厅堂情一节，
耳听门官来报进。

“报，启禀相爷，两位国舅又来搜丞相府哉。”

潘成他说：“相爷喂，果然不出我之所料。”“潘成喂，你赶快领得苏娘娘上经楼。”

（唱）潘成此人真结棍①，
领得娘娘上楼顶。
要唱潘葛老丞相，
行走来到正大门。
两位国舅梅隆和梅庆，
急匆匆来到丞相府，
另外地方不搜寻，
单搜柴间阁楼顶。
走得上去吓上惊，
活无常已无处寻。

这两个畜生，柴间阁楼里走哒上去，活无常没有哉，乃么连忙回落。潘葛老丞相在问：“两位国舅还要搜哪里？”“要搜，还要搜嘞！”

（唱）两位国舅前头走，
潘葛后头紧相跟。
一路走来一路行，

① 结棍：吴语方言，意为“利索、牢靠”。

绕过回廊行过厅，
忙将抬头看灵清，
藏经楼已相近，
梅隆梅庆问灵清。

“嗬，嗨，潘葛老丞相，这是啥地方？”“噢，两位国舅，这是藏经楼。”“啥格藏经楼八经楼也要搜！”“两位国舅，慢！你们不能上藏经楼。”“为啥去不来？”“万岁下过圣旨，文官坐轿路过藏经楼要下轿而行，武官骑马路过藏经楼要下马而走，哪一个人走进藏经楼，要吃三年六个月长素才好上去。楼顶上头是我老娘，八十三岁诰命夫人在诵经念佛，任何人不得打扰。”“嘿嘿，潘葛啊潘葛，我们有万岁圣旨，不要说吃三年六个月长素，哪怕吃六年八个月，我们一定要搜。”

乃么两个人准备要往藏经楼走上去。可怜潘葛老丞相吓哒簌簌发抖！这怎么办？要是走上去，娘娘在楼顶岂非性命难保？你么下底在发愁，楼登个潘成办法老早想好哉。这辰光诰命夫人刚刚眠床里困熟夯。旁边格老丫头在打瞌睆，伊把苏娘娘藏好，把诰命夫人脱落格凤冠霞帔偷来，给老丫头穿上，还话万岁爷也封你为诰命夫人哉。勿晓得这老丫头也有七十二岁哉，要死哉！凤冠霞帔穿戴好高兴煞哉，楼梯口摇摇晃晃在笑。再讲藏经楼格扶梯蛮小，勿能走，只好爬咯，两位国舅爬上来只差三档东西哉，谁知潘成来得格结棍，伊话老丫头喂，只有则你委屈些算哉，“砰！”老丫头背脊里一把推，老丫头一个倒翻跟斗，往梅隆、梅庆背脊上滚落之后，滚到楼梯脚里合扑一跤，到阎罗王里报到。

（唱）两位国舅起杀心，
推杀诰命老夫人。
潘葛丞相吃上一惊，
还当老娘丧性命。
哀悲啼哭罪过人，
娘亲娘亲叫连声。

娘喂，娘啊！
潘葛哭娘实伤心。
潘成楼顶跳下来，
扯牢国舅两个人。
私闯经楼有罪名，
还推杀诰命老夫人。

“相爷你不要哭哉，赶快扯得两个国舅，上朝去见万岁。”

（唱）可怜潘葛老丞相，
眼泪汪汪罪过人。
潘成前头路来行，
带得梅隆并梅庆，
要往金殿走一程。
金殿门口到来临，
周宣皇帝上朝廷。
潘葛丞相哭伤心，
恳请万岁把道理评。

潘葛老丞相他说：“万岁，两位国舅搜丞相府，私闯藏经楼，推死我八十三岁老娘诰命夫人，望请万岁定夺。”

周宣皇帝一听，说道：“两位国舅胆子不小，想我寡人封潘老丞相老娘为诰命夫人，她在念的佛，我都藏在藏经楼上，你们推死诰命夫人，本当要给你们定为死罪。难为你们扶朝有功，免去死罪，但你们要为诰命夫人做孝子，到潘相府里前去吊孝。噢，潘爱卿，想你老娘八十三岁，人死难以复生，料理后事要紧，寡人也要前来吊孝。”

（唱）周宣万岁下旨，
要叫梅隆并梅庆，

吩咐悼念行孝心。
可怜潘葛老丞相，
出了金殿回家门。
眼泪汪汪实伤心，
痛哭娘亲丧了命。
潘成来到相爷边，
奉劝潘葛勠伤心，
保重身体顶要紧。

潘成笑眯眯话："相爷喂，你这样哭作乌拉[①]白伤心的。你将尸首翻转来看看到底是谁！"

则喏，潘老丞相"叭"翻转尸首一看么，哎呀！

（唱）潘成啊，你做事情不小心，
劈天大祸要临身！
不是我老娘命归阴，
却是丫头丧了命。
万岁已经圣旨下，
要叫梅隆并梅庆，
前来吊孝一趟行。
万岁他还要亲自来吊孝，
你叫我潘葛怎么做人？

旁边头的潘成笑煞哉："相爷喂，不可愁，办法我有。"

（唱）相爷啊，事到如今你放心，
我有办法讲你听：

① 哭作乌拉：绍兴方言，形容伤心痛哭的表情。也作"哭出乌拉"。

请棺材师傅来合材，
将尸体早些棺材来盛进。
就说相府老诰命，
给国舅藏经楼里推下来，
跌哒鲜血汰汰淋。
血出污啦脏死尸，
生眼看见有晦气跟。

“所以要棺材里早些盛进。这样，哪怕文武官员，万岁他们来吊孝，只要棺材头里拜一拜就好哉。另外，这口棺材要定做哉咯，看看好像只有一口棺材，但要两口高。”

潘老丞相又蒙掉哉：“合这样的棺材弄啥西？”“相爷喂，别人茶来茶得过，你茶来只有吃污啦。要晓得苏娘娘还相府里来咚，偶总要救她的，为此，一口大棺材要做两层，当当中央一块隔心板，老丫头的死尸困上层，下层归苏娘娘困，而且棺材底里雕七个大洞眼，苏娘娘好透气，还有材头要做成活动的。等送葬的队伍出去后，屋里派个家人在家，等棺材抬到山上，叫家人柴间里火放着，有句话‘死的总还是活的要紧’。棺材还没下葬，叫他们回家救火。等大家回转潘府救火，叫潘兴棺材头撬开救出苏娘娘，叫她逃到山东窦家去。勿晓得潘老丞相一听，说这个办法不错，潘成，你听也——”

（唱）潘成的办法真叫灵，
潘老丞相也放心。
棺材师傅忙煞人，
一口大材合端正。
可怜伤心真伤心，
潘成上楼请苏氏：
娘娘喂，你委屈求全好做人，
请你棺材下层困端正。

上层困着老丫头，
下层困着苏氏苦命人。
丞相府里忙煞人，
孝堂摆得端端正。
两支白烛放光芒，
上面挂着白布幛。
四沿左右望一望，
可怜亲人哭悲伤。
不唱亲友哀悲哭，
要唱国舅到来临，
两个人孝子做端正。

则喏，梅隆、梅庆两个人，到棺材头里拜完之后，可怜两个人头笃倒，旁边立着在当孝子。歇上一歇，门口说："报，赵大人到！"歇一歇，李大人到，所有文武百官，个个都要前来吊孝。等到文武百官拜完之后，只听见有人高叫：万岁圣驾到！

（唱）周宣皇帝来走进，
鞠躬悼念老诰命！
礼仪之后回京城，
潘葛丞相下号令。

"送丧出门！"

要晓得这口棺材蛮高大，要大杠装一装，水尺测一测，抬材要有十八个人。则喏，抬材之前孝帘布撩起，棺材头上有一只材头碗，梅隆、梅庆两个人来咚做孝子的，梅隆捧木主，梅庆捧顺流瓶，两个人棺材边上立着，材头碗敲破之后，他们要跪着的。一口棺材刚刚要抬起来么，抬棺材的有个人嘴巴吃得空："阿哥，这口棺材怎么有这样重，难道有两口吗？"

这句说话讲出，梅隆、梅庆听得非常灵清。

（唱）家人门丁忙煞人，
棺材抬起出了门。
出了相府上山岭，
路上走来路上行，
路上有书路上唱，
路上无书不谈讲。
浩浩荡荡快得紧，
山脚旁边到来临。
棺材抬上小山顶，
长凳子搁牢停一停。

“下来下来。”

抬棺材的人刚刚棺材歇落，潘成心里在愁，想想相府家人火怎么还不点呢？

原来这个家人等棺材抬出泰悠悠[1]在吃老酒，独个人坐坐老酒吃哒数目都没有哉，弄得火都不去点。

这辰光，潘葛老丞相也急死啦，心想潘成啊潘成，你这办法想得是好哉，可怜苏娘娘要活葬啦。

勿晓得潘成还真当聪明，他说：“众位大人，至亲朋友，诰命夫人推死以后，马上要下葬，风水先生都来勿及请，现在要落葬哉，相爷喂，我看只有扁担相掼得掼哉。”

潘成话掼扁担相，实在来咚等相府里头火着。

乃么潘成拿来一根扁担掼落去，“哎哟，相爷喂，头南朝北，儿孙享福。”

扁担相刚掼落，潘成抬头一看，“哎呀，勿对哉，相府里头火着哉。”

（唱）棺材掼到山高头，
文武百官起劲头，

① 泰悠悠：绍兴方言，即“慢悠悠”。泰，在绍兴方言中，意为“慢吞吞，不紧不慢”。

要往相府一趟走，
前去救火起忙头。
唱一头来表一情，
回文转来唱啥人？
要唱梅隆并梅庆，
两个人在动脑筋。

梅隆、梅庆两个人，木主顺流瓶掼掉。梅庆话："阿哥，刚才他们抬材的人在说，棺材有两口，我也从来没有见过这么高大的棺材，看来一定有问题。"

两兄弟刚刚弯腰去撬棺材盖格辰光，勿晓得棺材这半边潘成也等着，看见他们刚刚要撬起来，潘成动作来得快，随手一把将梅隆、梅庆的前胸一把扯牢："两位国舅，苦胆真粗，诰命夫人年纪这样大，被你们推杀，你们还要私盗皇坟，敢当何罪！"

（唱）潘成扯得紧层层，
梅隆梅庆抖煞人。
一路走来一路行，
相府里头来走进。
出口相爷叫一声，
这种做人坏良心。

"相爷喂，梅隆、梅庆两个人在盗坟。"

潘葛老丞相想上想，两位国舅啊国舅，今朝我老娘八十三岁，一命身亡，棺材抬到山上你们还要盗坟，与我上朝论理。

（唱）可怜潘葛老丞相，
两眶眼泪汏汏淋。
扯着梅隆并梅庆，
往金殿里头走一程。

万岁跟前奏一本，
周宣皇帝绝煞人。

“哇！两位国舅梅隆、梅庆，诰命夫人八十三岁一命身亡，你们还要撬开棺材，今朝寡人将你们……”刚刚“杀”字要话下去，旁边头妖妃梅玉英说，“万岁呀！”

（唱）万岁啊，古人常言说分明，
亲帮亲来邻帮邻。
国舅总是自家人，
还望你万岁留个情。
可怜国舅是年纪轻，
做错事情不该应。
看在我娘娘面子上，
保他们两条小性命。

被妖妃梅玉英这样一把扯淡，周宣皇帝这个昏君听从哉。他说死罪好饶，活罪难饶，将两位国舅打入天牢，永不见君。

暂勿讲两个国舅打入天牢，潘老丞相回相府。回头要讲山上，潘兴在撬棺材头。要晓得潘兴只有十六岁，人虽小，聪明蛮聪明，看看人马都救火去哉，随手棺材头掀开，“啊呀娘娘喂，你赶快爬出来，跟得我潘兴逃性命去”。

（唱）娘娘她，爬出棺材站起身，
跟着潘兴路来行。
山高头是路难行，
脚高脚低走不稳。
娘娘是个女千金，
这辰光，悲伤眼泪如雨淋。
不怨天不怨地，

要怨妖妃梅玉英。
更恨昏君心不明，
今朝我娘娘受苦辛，
你却忘了夫妻情。
可怜潘兴叫一声，
你要带我往哪里行？

潘兴他说："娘娘喂，相爷说的，叫我领得你到山东窦家去。"

则喏，潘兴前头走，苏娘娘后头跟，路走得三里零些[①]，勿晓得对面小山头"呼！"冲下来一只大老虎。

（唱）一只老虎冲下来，
潘兴管自逃性命。
苏娘娘猛见老虎到来临，
与潘兴分散也逃命。
凶狠老虎追潘兴，
潘兴他急中生智爬上树，
老虎树下伏着等。

"嘿嘿，你老虎哪怕最厉害，树上总爬不上来的，你还叼得着我吗？"

潘兴刚刚对老虎在说，勿晓得少微歇得歇，树上望下去，老虎没有哉。则么爬下树来找娘娘，勿晓得苏娘娘寻勿着哉。

（唱）苏娘娘无踪影，
可怜潘兴哭煞人。
娘娘，娘娘叫连声，
没有娘娘一个人。

---

① 路走得三里零些：路程走了有三里多一些。

忙将抬头看灵清，
鹅卵石上有血迹，
潘兴更是吓煞人。
还当是娘娘被老虎来咬死，
身躯吃得干干净。
潘兴落山回家门，
丞相府里来走进。
泪流满面叫相爷，
潘葛丞相吃一惊。
出口潘兴叫一声，
你流着眼泪好伤心，
不知为了啥事情？
快对相爷讲灵清。

哎呀，相爷喂！
可怜娘娘逃性命，
山上碰见大老虎，
被老虎吃过无踪影。

“相爷，我错哉，都是我潘兴无能。”

潘葛老丞相想上想，苏娘娘是玉女仙，怎么会被老虎叼去吃过。“潘兴，老虎叼娘娘，我不来怪你。你辛苦了，快点进去用过酒饭，早些休息。”

（唱）不唱相府一段情，
回转头来唱啥人？
要唱这位苏娘娘，
脚高脚低路来行，
一路走来一路行。

原来娘娘呒有被老虎叼去，鹅卵石上的血迹，是娘娘受老虎惊吓跌上一跤，破皮流出的血。

（唱）山上的道路实难行。
翻过山望灵清，
前头下山山窝里，
有一条河江大得紧，
要想过江实难行。

可怜苏娘娘翻过山坳，望过去山脚里一条大河江挡路，山东窦家不知在哪里。往哪里走哟？乃么山脚里坐着，天哪！潘葛喂……

（唱）潘葛啊，你三番四次救我命，
可怜我今朝还是难活命。
一条江面河水急，
要到山东去不成。
倘若夜来临，山边冷清清，
哪个能救我条命？
娘娘我在河江边，
哀悲啼哭实伤心。
河江中央有只船，
要知道来者是啥人？
船上是个后生人。

撑船的是个后生哥，苏娘娘在绝望中见到希望，连忙喊："叔叔，叔叔喂，谢谢你给我过一个江。"

后生哥说："哦，哈哈哈哈！阿嫂，来哉。"

船到江边停下，一块跳板抽上，"阿嫂喂，你耐一些，噫，这相貌好啦！"

苏娘娘走落船舱，后生哥跳板抽起。一根竹竿随手船头掇开。

（唱）船到江心静悄悄，
我的年纪廿岁到。
出口阿嫂一声叫，
你的相貌有这样好，
可怜我真当熬不牢，
我想和你来抱一抱。

“阿嫂喂，来呀！”后生哥船舱里刚刚要去抱苏娘娘。苏娘娘她说：“叔叔，动不得，使不得。”“阿嫂啊，动不得也要动一动哉，使不得也要试一试哉。”

可怜苏娘娘大喊：“天哪！昏君啊昏君，潘葛啊潘葛，想我苏娘娘……”

刚刚话到这里么，后生哥当就跪倒：“娘娘！”

（唱）同志啊，
倷道后生是啥人？
听我慢慢表灵清。
这个人也是山东人，
山东住在啥地名？
窦家村里过光阴。
他爹爹名叫窦叔宝，
阿哥名叫窦春荣，
他三字名叫窦春元。
阿姐名叫窦春英，
嫁要嫁在京都城，
给潘葛老丞相做三夫人。
窦春元，听到娘娘说潘葛，
晓得大水冲撞龙王庙，
连忙下跪来恳情：
娘娘啊，我的做人不该应，

调戏娘娘有罪名。
双脚船头跪端正，
恳求娘娘饶饶命。

“娘娘喂，我错哉！我有眼无珠，娘娘，你饶饶我！”

苏娘娘说：“你是何人？为何晓得我苏娘娘？”“娘娘喂，刚才你叫潘葛，潘葛是我姐夫，我叫窦春元，刚才冒犯娘娘，万请娘娘原谅。请问娘娘，刚才你说要过江去，不知娘娘要往何方？”“春元弟弟啊！”

（唱）看来你是有好心，
我把真情讲你听。
潘葛救我一条命，
我要到山东窦家去安身。
寻你爹爹一个人，
恳请你父来照应。

窦春元听到这里，一个人抖煞哉：“娘娘喂，我刚才的不轨行为我爹爹里不要说哦，如果话出来，偶屋里规矩蛮重，我人要呒呐[1]做的。”苏娘娘伊话：“你放心，我不会说的。”

乃么窦春元把苏娘娘送过江。待娘娘上岸以后，春元又在关照苏娘娘：“娘娘喂，刚才之事你头一头一[2]偶爹里不要说！”“春元弟弟你放心，不过你年纪还轻，船要摇下去，以后哪怕年纪轻、年纪大的女人，千万不要动手动脚去惹他们。”

窦春元心想，“不对，以后万一娘娘有心无心地，讲起场中[3]同我姐夫、我爹爹话出这桩事体，则伊的目的是叫他们教育教育我，偶爹的强盗脾气，肯定不会

① 呒呐：绍兴方言，意为“没得”。

② 头一头一：绍兴方言，即“第一第一”“千万千万”，多用在嘱咐、央求的话语中，用以强调重要性。

③ 场中：绍兴方言，表示“……的时候”。

饶我”。

想到这里，窦春元拿出十两银子：“娘娘喂，到偶屋里路途遥远，你慢慢走，我也没有多的铜钱，十两银子你拿牢，路上可用。”

苏娘娘捧牢银子刚刚要走，窦春元手伸下去，从船夹板抽出一把钢刀，对准自己的项颈，就是一刀。苏娘娘只听“啊！”一声，“卜隆咚！”回头一看，“春元弟弟！”

双手刚刚来扯，人倒扯不牢，十两银子跌进河江里，可怜苏娘娘哭煞哉。

（唱）春元呀，春元弟弟叫一声，
都是我娘娘害你身。
春元弟弟啊！
现在我要逃性命，
你为我娘娘命归阴。
日后我娘娘能够到京城，
倘若肚里有小人，
要是生个小倌人，
等到我儿子出山日，
我对我儿子说一声，
一定给你封名声。

则喏，后头故事唱下去，等到苏娘娘肚皮里小人生出来，到了十六岁登基坐龙廷时，封这个窦春元为河水判官。

（唱）朋友们，这个情由不谈论，
唱一头来表一情，
回文转来唱啥人？
要唱这位苏娘娘，
身边没有雪花银，
日里头太阳晒头顶，

夜里头路亭当床困。
伸手讨饭过光阴，
路途走得三月零。

乃么苏娘娘过江之后，一路受尽苦辛，三个月后来到前头菩提庵。

（唱）伤心伤心真伤心，
可怜娘娘罪过人。
肚中已有八月零，
菩提庵里来安身。
怀有身孕的讨饭人，
日里头四处去求讨，
夜头庵堂困端正。
日子过过快得紧，
十月怀胎到来临，
忽然疼痛生小人。
旁边没有亲人在，
苏娘娘爬来爬去喊连声！
待到小人来落地，
可怜娘娘昏迷不醒。

等到苏娘娘醒转来么，小人不见，声响没有，但感觉裤裆里蛮重。双手摸进去么，滚滚圆一颗球。要晓得苏娘娘真当罪过，别人家生小人么，旁边头有收生外婆还有亲人，苏娘娘没有外婆不要说起，还没有一个亲人陪伴，稻草堆里困哒咚，可怜是带胞生，这她不懂的。手去挖挖，怎么黏糊糊？要死哉！人有手指甲的，乃么胞皮挖破，胞水一破，只听得“喔哇，喔哇！”

（唱）小人他是有喊声，
生出一个小倌人。

可怜这位苏娘娘，
摸得起来真高兴。
可怜孩儿啊！
今日为娘在受苦辛，
儿子也是个苦命人。
你有爹生来吃爹养，
同随我庵堂受苦辛。
苏娘娘是哭伤心，
手里小人抱端正，
包扎布头无处寻。

包包的布头都没有，可怜苏娘娘大襟拉牢小襟扯牢，从自己的衣裳里随手撕落一块布，将小人一包。勿晓得一根脐带手指头里缠牢哉，苏娘娘听老年人说过的，小人脐带不剪断是养不活的。庵堂里头墨墨暗，没有剪刀和菜刀，只有牙齿当刀，撩起脐带一口咬断，用布头包扎好。

（唱）暂勿唱苏娘娘庵堂里头一段情，
回文转来要讲京都城。
妖妃梅玉英发作也要生小人，
金殿里头闹盈盈，
宫娥彩女忙煞人。
收生外婆有数名，
妖妃梅玉英肚痛发作生出小人。

宫娥来报：“恭喜万岁！贺喜万岁！”周宣皇帝在问：“宫娥，喜从何来？”“万岁喂，娘娘已生。”“娘娘生的是龙还是凤？”要晓得老辈手里，皇帝将儿子称为龙，生囡称为凤。他说是生龙还是生凤，意思就是生得个儿子还是女儿。宫娥在说：“恭喜万岁，贺喜万岁，娘娘生下太子一个。”周宣皇帝一听，啊哈哈哈！

（唱）周宣皇帝真高兴，
连忙走进西宫门。
出口爱妃叫一声，
你给寡人太子生。
明朝上朝到来临，
百官面前给你说一声，
封你为朝阳正宫来坐正。

不唱这里一段情，
还唱菩提庵里苏娘娘，
身边没有雪花银，
叫她如何过光阴？
小人生出三日后，
取名“咬脐”自宽心。

怎么叫“咬脐”？因为他的脐带是用牙齿咬断的。

（唱）苏娘娘在动脑筋，
庵堂坐坐命难成。
背了小人要出庵堂门，
挨家着户去讨饭。
光阴如箭快得紧，
日月如梭像流星。
可怜这位苏娘娘，
庵堂里住得三年整，
咬脐也是有三岁。
苏娘娘身有积蓄零碎银，
从此是不出庵堂去要饭，

纺花织布苦度光阴。

苏娘娘也是有志气的，一边纺花织布做小生意，一边将咬脐养到十二岁。今朝苏娘娘一匹布织好，又要做小生意去哉，走格辰光同儿子话：

（唱）咬脐啊，
娘要落山上街行，
要去卖布做生意经。
娘有话对你说灵清，
你爹老早丧性命，
偶娘和儿子罪过人，
相依为命过光阴。
你庵堂门口坐一坐，
我给你黄泥摆端正。
黄泥上面去练字，
等我娘亲回庵门。

乃么苏娘娘在菩提庵外头，一堆黄泥捋平之后，叫咬脐练字，还说："咬脐喂，可怜我们因为人家穷，书读不起，先生请不起，娘有一支毛笔替你削好，你在黄泥上面一笔一画好端端练字，不要走开去，等我回来。"

十二岁的咬脐他说："姆嬷，你放心够哉，我一定听你的，我坐着练字。姆嬷，你要是布卖掉，给我球板糖买得来哦！"

（唱）可怜这位苏娘娘，
一匹布要背上身。
落山来到街市上，
唱一头来表一情，
要唱十二岁咬脐小倌人。
菩提庵门口头，

黄泥上写字蛮用心。
庵堂里头静又静，
小人毕竟只有十二岁，
这菩提庵里另没人，
小咬脐画画写写打瞌睆，
一只老虎到来临。

小咬脐画哒后来么，庵堂门槛高头赖落去，赖倒困熟哉。你么困熟咚，远迢迢一只老虎来哉。这只老虎也蹊跷，走到庵堂门口，咬脐跟前立牢，前脚“啪”跪下，一个头伸上去，一支舌苔咬脐的脸上“啧啧啧啧”在舔他。勿晓得被老虎舔起来，咬脐醒转来哉。

“啊！老虎！”后来看看这只老虎不走，十二岁的咬脐苦胆也粗，手撩上去，旗枪毛里去捋捋，这只老虎自家般人样赖倒哉，十二岁的咬脐也交关发笑，想了想，老虎赖倒，我老虎高头跨上去，勿晓得等咬脐骑马架坐好，老虎立起就跑。

（唱）啦啦啦啦啦啦啦，
老虎背着咬脐跑。
路上走来路上行，
一路动身快得紧，
行得几步看灵清。
桃花园里来走进，
眨眼间不见老虎无踪影，
咬脐他青草地里困端正。

有个把观众要说，老虎只有叼人，怎么会背人？原来这只老虎是土地山神变的，伊晓得咬脐是颗龙德心宿，才将伊背进这个大户人家的花园草坪上。再讲这大人家就是山东窦家，主人家叫窦叔宝。这个窦叔宝有一个千金，今年年方一十三岁，名叫窦娇娥。今朝由春梅丫头陪伴下楼来了。

（唱）春梅陪伴窦娇娥，
两个人双双落楼行。
走落楼下绕回廊，
绕过回廊行过厅。
穿过两个大天井，
忙将抬头看灵清。
花园门口到来临，
两个人双脚跨进桃花园。
丫头春梅前头走，
小姐后面紧相跟。
走过假山湖石洞，
前头走出是玉云洞。
走过玉云洞，
花草密丛丛。
要唱春梅真聪明，
耳听花园有响声。

春梅丫头听到有人打呼噜，勿是别人就是咬脐。咬脐草坪上困熟哉。春梅丫头走过去一看。“噫吔！有个讨饭坯困哒，小姐快来看。”

窦娇娥过来一看，连忙阻止丫头，不得无理，伊话：“这个人困着都是好相道，这叫作青龙蜕壳……”

（唱）娇娥小姐真高兴，
看来这个后生人，
相貌堂堂无批评，
日后定是个出山人。

“春梅喂，你走拢去，去叫醒他。”春梅来到咬脐身旁将他叫醒，问伊怎么会在我家花园里。[①] 咬脐说："老虎将我背进来的。" 是春梅听得人都笑煞，说老虎只会咬人，哪会背人！叫花子真坏，在欺骗我们。这辰光旁边的窦娇娥上前一步："噢，公子呀——"

（唱）出口公子叫一声，
我有话儿问灵清。
你家住哪里？
爹娘叫啥名？
你叫啥名姓？
你今年贵庚有几春？
长长短短讲分明。

哎呀，小姐啊！
我的名字叫咬脐，
今年年方十二春。
我爹爹早已丧性命，
娘和儿子罪过人，
菩提庵里过光阴。
家中寒贫没有雪花银，
所以我衣衫破旧像讨饭人。

窦娇娥见咬脐容貌多端正，
暗暗欢喜有三分。
吩咐春梅上楼去，
银子拿来十五两，

---

① 本句：在绍兴莲花落作品中，快速转换人称，是一种在情境中跳进跳出的视角转换手法。

交与咬脐苦命人。
咬脐他接过银子谢恩人，
老虎老虎叫连声。

刚刚两声“老虎”叫落，一只老虎到哉，“呼！”来到咬脐身旁趴下，咬脐顺罗罗地爬上老虎背，一只老虎拔腿就跑，娇娥、春梅看得人都蒙掉。

（唱）蹊跷蹊跷真蹊跷，
老虎背着咬脐跑。
娇娥想，后生格相貌有这样好，
日后定是个做官佬。

暂勿唱老虎背着咬脐跑，
也勿唱娇娥春梅回房门，
唱一头再表一情，
要唱这位苏娘娘，
走到街上卖布行。
一匹布卖得干干净，
量米又买菜，
手里兜篮拎，
心里蛮高兴，
往菩提庵里路来行。
走到门口看灵清，
不见我儿咬脐的人。
可怜苏娘娘，
心里急煞人！
放下兜篮到处寻，
整个庵堂都寻转，

不见那咬脐一个人。
庵堂外头再去寻，
柴蓬里头摸灵清，
千声叫来万声唤，
没有咬脐人和声。

莫非苍天无眼睛，
老虎叼去小性命？
可怜咬脐啊，
我含辛茹苦将你养，
养到你年纪有十二春，
今朝不见你小苦命，
你叫我怎么做做人？
可怜咬脐啊，
你爹做人坏良心，
为娘苦得十年零，
总想你儿子长成人，
但愿有出山之日到来临，
母子安稳过光阴。
想不到你小小年纪丧了命，
我在世上也覅做人，
腰身解落带一根，
横梁上面挂端正。
可怜咬脐啊，
你阴司路上等我等，
为娘和你一同行。

可怜这位苏娘娘，

横梁上面要荡秋千。
门口咬脐来走进，
娘亲娘亲叫连声。

“姆嬷，娘，我回来哉。姆嬷喂，你怎么啦？”

可怜苏娘娘刚刚一根腰带项颈里套进，被咬脐救下。苏娘娘泪流满面地问儿子：“咬脐，咬脐，你去哪里了？”“姆嬷喂，不是儿子不听话，我门口坐着，有只老虎背得我去在做嬉客。”

可怜苏娘娘听得弄哒哭笑不得。说道：“咬脐啊，为娘辛辛苦苦养到你十二岁，你怎么好编造谎话来骗娘，自古以来，老虎只会叼人，哪会背人呢？”“姆妈喂，我谎话真当不讲的，真的是老虎背得我去，在一家大人家的花园里做嬉客。”“一家大人家花园里，你有没有人碰着？”“姆嬷喂，有一个小姐良心真好，她要比我大一些，她说我衣裳穿得破，相貌还有这样好，就给我十五两银子，叫我新衣裳做套穿穿，相貌着实要好嘞！喏，十五两银子交给你。”

乃么苏娘娘，可怜十五两银子拿牢，心里在想，“照理来讲老虎只有叼人，现在老虎把我儿子背来背去做嬉客，莫非苍天有灵，儿子日后能够登基坐龙廷吗？可怜我苏氏但愿还有出山之日”。

“咬脐喂，现在几日姆嬷忙着要织布，等歇日把[①]一定给你新衣裳做一套。”“姆嬷喂，你坐着，我想问你一声，这个小姐问我，‘你爹爹叫啥名字？’我十二岁哉，怎么我爹爹都没有看见过，不知他在哪里？”

小咬脐一问起爹么，苏娘娘叫伊怎么挡得牢？想上想，既然儿子十二岁哉，而且也这样懂事，我也应该对他讲一讲了。

（唱）咬脐，儿啊！
咬脐啊，不问我娘亲心不酸，
问起你爹痛我心。

---

① 歇日把：绍兴方言，意为“过个把天”。

咬脐，孩儿啊！
娘亲非是一般人，
为娘是朝阳正宫有名声。
你爹爹是当朝皇帝周宣皇，
天下他是第一人。
为只为十二年前头，
为了一只雌雄杯，
妖妃梅玉英，
害得我娘亲难做人。
她是敲破日月雌雄杯，
万岁跟前诬陷你娘亲。
你爹是昏君，
听了梅玉英，
要杀我苏氏苦命人。
我千句求来万声恳，
我说肚里有小人。
可怜你爹是坏良心，
一定要杀我一个人。
可怜咬脐啊！
承蒙丞相潘葛有好心，
三番两次动脑筋，
救得我娘亲逃性命。
可怜咬脐啊！
人人都说黄连苦，
娘比黄连苦三分。
儿啊儿，今日娘亲讲你听，
你千万不可外头传，
要是往外传出去，

我们娘和儿子要命难成！
你娘的话要牢记在心。

“娘，照你说来，我爹爹是皇帝，那我是小皇帝。”“咬脐，这些话儿，你只能忠人面前说，奸人里不可去说。”“姆嬷，我记牢哉。姆嬷，今年马上过年哉，小姐送我有十五两雪花银，我这套衣裳已经破了，你给我新衣裳做一套穿穿，我明年要去见小姐的。”

（唱）咬脐他一句话语说出口，
苏娘娘要笑盈盈。
哎呀，咬脐喂！
你千放心来万放心，
为娘一定做端正。
但等过年给你新衣穿，
给你打扮旧换新。

不唱这里一段情，
要唱京城潘丞相，
今朝独自动脑筋。
可怜伤心伤心真伤心，
想不到娘娘一死已十二年。
今朝是八月中秋到来临，
我花园赏月思亲人。
潘葛丞相进花园，
抬起头要看灵清。
中秋月儿圆登登，
旁边繁星数不清。
他往东方望一望，

看东方出现了龙德星，
龙德星可比太子皇后根。
再往南方望一望，
出了一颗扫帚星，
扫帚星可比梅玉英。
看西方出了一颗文曲星，
文曲星可比潘丞相，
潘葛他自我安慰也放心。
再往北方看灵清，
若隐若现出了天狗心，
天狗心也可比太子，
只可惜亮得无光难印证。

潘老丞相夜观星象，想起了龙德星出哉，看来苏娘娘还没有身亡。想到这里回房而去。

（唱）潘葛他心里想得蛮高兴，
看来娘娘不丧命。
太子出在东方向，
周朝正宗有传人。
唱一头来表一情，
回文转来要唱啥人？
要唱山东菩提庵，
苏娘娘缝制新衣两年整。

一件新衣怎么要做两年？喏，她从年三十夜做起，一直做到第二年正月初一天亮，年底到年初是不是两年？这辰光苏娘娘叫醒儿子，咬脐一醒来就问："姆嬷，新衣裳有没有做好啊？""咬脐喂，你爬起来，姆嬷替你做好哉。来，穿上去试试，合身不合身？"

咬脐穿上新衣："姆嬷，蛮蛮好的，蛮蛮好的！哎，姆嬷喂，我们早起吃啥西？""咬脐啊，今朝大年初一，我有几颗汤团搓好咚，你汤团吃得几颗填填肚。你不要走远，我要织布哉。""姆嬷喂，我晓得哉。"

（唱）咬脐做人真高兴，
衣裳穿得簇崭新。
一走走出菩提庵，
看看娘亲在织布，
反正娘亲不会来寻，
走到外头去散散心。
老虎老虎要叫两声，
一只老虎到来临。

咬脐叫老虎，好像偶现在滴滴打车一样，而且比轿车还快，两声叫落，一只老虎就在他脚跟前匍倒哉。

（唱）咬脐他爬上虎背拔腿跑，
要往窦家走一遭。
不唱老虎路上行，
要唱窦家一段情。
姑娘名叫窦娇娥，
坐在房中动脑筋：
奴家已有十四春，
到如今，爹娘为啥勿相认？
今日里，下楼要往大厅行，
父母面前道理评。
春梅前头来领路，
娇娥后头紧相跟，
绕过回廊行过厅，

穿过两个大天井，
行走来到正大厅，
爹爹娘亲坐端正。

“啊，爹爹娘亲在上，受女儿万福！”“噢，娇娥啊娇娥，快快起来！”“爹爹，姆嬷喂，我倒要问你们一声，我到底是不是你们生的？是不是你们养我大的？如果是你们生的，我叫你们爹爹姆嬷为啥不应？”

窦叔宝想了想：“娇娥啊娇娥，你叫我怎么应得出来？如果答应，我蚀辈分哉，外公不做做爹哉，但我今朝不能与你细说。”所以看到娇娥脸孔板起请问伊么，窦叔宝也翻脸哉：“大胆娇娥，不得无理。”

旁边头窦老夫人一看这副情景，连忙打圆场：“春梅喂，老爷已经有气哉，你领着小姐到花园里去玩！”

春梅忙说：“小姐喂，赶快走吧！”

（唱）丫头春梅前头走，
小姐娇娥后头跟。
两个人走进花园门，
要唱春梅看灵清，
小姐小姐叫连声，
后生哥又到来临。

“小姐喂，你来看喏。噫咃！这后生哥新衣裳穿穿越加漂亮哒哉！”这辰光窦娇娥两眼望过去，看见这个咬脐么，刚才是哭脸，一霎时当就[①]变笑脸。

（唱）噢，公子啊，
出口公子叫一声，
你衣裳穿得簇崭新，

① 当就：绍兴方言，意为“马上就”。

是不是你姆嬷做端正？
哎呀，公子啊！
去年我对你说灵清，
你爹娘大人叫啥人？
你有没有问灵清？
娇娥她一句话儿讲出口，
咬脐他娘亲的话语记在心。

小姐啊，
你要问我爹和娘，
今朝我先问一声，
你是忠人还是奸人？

窦娇娥一听，就来气哉："公子喂，你说我是忠人还是奸人？我如果是奸人，去年还会送你十五两银子吗？"

窦娇娥挖脚底板哉。乃么咬脐也知错哉，则喏，向她讲真情哉："噢，小姐啊！"

（唱）出口小姐叫一声，
你听我慢慢说分明。
你道我爹爹是啥人？
当朝周宣皇坐龙廷。
你道我娘亲叫啥人？
朝阳正宫有名声。
爹娘大人有权柄，
我可不可以把小皇称？

窦娇娥一听，开心啊！"噢，这样说来你是小皇？小皇喂，既然你是皇帝，那你给我封一封。""好的，小姐，难为你送我十五两银子，做一套新衣裳给我穿，我就封你……不知你叫啥名字？”“噢，小皇喂，我叫窦娇娥。”“好，窦娇娥过来听封，我封你金殿里头端饭桶！”“噫！小皇喂，你封错哉，怎么叫我端饭桶去哉。我在家里，爹爹姆嬷当我珍珠宝贝，我茶来开口，饭来伸手，你要封过的。”“难道端饭桶还不好吗？你不要搞错，我和我姆嬷有时候饭都没有得吃，只要有饭桶端，我们饭有得吃饱哉，这难道不好吗？”“啊，小皇喂，你不好封饭桶的！”“那你要封啥西？”“要封大的，大的。”“噢，有数哉。”

（唱）窦娇娥过来听我封，
日后我登基坐龙廷，
我封你朝阳正宫有名声！
娇娥姑娘要笑煞人。

“噢，谢万岁。”“不用谢的，这叫滴水之恩，当涌泉相报。”

则喏，旁边头春梅丫头也在讨啦：“噢，小皇喂，那你也给我封一封。”“给你封作啥？我第一次来到后花园里，你看见我这个人，鼻头捏牢骂我讨饭坯，你这种势利之人怎么封封？”

这辰光，娇娥走过来说：“小皇喂，她虽然做我贴身丫鬟，但两个人情同姐妹。看我脸面上也封她一封吧。”“好的，好的，看在你小姐脸面上，那就封她……她叫啥名字？”

春梅忙说：“小皇喂，我叫春梅。”“春梅过来听我封，日后我登基坐龙廷，我封你金殿里头端马桶。”“噫吔！小姐喂，怎么叫我端马桶去哉？我在你这里送送茶搬搬汤，从来不晓得端马桶。小皇喂，你给我另外封过。”“给你端马桶着实好来，你自己骂我黄泥坑里掘出来，爹娘没有，多少凶嘞！”

则喏，窦娇娥又走过来哉：“小皇喂，你不可叫她端马桶，封这个春梅叫她宫娥彩女掌朝宫。”等于就是宫娥翠女的领班啦！

“好的，好的，看在你小姐脸上，春梅过来听我封，日后我登基坐龙廷，我封你宫娥彩女掌朝官。”“啊，谢万岁！”

则喏，就在这个辰光，窦娇娥有个阿哥，实在不是阿哥，排起来要叫舅舅，叫窦春荣。他也不知道娇娥是他外甥女，一直当娇娥是妹妹，后来咬脐也封伊国舅大爷掌朝中。

乃么封好以后，咬脐想上想，时候不早哉，我姆嬷要着急的："老虎喂，我们去哉。"

老虎当即出现，咬脐爬上虎背，立马到了菩提庵门口，咬脐爬下，老虎隐去。咬脐走进庵堂："姆嬷，我回来哉。"

苏娘娘说："咬脐，可怜娘对你千嘱咐、万叮咛，叫你不要走远，你这么许多工夫在弄啥西？""姆嬷，我在送我银子的这户大人家的后花园里做嬉客。"

乃么咬脐在娘面前，把花园发生的事情长短一讲。勿晓得苏娘娘一听，气啊！"咬脐啊咬脐，可怜娘养到你十三岁，想不到你好出口不出口，你怎么无缘无故去封她朝阳正宫？你个畜生，啪！"

一个巴掌拷过去，咬脐也委屈煞哉："姆嬷喂，你养到我十三岁哉，平日里重言重语都不来骂我一句，今朝我说封她朝阳正宫，你怎么动手就打，姆嬷，你到底为啥？"

（唱）咬脐，儿啊！
打在儿身痛娘心，
十三年前情况讲你听。
可怜咬脐啊，
娘亲看你是聪明人，
才将底细讲分明。
十三年前头，
娘亲要做杀头人，
幸亏潘丞相三夫人，
妹妹名叫窦春英，
代我杀头受苦辛。
临死之前对我讲，
她生了女儿未满月，

没娘的孩儿苦伤心。
当时我怀你咬脐四月零，
她说道，如我生一个女千金，
要与她女儿姐妹称。
倘若我生一个男小人，
要与她女儿来成亲。
咬脐啊，为娘已经来答应，
你怎可以胡言乱封伤人心？
再说道，你还未登基坐龙廷，
信口随封乱朝政。
咬脐啊，你不但伤了为娘心，
也对不起我救命大恩人。

咬脐听娘讲完：“姆嬷，你说代你杀头的叫窦春英，那么她的女儿现在啥地方？”“潘葛丞相对我说过在山东窦家，她的外公叫窦叔宝。”

咬脐一听开心啊！“姆嬷，你放心，我封的朝阳正宫也姓窦，名叫娇娥，她的爹爹也叫窦叔宝。”

苏氏一听窦叔宝么，心想，会不会是同一户人家？再想想老虎将咬脐背来背去，说不定是神灵帮忙在给我们牵线搭桥。乃么苏娘娘要亲自上门探真情。

（唱）暂不唱苏氏要往窦家行，
要唱金殿里头梅玉英。
生下太子也有十三春，
吵吵闹闹要去荡秋千。
周宣皇帝开了言，
儿呀儿，父皇已是年迈人，
日后要你坐龙廷。
你身为太子是龙身，

不能随便去荡秋千。

勿晓得这小赤佬一定要去荡秋千。这辰光梅玉英话哉："万岁，太子也有十三岁了，他要去玩你尽管让他去吧。""爱妃啊，他单身独人去荡秋千，你叫我怎么放心得下？""那么就叫国丈保驾去。""国丈也是白发苍苍年迈之人，让他保驾我也不放心。"

梅玉英一想，机会来哉——

（唱）万岁尽管放宽心，
保驾之人有现成。
常言道，邻帮邻亲帮亲，
保驾总要自己人。
天牢里关着梅隆和梅庆，
叫两个国舅做保驾人。
周宣皇一听也开心，
圣旨一道来议定，
有请国丈梅国栋，
领旨到天牢去放人。

梅隆、梅庆笑煞哉："哎呀，爹爹啊！今朝你来保我们儿子出罪，谢爹爹老大人！"

梅国栋上前对儿子说："梅隆、梅庆啊，不是我爹爹保你们出去，是你们外甥要去荡秋千,万岁有旨，要你们国舅做保驾人，赶快去保护太子荡秋千。"

梅国栋说完，梅隆、梅庆两个人天牢里走出来说："阿弟喂，我还当是我们老爹来保我们出去，原来是外甥要去荡秋千，叫我们保驾去的。""阿哥喂，难道他要做跌死鬼哉，叫我们背包裹去的？"要死哉，这两人也没有好话。

（唱）国丈前头把路行，
两个国舅后面跟。

一路走来一路行，
忙将抬头看灵清。
秋千架里已相近，
十三岁太子坐定身。

要晓得这位十三岁太子是天狗星，这辰光秋千架里已经坐好哉。国丈梅国栋在说："梅隆、梅庆，赶快替你们外甥推着。"乃么这个推过去，那个推过来。国丈又说："梅隆、梅庆喂，你们小心些哦！""哎呀，阿爸爹你放心，哪里会跌死啊？"

要死哉，呼——呼——呼——秋千越荡越高，越荡越高。半天里太白金星在叫啦，天狗星归位！十三岁的太子捏得牢不过，太白金星想上想，你还不想死啊？乃么拿起一把扫帚一扫，太子"卜隆咚"四脚朝天，跌死哉！

（唱）太子跌死丧性命，
国丈梅国栋吓煞人！
三步并作两步行，
娘娘跟前奏分明。
妖妃梅玉英，
禀报万岁得知情，
万岁气得怒火升！
出下圣旨有一道，
将国舅斩首不留情。

还将国丈梅国栋关入天牢，永不见君。妖妃梅玉英来说情，周宣皇帝拿起一个巴掌，打得梅玉英口吐牙血。

（唱）周宣万岁好伤心，
悲伤的眼泪如雨淋。
十三岁太子命归阴，

日后江山传何人?
他身躺龙床动脑筋,
十三年前头,苏氏娘娘求寡人,
说道身上怀有四月零,
求我放她一条命。
都是妖妃梅玉英,
逼得苏氏丧了命。
后来是梅隆梅庆两个人,
丞相府里去搜人,
搜勿着苏氏半毫分。
莫非苏氏还健在?
但愿苍天有眼睛,
留我周朝后代根,
日后传承坐龙廷。
想到此,出下密旨有一道,
丞相府里来送进。

潘葛丞相接到密旨,急速来到皇宫面见万岁,周宣皇说:"潘爱卿,寡人问你,十三年前头叫你去杀苏娘娘,你到底可有杀掉?""万岁,你有所未知,常言道,'君要臣死,臣不得不死;父要子亡,子不得不亡',你万岁要我去杀苏娘娘,我哪有不杀之理?"

已经杀掉哉,"啊!"周宣皇帝可怜眼泪水簌簌较流出来。

"娘娘,娘娘喂。"

(唱)万岁哭得好伤心,
潘葛丞相来走近,
出口万岁叫一声,
你要保重龙体最要紧。

切不可伤心来过度，
我有喜事讲你听。
前几日我夜观星象，
看到龙德星亮晶晶。

一听说龙德星出哉，周宣皇帝一个跟斗拗起，毛病都好了三分。他说：“潘葛，寡人问你，你夜观星象，龙德星出在何方？”“万岁喂，龙德星出在东方。”“那好，潘葛过来听旨。”“万岁，臣领旨。”“潘葛，寡人出旨一道，你老辛苦，快去寻找龙德星也。”可怜潘葛老丞相想上想，“我真当叫‘搬石头压自身’啦！可这茫茫东方，叫我到哪里去寻太子哟？”

（唱）潘葛丞相愁煞人，
叫我到哪里把太子寻？
光阴如梭快得紧，
转眼过去三年整。
今日里猛然想起一个人，
就是亲生的女千金。
她在山东外婆家，
窦家村里过光阴。
岳父岳母是好心人，
不做长辈做父母亲。
三夫人啊三夫人，
你是刚柔相济好心人，
代替苏娘娘杀了头，
潘葛我对不起你苦命人。
今日里万岁命我寻太子，
倘若太子找不到，
肯定是满门抄斩难做人。

今朝我要到山东去，
要同岳父母说真情，
叫女儿不姓潘就姓窦，
保全我潘家一命根。
想到此急速动身往山东，
窦家门第到来临。

“噢，岳父大人在上，小婿潘葛叩首。”“贤婿啊，你早不来迟不来，今天总算来了，你女儿已经有十七岁哉，你也应该给我做外公哉，你再不来我真当熬煞哉，可怜我爹爹做煞哉。”“啊，岳父大人，我来恳求你的，你外公不可做，爹爹做下去算哉。”“没有这样事体的，难道外公不做只管做爹爹哉？要做到啥辰光为止嘞？”

这里丈人女婿刚刚在争吵，要死哉，旁边头的春梅丫头听见哉，看了看，今朝有个做官老爷到哉，连忙赶上小姐楼登：“小姐喂，今朝我们的大厅里，来了一个木佬佬大的官，与老爷两个人在争吵做外公做爹爹。”窦娇娥一听，立马同春梅下楼。

（唱）小姐丫头两个人，
双双下楼到大厅。
娇娥姑娘是聪明人，
往大厅里头看灵清。
这个做官人，
非是一般人。
他头戴相雕[①]有权柄，
待我请他道理评。

窦娇娥讲话也直隆通[②]：“你这位官老爷，你倒替我道理评一评，我爹娘养到

① 戏曲中的官帽盔头。
② 直隆通：绍兴方言，意为“直，一通到底”，引申为“说话直截了当”。

我十七岁哉，我日日叫他们，他们就是不应，我究竟是不是他们生的？还是捡来的逃生[①]？”

乃么窦叔宝坚决要做外公哉，熬勿牢话哉：“娇娥，你不是我的囡，你是我的外孙囡，这个大官就是你的父亲。”

这辰光潘葛丞相眼泪水也熬勿牢哉，心想，“岳父啊岳父，我叫你不要说，你终于说出来了，看来女儿的命也保不成了”。窦娇娥倒也直爽的，她先对窦叔宝说：“你们不是我爹爹姆嬷，是有大不会做，你们都是骆驼[②]。”又对潘葛说：“你是我的爹，为啥不肯认我阿囡？爹爹，啥原因你倒说说看。”

（唱）潘葛丞相站起身，
眼泪汪汪讲真情：
可怜娇儿啊！
十六年前头，你的娘亲要丧命，
为了保你小性命，
将你送到外婆家，
隐姓埋名过光阴。
娇儿啊，本来我不会来山东城，
为只为妖妃梅玉英，
生了个太子荡秋千，
眼睛一眨丧性命。
周宣万岁好伤心，
一道密旨到来临。
我急速赶到金殿里，
也怪为父多了嘴，
说东方出了龙德星，

① 逃生：绍兴方言中，指“私生子”。
② 骆驼：绍兴方言中，常用“骆驼”来比喻自讨苦吃的人。

谁知道万岁命我把太子寻。
如若太子找不到，
潘家可能要灭满门。
所以我特地赶到山东来，
为保全你女儿一条命，
请岳父不要改你姓。

潘老丞相诉真情，
娇娥姑娘蛮开心：
爹爹你尽管放宽心，
娇娥能把太子寻。

娇娥说："要寻太子只要来问我够哉。"
潘丞相说："阿囡，娇娥，太子在何方？""就在十里路之遥菩提庵里。"
乃么潘葛老丞相当即下令，叫众禁军快马加鞭，将菩提庵团团包围。

（唱）一班禁军忙煞人，
快马加鞭如流星。
将庵堂团团来包围，
咬脐一见吓煞人。

"姆嬷喂，不对哉，门外禁军将我们包围哉。"苏娘娘说："咬脐啊咬脐，可怜娘是对你说的，你见忠人好说，见奸人不可说。你说出的话儿一定被奸人得知，可怜我母子要难做人了。晓得这样，应该早到窦家去避难。"这里母子两人愁煞，谁知门口有人来报。

"报，启禀娘娘千岁，有三朝元老潘老丞相到。"

潘葛老丞相三跪一拜，走进菩提庵里头："见过苏娘娘。"

苏娘娘一看，"哦，原来是潘老丞相，免礼免礼"。

潘葛老丞相说："万岁叫我来寻找，娘娘喂，你同太子快回京城去吧！"

苏娘娘她说："老相爷，麻烦你回京复旨周宣，就说要我与太子回京，须应允我三桩大事。头一桩，须将妖妃梅玉英全家满门抄斩；第二桩，要让我儿咬脐太子即刻登基坐龙廷，昏君让位；第三桩，要昏君周宣全副銮驾到山东菩提庵来接我们母子。"

潘丞相说："娘娘千岁，臣照办就是——"

（唱）潘葛丞相回京城，
快马加鞭如流星。
急速回到京都城，
万岁面前全讲明。
周宣万岁龙心喜，
只要太子来京城，
三桩条件都答应。
派出銮驾出京城，
去接苏氏母子两个人。
全副銮驾赴山东，
菩提庵前到来临，
周宣皇帝进庵门，
咬脐急忙递香茗。

"请万岁用香茗。"

周宣皇抬头一看，哦，这小后生相貌是赞。双手刚刚要去接茶杯，咬脐连盘带杯"嚓唧唧"敲哒百末粉碎，这辰光周宣皇怒气上升，连忙命令禁军："来呀，将这个刁民绑出斩首。"

潘丞相说："万岁，这个人不能杀。""为何？""东方的太子就是他。"勿晓得咬脐还要厉害，他说："你这个昏君，我敲破的是只瓷杯，不是十六年前梅妖妃敲破的雌雄杯。"

这句话是赞，既道明是梅玉英敲破了雌雄杯，也为苏娘娘平了反。旁边的周宣皇被咬脐骂哒闷声不响，乃么等苏娘娘出场，全副銮驾返回京城。

（唱）全副銮驾回京城，
梅玉英全家要杀干净。
万岁恳求苏娘娘，
能不能保住梅妃一条命？
苏氏娘娘不答应，
只得痛斩梅玉英。

周宣皇帝没有办法，说道：“众位爱卿，妖妃梅玉英你们哪个去杀？”

潘丞相上前一步：“万岁，十六年前你命我去杀苏娘娘，十六年后我向万岁讨杀梅妖妃。”

前头是做假恶人，后头要做真恶人哉。这辰光旁边的苏娘娘话：“潘相爷，梅玉英的头杀落，你要摆在铜盘里让我看过明白。”“臣领旨。”

（唱）潘葛丞相杀梅玉英，
头颅铜盘摆端正，
金銮殿来端进，
周宣端盘喊连声。
一阵哭喊无声音，
周宣崩驾命归阴。
从此后，太子咬脐坐龙廷，
苏娘娘封为国太有权柄。
窦娇娥封为正宫进朝廷，
与咬脐拜堂成亲喜盈盈。
朋友们，一只日月雌雄杯，
甜酸苦辣多事情。
小书一曲到此停，
不到之处请指正。

（整理、校订：倪齐全）

火烧百花台

老丈人嫌贫爱富欲悔婚
贤小姐舍身火烧百花台
苦鸳鸯何时再相逢……

火烧百花台

（唱）各位朋友静静听，
看看莲花落、散散心。
调剂精神除百病，
福增增来寿增增。

绍兴莲花落《火烧百花台》，小书出在大明正德年间。

（唱）浙江绍兴进南门，
笔直大街往北行，
走过大江桥一座，
要往左手来弯进，
走过草帽桥，穿过兴文桥，
前头就是北海桥。
北海桥旁边绍兴莫家大台门，
后门口大花园来围进。
花园里头假山湖石饮酒亭，
四季百花一片盛。
花园当中央，百花台造得簇簇新，
前门口两盏灯笼左右分，
“莫府”两字威风凛凛。

这就是明朝手里，我们绍兴有名的莫家台门。老爷名叫莫贵，官为通政使之职。

（唱）要唱这位莫大人，
今年年纪五十整。
配妻李氏老安人，
有两个儿子两个囡。
长子名叫莫文秀，
次子名叫莫文兰，
两房亲事都完姻。
大小姐名叫莫玉英，
二小姐名叫莫玉珍，
两个女儿要终身定。
大小姐终身许在啥地名？
绍兴南街沈府叫沈宾。
二小姐终身许在扬州城，
未婚丈夫名叫李文进。
唱个头来表个情，
回文转来唱啥人？
要唱这位莫大人，
高高兴兴坐大厅，
坐在大厅非常开心。

高兴地在扳手指头，为啥要扳手指头么，他的生日到哉。他的生日是农历二月十九，打算要做五十岁的大寿。今朝在排亲友，我们这家人家，有几家亲眷、几个朋友，有几家人家屋里富有些、有几家人家屋里穷些。排哒起来顶顶富有的一家人家，好算我们大女婿，住在绍兴南街沈府，名叫沈宾。顶顶穷的一家人家，是我们第二个女婿，住在扬州，名叫李文进。爹娘亡故，叔伯全无，家遭回禄，苦住坟庄。吃了早餐没有晏顿，吃了夜饭要愁明早。“想起这门亲事，不由我日夜心里烦闷，我打算退婚，那么机会到哉，我要大红请帖写到扬州，叫穷鬼女婿李文进，绍兴吃寿酒，寿酒吃过么，叫他答应退婚回去。”

（唱）大红请帖写灵清，
上写贤婿李文进。
岳父是五十大寿到来临，
接到帖子来动身，
小姐的年庚带身边，
二月十九到绍兴。

乃么帖子写好，要叫家人："莫兴哪里？""来哉来哉，忽听我老爷叫，我要上前问分晓。嘀，老爷在上，我莫兴叩头！老爷喂，叫我莫兴有何事关照？""你把这封大红请帖，送到扬州，你二姑爷家中去。""老爷喂，叫我到扬州二姑爷里[①]送帖子去，哦，有数哉。""莫兴，那你给我转来。""老爷还要我回转来，有何事吩咐啊？""你到了扬州之后，顺便把你二姑爷家境偷看一番，不知他家境如何。""老爷喂，叫我顺便偷看偷看二姑爷啦屋里，到底穷还是有[②]。老爷放心，待我莫兴往扬州一走也。我到扬州去哉噢。"

（唱）勿唱莫兴在路上行，
要唱扬州李文进。
李文进今年年方十八春，
爹爹名叫李天寿，
昔日是封为天官在朝廷。
娘亲张氏老安人，
爹娘不生多男女，
单生小生独单丁。

可怜我伤心真伤心，
三岁辰光爹娘大人都丧命。

---

① 二姑爷里：二姑爷那里。绍兴方言中，"……那里"常常省略"那"。
② 有：在绍兴方言中，"有"有"富有"义。

一场大火烧家门，
万贯家财化灰尘，
苦住坟庄受苦辛。
全靠那总管伯伯有好心，
挑葱卖菜做生意经，
把我抚养长大成人。
老总管有桩事体讲我听，
说到我，三岁辰光，
爹娘给我定过亲，
未婚小姐是绍兴人。
莫府二小姐三字名叫莫玉珍，
我同小姐两个人，同年同庚，
如今都到十八春。
我几次三番想投亲，
只因为人家穷得难活命。
吃了早餐无晏顿，
四季衣衫不周全，
左思右想愁煞人，
双手抱头哭爹喊娘好伤心。

“爹娘啊，你们为啥不来照顾我？”

（唱）勿唱文进哭伤心，
要唱总管伯伯挑葱卖菜在扬州城。

老总管名叫李忠，老爷夫人亡故的辰光，小主公还只有三岁嘞，就是这个老总管挑葱卖菜，把李文进抚养长大。这些日子生意清淡，辰光又晏哉，赶快让我回去，照顾小主公要紧，一路走一路在吆喝：“来，小白菜、萝卜、韭菜、大蒜、葱，要不要哦——”

（唱）肩挑买卖走街坊，
抚养主公年少倦。
一路行走到坟庄，
但听得里面哭悲伤。

老总管连忙菜担一摆，走进坟庄。“小主公，你要多多保重啊！”“总管伯伯，你回转来的菜怎么仍旧满满一担？生意如此清淡，难道真要饿死小生不成啊！”“你么又要哭哉，外头有人来哉。”你们说来的是啥人？绍兴莫府的小家人。

（唱）东打听西寻寻，
抬起头我要查灵清。
李文进家门已相近，
小家人看得勿相信。

喏，会不会我弄错？这家人家我看还是绍兴莫府的鸡笼大。“喂！里头有没有人？”走出来就是老总管：“你这位小哥有何事到来？”“老人家，我是绍兴莫府来的，我想问声，扬州李文进，是不是这个地方？”“正是我小主公的家中。”“噢，是我们二姑爷的屋里呀，替我去说一声，我是绍兴莫府里来的家人，我叫莫兴，奉我们老爷之命要面见我们二姑爷。”“小哥，你在门首暂等，待我老奴进去，通禀我家小主公知道。”

（唱）老总管要同文进来讲明，
李文进满怀希望来欢迎。

“小哥，你路上辛苦，屋里请。”“二姑爷，我来哉噢，啊啾！”嗬，这种人家屋里怎么跨得进去哟？

（唱）天窗玻璃黄焦焦，
烂糊泥格地下烂烂潮，

恶药头股气味不得了。

这种气味我闻不惯的噢！要害得我生毛病的。我要鼻头扭牢同他话，鼻头不扭牢不敢话。“二姑爷喂，我是奉我们老爷之命，有封大红请帖送来，大概二月十九啦，绍兴吃老爷的寿酒去。喏，这请帖你收牢，我任务完成哉噢！”“小哥啊，你路上辛苦，我寒舍请坐。”“叫我坐坐，噫咃，二姑爷，你们的这张凳我吃勿落坐[①]的，怎么你们这张凳脚只有三只半的呀？那这种凳坐下去，翻跟头、竖蜻蜓腰骨套牢，我绍兴要回勿到的。坐倒勿想坐，肚皮有些饿。”照道理我这么远的路来，糯米汤圆氽鸡蛋一碗头，总要给我吃，快要来咚哉，我看还勿动弹哒来，真当勿动弹，我只有打秋风哉咯，我们绍兴人讲究打秋风的。“二姑爷，我格歇[②]背家同肚家还结牢[③]哉呢。”

李文进不是茶的呀！可怜往灶头望了望，穷得灶下没有一根柴，灶上没有一颗米啦，怎么弄出来糯米汤圆氽鸡蛋呢？“小哥啊，我家道贫穷你要多多原谅。”“怎么说啊？人家屋里穷，哪里不作兴弄点心的呀，我是肚皮不饿惯的人噢，你们随便弄点我吃吃，我要早些去哉。”“小哥，实在弄不出东西，二月十九吃老爷的寿酒去算哉，小哥你慢慢走。”“我自己会走咯。”呸！惹晦气。这么远的路来，糯米汤圆氽鸡蛋都没得吃。这碗点心不给我吃么，到绍兴来，我给你吃茶苦头嘞。哎，说起来，老爷关照我的，顺便家底给他看看去，这种人家哪怕家底好，也要给他说不好的。哎呦，花头有限咯！喏，里头三块门板两条缝，上面一团破棉絮，灶下没有一根柴，灶上没有一颗米，到了绍兴老爷面前给他去说去，就说扬州二姑爷屋里苦得波罗揭谛，结底菠萝[④]，萝卜没有皮，鸡蛋没有衣。哼哼，赶快让我往绍兴城。

（唱）勿唱莫兴回绍兴，

---

① 吃勿落坐：吃不消坐。意为“没资格坐”。吃勿落，绍兴方言意为“吃不消”，多引申为“没资格”“无福消受”。

② 格歇：江浙方言，意为“这会儿，现在”。

③ 背家同肚家结牢：绍兴方言，比喻饿得前胸贴后背。

④ 结底菠萝：无实意。与前文“波罗揭谛”谐音，形成科诨。

老爷面前是非搬。
唱个头再表灵清，
再唱这位李文进。
打开了大红请帖看原因，
岳父大人来救星。

“啊！真是天无绝人之路啊！”旁边老总管弄得勿懂哉：“小主公，你刚刚愁眉苦脸，你现在看到这封信，这样开心。信里怎么写啊？”“总管伯伯，岳父来了大红请帖，叫我往绍兴他家中前去投亲。”“啊哟哟……小主公，依老奴之见，你这趟还是不去为好。”“啊，这是如何道理呀？”“喏喏喏，我看你岳父家中来了这位年轻小哥，一脸横生皮肉，一双老鼠眼睛才是势利刻薄。小主公，你现在没有功名成就，家道贫穷，身穿褴褛，这副寒酸你怎能往绍兴投亲去，恐怕要出家容易，回家困难啊！”“总管伯伯，岳父来了大红请帖，我哪有不去之理啊？”“依你说来一定要去？老奴实在放心不下，我近几年来省吃省用，有几个银子积余，我打算先去买件衣裳，你粗糙打扮，老奴陪伴于你一道往绍兴投亲去。”

（唱）李文进粗糙打扮干干净，
同总管伯伯要往绍兴去投亲。
李文进在前面走，
老总管在后面跟。
出了扬州来到杭州城，
钱塘江边把路行。
海泊浪浪的钱塘江，
老总管年老体弱得重病，
四肢无力路难行。
钱塘江边有一个小路亭，
路亭里面停一停。
要命要命真要命，

凉亭里头出强人。

“哟停，哈哈！两个异乡陌生人，来到我钱塘凉亭，懂不懂凉亭的规矩？”

啊！李文进看到个彪形大汉，横生皮肉、板头脸孔，手拿钢刀，杀气腾腾，可怜魂灵都要没有哉。“英雄，小生家住扬州，今朝往绍兴岳父家中投亲去的，出世娘肚皮这地方从来没有到过，有啥规矩？请英雄多多指教。”“钱塘江是我挑，凉亭是我造，要走过钱塘凉亭拿买路钱过来。买路钱不作，你的头先来调。”

强盗落手快不见怪，拿起钢刀要砍过去么，那李文进确实年纪轻，机头灵，想想一个头刺落，没地方配的呀！不错，三十六计，逃为上计。别转头皮：“救命，救命啊！”“你喊救命，哈哈！我手底心里，你想逃得出啊？关照你，现在一到两断，清清爽爽，好往阎罗大王里报到去。等歇搁牢，对你勿住，头管头、脚管脚、手管手，你都脱开哉咯！你还往哪里逃！”

（唱）前头逃着个李文进，
“救命救命”喊连声。
后面追赶恶强贼，
要谋文进一条命。
可怜这位李文进，
陌生地方路难行，
文质彬彬逃性命，
脚踝头逃得酸津津，
白蒲老汗伊汰汰淋。
后面个恶强人，
手拿钢刀起杀心，
越追越近，越追越近，
吓哒这位李文进，
魂灵吓得摇令令。

后头追牢快哉，你还往哪里逃？“啊，叫你勿可逃，勿可逃，还要逃嘞？”

这位强盗钢刀直接劈过去，可怜李文进吓得脚膀软了软，钱塘江沿里“哼卜隆冲沉”，跌了一跤。强盗马上一脚头，把李文进的小肚皮里踏牢。“叫你勿可逃，勿可逃，你要逃啊，你还往哪里逃？我脚膀斩斩断再话。”

（唱）要紧关头到来临，
　　　总管伯伯磕头跪拜来恳情。

“英雄，你动勿得咯，你多多高抬贵手！英雄啊，他是扬州天官的后代，是绍兴莫贵老爷的女婿啊，你要多多高抬贵手！”强盗听到老总管一话么，一把钢刀还是留牢哉，心想，人还真当没有看相的，来头还足哒！“好，我暂时不杀，给我立起来，多少些老酒钿拿出来。”“老酒钿？英雄，我家道贫穷，身上分文没有。”“啥呀，一些都没有？我看你们两个人真没有出息的，一般走过人，包裹带只咚，雨伞带把咚，你们两个头包裹没有包裹，雨伞没有一把雨伞，像萝卜样的两根，要我倒霉哒嘞！老实关照你们，贼无空手，倒霉不顺流。真当一些没有么，做勿到咯，衣裳剥落来衣裳，我好吊老酒去。剥勿剥？衣裳不脱，我这样一刀来哉噢！”“英雄，衣裳脱我不得咯[1]，我里头裤没有的裤。”“裤都没有，短脚裤总有的。”“短脚裤有条在，粉粉破哉，洞眼百把个哉啦，我脱勿出来哉咯。”“我不来管你的，你脱不脱？你不脱我来哉噢！你不要说我不好噢！”老总管看了看，则死哉，这强盗眼睫毛都在抖了，起杀心哉。“英雄，你稍微等等噢，我劝劝伊，我劝劝伊。小主公，常言道，‘留人不留宝’。只要人在，衣裳脱给伊算哉。”李文进被总管伯伯相劝，在强盗钢刀被逼之下，就把这件心爱的衣裳脱落来。强盗将衣裳夺了就走。李文进上身赤膊，下面穿条粉粉破的牛头短裤。“总管伯伯，叫我赤身露体，我怎能再往岳父家中投亲去啊？”“小主公，你凉亭稍微等等，待等老奴到钱塘县求讨花银，重买衣衫再往绍兴投亲。”

（唱）总管伯伯有重病，
　　　到钱塘县去讨花银。

① 衣裳脱我不得咯：不得脱我的衣服。

这边文进泪淋淋：
爹娘啊，黄泉路上无灵声，
留下我孩儿在受苦辛。
岳父大人来救星，
总以为从此生活能好过，
谁知道，钱塘凉亭里碰强人。
衣裳剥得我干干净，
我赤身露体难见人。
难到绍兴去投亲，
我情愿世上不要做人。
解落裤带有一根，
石凳高头爬上去，
要在梁上来吊颈，
下面打起无情结，
两只手无情结上攀把紧。
爹娘呀！
无情结里头是阴间路，
无情结外头阳关道，
若话我上吊丧性命，
李家要断后代根，
再想续香火不可能。
留下那总管伯伯有重病，
年老体弱靠啥人？
死了口眼我闭勿紧，
活在世上难做人。
做人眼勿见为净，
爹娘啊！
你们阴间路上把我等，

我高挂悬梁在半路亭。

“爹娘喂，啊，不孝孩儿来也！”

（唱）暂勿唱这位李文进，
高挂悬梁在半路凉亭。
唱个头表一情，
回文转来唱啥人？
官塘大路高头顶，
过来了八人大轿有一乘，
开锣喝道闹盈盈。

咣咣，咣咣，咣咣——“行人回避，天官大人到！”“嗨左，嗨左，嗨左！嗬嗨，嗬嗨，嗬嗨！”轿里坐着个做官的老爷，是天官大人噢！前头家人撑着旗牌威风凛凛。

（唱）一路行走不留停，
凉亭里头来走进。
头牌执事看灵清，
吓得结结巴巴话不清。

“报……报……报……报老爷！老爷，凉亭里有彼处[①]有彼处。”这个人是绍兴人，绍兴人说话啦，一般不敢话都叫彼处的。做官的老爷是杭州人，杭州人不懂啥个彼处不彼处，“嗯，啥子儿叫彼处？”“老爷，你杭州人‘彼处’不晓得，我们绍兴人有的话不敢说，都叫‘彼处’的。老爷喂，就是凉亭里有个后生哥上吊了。”“啊，给我停轿。”这乘轿歇落，做官老爷抬头一望，叫声“左右！”“在！”“前去看来，此人是否能够相救。”“老爷，晓得。”这两个家人一个年纪大，一个年纪小。“阿哥喂，出世娘肚皮，这种东西没有看见过嘞噢，怎

① 彼处：绍兴方言中，常用来指代难以言说的事物，如鬼、疾病、隐私等。

么救法，你要教我的。”“来，下底脚先抱起来，一根带，让我先拉断再话。”“我来抱脚，像死尸格重啊！”“你快些噢，工夫多、时候深，我要倒下的。”乃么一个马上，“噼”一刀么，一根裤带拉断。“不对哉，不对哉，分量都往我人高头来哉，阿哥喂，头捧牢头！”一个连忙捧头，一个连忙捧屁股，石凳里靠牢。

“阿哥喂，介慌咯。”“不要乱说，下去呀！来，阿弟，项颈结头解散，胸部摸摸，今朝先劈他三个巴掌。”“你要劈巴掌过啊？我们前世无仇，今世无怨，劈巴掌罪过人的呀。”“你年纪小不懂，喏，无缘无故的人不会上吊的，一个人要上吊前的三日，他们在说，老早有吊死鬼这东西藤条般韧格跟牢咚，你不打不肯走出咯，你只要巴掌劈他三个，彼处会给你拷出来的。”“噢，是拷彼处，好咯，彼处我拷，走不走！”则喏，“啪啪啪”三个巴掌劈落么，吊死鬼肯定逃出哉咯。“阿弟，看看胸部来咚动不动？‘别则别则’[①]在动，还可救来，胸部不动么，我看总不大用救哉咯。”“那我来摸摸看，阿哥喂，胸部像挑铜匠担还在动呢。”“还在动还可救来，快！你给我人中掐牢，我耳朵拎牢，大家叫起来。”勿晓得小家人将二姑爷的下巴掐牢，还说：“我掐牢哒哉。”年长家人话：“你在掐啥西？”“人中啊！”“这个叫人中啊？这是下巴呀！”“是下巴，哪里叫人中？”“上面这爿里，你茶的呀？”“啊，我茶是不茶的，我别蒙了，是不是这里？”“这里是人中，人中掐牢，耳朵边你叫起来噢！”“你这位相公醒来，你这位相公，心肝要灵清啊！”

（唱）李文进听到耳边有叫声，
强打精神开眼睛。
眼睛开开奇煞人，
凉亭里头闹盈盈。
何人救了我条命？
八人抬轿坐着做官人。

---

① 别则别则：绍兴方言中，指心脏跳动的拟声词。

"啊，莫非有做官老爷路过凉亭在救我？我尽管是不想做人了，但既然有人救我，做人的道理要懂的呀！乃么李文进脚踝头"别"地跪下去："多谢恩公大人，你莫非救了我苦命？""哇！你好大的胆！在凉亭上吊，你可知道有罪吗？你讲，讲得有理，不难为于你。讲得无理，随便在凉亭上吊，来人呀，给我少谈重揍。""恩公，你拷我勿得咯，可怜我上上吊都惹祸祟哉。"

（唱）恩公啊，我有苦衷告你听，
李文进把经过情况都讲明。
天官大人听灵清，
立刻马上出轿门。

"嘀哟，原来你是扬州李天寿大人之子啊！"想李天寿大人在世的辰光，那是为官清正，世代忠良，可留下后代落魄到上吊为止。今朝我不救，还有何人相救？看他这副相貌，果然有书香子弟之貌。

"李相公，衣衫给强盗抢去，何必上吊呢？来来来！今朝我就送你衣裳一件，你赶快往绍兴投亲要紧。"

乃么这位天官大人小布衫腰里回出，外头件官服先卸一卸，里面回出一件真丝月白色的长盖披。"喏，李相公，把这件衣衫穿上就可以投亲去了。""恩公，你相救了苦命一条，还送我这么好件衣裳，请问恩公尊姓大名？你府住何处？若是小生日后有出山的日子，我要重重报答你救命之恩。"

（唱）李相公啊，老夫名叫吴节风，
官为天官在朝中。
屋里头住在杭州城，
杭州辖管清河坊，
清河坊辖管三元里，
天官府是我家中。
若是你今后到杭州来，
天官府内来相逢。

“好，凉亭不是久留之地，今后杭州再会！”

（唱）天官大人出凉亭，
李文进在凉亭等。

总管伯伯，银子讨讨回转凉亭。“啊，小主公，我们人穷不可志短，你这件衣裳是哪里偷来的呀？”“总管伯伯，小生不讲，你哪里会晓得。”乃么李文进把经过情况，长短事体同总管伯伯一讲，总管伯伯人都吓煞。“小主公呀，你这种茶生活[①]以后动不得的噢！你们这户人家祖宗大人还着力的，你快衣裳穿好，赶快往绍兴投亲要紧。”

（唱）主仆两人路上行，
唱个头来表灵清。
回文转来唱啥人？
二月十九到来临。
今朝是莫老爷大寿闹盈盈！
寿堂高头顶，
挂灯结彩密层层，
红毡铺地簇簇新。
上横头挂起老寿星，
七字对联左右分。
木木佬帮丫头使女们，
大家拜寿领赏银。
莫老爷眼巴巴在等，
勿见穷鬼到绍兴。

今朝自从家人莫兴回来搬弄是非，莫老爷在等穷鬼文进到来，定要他答应

① 茶生活：绍兴方言，意为“傻事”。

退婚回去。有句话叫“只有自来人，没有望来人”。今朝是二月廿九哉，李文进同总管伯伯两个人一路投亲来到绍兴，到了莫府，李文进松了口气：“总管伯伯，我岳父家中果然到了。门上可有人哪？”有个来了，啥人？就是到扬州李文进屋里去过的莫兴。“嘀哟，二姑爷喂，呃……你今朝来拜寿哉，我对你说过是二月十九，今朝廿九哉呢！你只有迟到那么十天。”“小哥呀，因为我总管伯伯身体不好，不能按时来到绍兴，望小哥到岳父面前给我好言一声。”

莫兴想想，“我看他这个人还牙齿白雪雪，说话不要气力。我到扬州去的辰光假茶假痴哉，糯米汤圆佘鸡蛋不给我吃，今朝刚走到要给他大帮忙哉，说好话去哉，哼！我不来作弄你，已经给你面子啦！”

“好咯，嘿嘿，二姑爷喂，你等着噢，老爷里好话剩多不少，我给你去话哉噢！”

家人莫兴走进里头：“老爷喂，扬州女婿到哉！”“哦，到了么，莫兴，他身穿如何呀？”“老爷喂，嘀，这人不要说起，人身上一股气味不得了，人都被他熏倒哉。”

莫老爷一听：“那好，不要开正门，叫他往边门进来。”“老爷，我有数哉。”

（唱）莫兴家人回转身，
今朝门口头要话灵清。
开口姑爷叫一声，
我给你老爷面前好话讲得数不清。
今朝偶老爷下命令，
叫你往边门来钻进。

老辈手里的大户人家，大台门里旁边有一扇小门，只有到人的眉毛那么些高，要钻进去的。旁边老总管年纪大哉，蛮讲究的，一听话只能走小门么：“小主公，这户人家不讲理的，照本来你堂堂绍兴莫府姑爷，初次投亲，该大开正门，出外迎接。叫我们钻进去，定是见你家道贫穷，瞧不起你。”“那我不去。”“既然到了，看看内部情况再说，如果你岳父待你好就留下，如果你岳父待你冷漠，我们赶快回扬州，金窠银窠不如自己的狗窠。省得在外头吃苦头。”“总管伯伯，那我晓得了。”李文进走进回廊到大厅。“啊，岳父大人在上，小婿文进拜见岳父大人。”“文进，有没有带上小姐的年庚？”“年庚带来了，喏，请岳父大人过目。”“文进啊，我这个人喜欢开门见山，心直口快。因为我第二个囡三岁的辰光是我们爹娘大人做主，终身许配给你。那时候总以为高亲能够攀到高运，想不到你爹娘亡故，家遭回禄，苦住坟庄，吃了早餐没有晏顿，自己都难做人。想讨老婆，两个字，‘犯难’哉咯！那我们大姑娘等不下去的呀！既然今朝来哉，我不叫你白来，打算送给你三百两银子，你在离婚退书上盖上手印，这门亲事我们就一刀分为两断。”“岳父，要我退婚，那我不能答应的。”

这莫老爷的性格脾气暴躁不过，说出的话一定要应允的，现在李文进说不答应么，眼睛凸出——不认亲戚了。“你到底答应不答应？”“岳父，终身是爹娘决定，小生难以答应。”“好，不答应要你硬答应，你请酒不要吃，就给你吃罚酒。莫兴、莫旺，带麻绳檀树木棍过来。”

叫出来两个心腹家人，一个叫莫兴，一个叫莫旺。莫兴，是扬州去过的那个，个头小，脑髓来得个灵；还有个莫旺，个头像柴油桶介一只，脑髓来得个笨。

“老爷，叫我们阿兴、阿旺有何事关照？”“莫兴、莫旺，把穷鬼双手吊牢，二荐桁梁里拉起。莫旺啊，你个头大，把绳子拉牢，莫兴手脚灵巧，手拿檀树木棍狠狠地打。要打到他答应退婚为止。”“老爷喂，只要你开口，阿兴、阿旺马上动手。”

（唱）莫兴莫旺要谋命，
麻绳吊牢李文进。
二荐桁梁里吊起，
莫旺绳头拉得紧，
莫兴他手拿檀树长木棍，
狠狠拷打李文进。

叫花子要谋小讨饭哉。“二姑爷，我到扬州去格辰光，糯米汤圆不给我吃呀！哎，你看我不起，今朝么重些就重些，轻些就轻些，也有我的权力哒哉。”

（唱）可怜这位李文进，
麻绳吊得脸发青，
遍身打得起乌青，
盼望有人救我命。
救命救命喊连声，
惊动总管好心人。

总管伯伯听到救命声，赶到大厅，抬头一看么，啊！“你们不准打人！”“啥人喉咙有介响？”

莫老爷猛地吓了一惊！抬头一看么，哦，老总管也跟来哉。莫老爷想想晓得他也在，我真不该打李文进。我独怕这老总管，年纪比我大，懂的事体比我多，因为我第二个囡三岁的辰光，终身怎么会许给李文进，里头有个原因，这桩事体到现在只有我自己有数，还有老总管也晓得。这桩事情让他绍兴城里说开去，我没有脸孔见人了。那怎么办？李文进已经吊起哉，打得乌青烂熟哉，看也被他看到哉，我想赖也赖不脱哉，干脆脸孔总是个翻转到底算哉！

“哦，我还以为是谁，喉咙崩天响，还是只老狗跟来哉。弄出老狗都有说话份哒哉。”

年纪大的人，是不怕死的，你想压也压他不倒的。老总管他说：“莫老爷，千错万错，来人勿错，你今朝骂我老狗，你上梁不正，那我下梁要牵错哉，今朝我要骂你莫贵老贼！”

（唱）骂你莫贵太无情，
你欺贫爱富丧良心。

莫贵啊莫贵，你二小姐三岁的辰光，终身怎么会许给我家小主公，我是煞煞灵清。

（唱）想当年你为官不清正，

亏空皇粮十万整，
万岁得知怒气生，
将你打入天牢受苦辛。
幸亏是我家老爷为官清，
与你同窗好友有感情。
帮你亏空的皇粮来还清，
天牢监里来相救你的命。
万岁面前替你讲情，
仍旧给你官封原职享太平。
那时候你无恩可报李家门，
就把你三岁的二小姐，
终身许给我家小主公。
我老爷突然亡故后，
小主公家遭回禄受苦辛。
苦住坟庄，你见死不救倒也罢，
如今你想嫌贫爱富，图赖婚姻不该应。

老总管把莫贵前胸一把抓牢："莫贵啊莫贵，走，我要与你往绍兴城里评道理。"

这辰光的莫贵，气得大小肠都滚滚圆，肚皮眼"砰"地像烂番茄似的弹出。莫贵连忙大喊："莫兴、莫旺喂！""老爷，我们在。""你们两个畜生眼睛乌珠都没有哉啊？喏，我被老狗拖牢哉，你们不看见，老狗喉咙有介响，火头有介猛！来，柴间里将老狗关起来，让他饿死为止！""老爷喂，只要你话，哪怕当即给他死啊，有我们阿兴、阿旺动手。走，你只老狗！"

（唱）莫兴要在前面拉，
莫旺要在后面推，
一路行走快得紧，

柴间门口到来临。
莫兴打开柴间门，
莫旺对准老总管，
踢进柴房要害人。

“你这只老狗害得我们听骂声，好给我死掉哉！”“砰！”尽气力格一脚头，那么祸祟闯大，可怜老总管伯伯年老体弱毛病沉重，怎么吃得消一脚头呢？跌进柴间，一霎时红花脑浆四溅，一命身亡。

（唱）老总管丧了命，
莫兴看得吓煞人。

“哎呀，阿旺喂，这祸祟大哉噢！你把他推死哉，如果李文进告状进衙门，那你要抵命的噢！”“啊？要抵命咯，则死哉，我道这种人死掉么，像死一只狗差不多。真当要抵命的话，还勿对咯，阿兴喂，你给我办法想一个，保保太平。要么以后老酒多给你喝几杯。”

（唱）莫兴听说有老酒饮，
笑眯眯地告真情：
阿旺喂，你谋命还想保太平，
必须斩草要除根。
伢杀人灭口谋文进，
此事就能保太平。

莫旺他说：“好的，现在檀树木棍归我拿哉，李文进由我去拷死他算哉。”

（唱）打算要谋李文进，
李文进年纪轻轻脑子灵。
老总管柴间里头去关进，
若有三长并两短，

文进做人罪过人。
老婆不讨不要紧，
定要相救总管命。

“岳父大人，把总管伯伯放出来，我就答应退婚便了。”“哼哼哼哼，你们这种人啦，就是这样，天晴不肯走，要等到大雨来淋头哉，淋死淋活肯走哉。你倒恶出污拉[①]答应哉啊？答应了就好，莫兴、莫旺，把吊李文进的麻绳给我放下。也把老总管放出柴房。”

则死哉，莫兴、莫旺想想老总管已经死了呀，那怎么办办？只有走一步算一步，先把李文进的麻绳解散再话。

（唱）可怜这位李文进，
手膀吊得梗梗青。
莫老爷写起一张退婚书，
叫李文进盖上手罗印。
别转头皮路来行，
打算去衙门告状诉冤情。
莫兴一见吓煞人，
老爷面前要是非搬。

“老爷喂，你不能让他走的呢，这种人眼睛乌溜溜，不是好朋友。如果走出门槛外头，祸祟闯大哉咯噢！他如果擂地十八滚[②]，给你邻舍圈子围拢，你这块牌子给他敲破哉牌子！再加上老总管柴间里已经死掉哉，给李文进晓得大吵大闹起来，莫府里人家拆哒碎纷纷哉。”

啊，莫老爷听到这几句话么，连忙赔出一副笑脸。“哈哈哈哈……文进，那你给我转来。”

---

① 恶出污拉：绍兴方言，指气急败坏。
② 擂地十八滚：绍兴方言，形容在地上滚来滚去耍赖。

李文进听说要他回转去么，还以为是岳父大人回心转意了，想想只要你囡仍旧肯给我，随你们打，随你们骂，随你们吊，那是我人家穷之故，总为了老婆没有话头。乃么李文进重新往里头再回进去，李文进回到大厅，彬彬有礼："岳父大人。""呸，谁是你的岳父？""既然不是我的岳父，那就让我走吧。""慢，文进啊，这次回去以后你无依无靠，怎么做做人呢？今朝我看在你爹娘的面子上，你还是留在我绍兴莫府里，从此以后，给我做名家人，你也不愁吃穿了。"

文进想，"要我做家人，你真是做梦"。别转头又想走么，莫兴手拿檀树木棍，对准李文进的脑壳头揿牢！"嗨嗨，你倒敢动动看喏，右脚动动拷断你的右脚，左脚跨一步打断你的左脚。"

李文进想，"今朝莫府要我命哒哉，如果我死在莫府，比死只狗都不如，啥人晓得我扬州李文进死在绍兴莫府？何人救我总管伯伯？啥人给文进出头？一切一切的事体，要靠我自己着力哉咯，我不能死，我聪明人不能吃眼前亏，答应算哉"。如果答应在莫府做家人，心想，"坏事体可能会变好事体，因为我同二小姐三岁定亲，到底小姐怎么长怎么短，是胖是瘦，怎么副相貌，我甚至梦里都没有见到过。只要在莫府里做了家人，天长日久，总有机会能见这位小姐的。到那时我要把肚里的话跟她话话灵清。到底小姐待我如何？我死了以后也好心中明白"。想到此地，李文进说："那我就答应便了。""答应了就好，来，写起卖身文契，你要给我移名换姓，从此以后就叫扬州李。"

莫老爷个绝煞鬼[①]，照本来你这份人家是姓李的，姓氏要李字当头，现在给你这份人家李姓氏扬州下底压落去，要李家永生永世不让你出头为止。

"扬州李，从今朝起，你就到书馆里服侍两位少爷。""晓得。"

（唱）从此这位李文进，
递茶送饭拿点心，
茶盘托在手中心，
两杯茶要摆端正。

---

① 绝煞鬼：江浙方言，指手段凶狠残忍的人。

书房间里来走进，
服侍少爷蛮小心。

“请二位少爷用香茗。”则大人家的少爷难服侍咯，这小的佬倌性格脾气非常暴躁，像他爹咯。

“扬州李，眼泪汪汪做啥？我看你好像死爹死娘格苦哒，关照你噢，这种脸孔我们不要看的，赔笑脸！”“少爷，因为我心事重重，望少爷多多原谅。”“啥呀，心事介重，不肯笑，不肯笑索性让你哭，来，茶拿过来。”一杯茶还没拿牢，喝了一口“噗”吐出，“这茶为啥介烫啊？要不要给你头里淋淋？”可怜李文进连忙头别转，眼泪流下来的辰光，他轻轻地喊：“苦啊！”

“啥，你顶我嘴啊？我说茶烫，你说苦啊？阿哥，头发拔牢，茶神巴掌给他吃几个，以后顶嘴顶不顶了？”这两兄弟要谋命哉啦，书房门“砰！”关牢，“阿弟，头发归我拔，巴掌归你劈。”

乃么大的佬倌把李文进头发拔牢：“给我跪咚，哼！”一脚头踢落去。

可怜李文进跌倒在地。小的佬倌袖口一挽：“扬州李，为啥叫苦？说出道理今朝就饶你，没有道理随便叫苦啊，茶神巴掌劈煞自之故，我来哉噢！”“噢，二位少爷，你们不要打我，我自有道理。”

（唱）叫声少爷在上听，
我有苦衷讲灵清，
扬州李是何人？
屋里头住扬州城。
爹爹活着是做官人，
可怜我伤心真伤心。
爹娘早早命归阴，
家遭回禄苦受尽。
幼小的辰光定过亲，
小姐就是你们绍兴人。

男长女大到来临，

我到绍兴来投亲。

只怪岳父太薄情，

忘恩负义欺贫爱富赖婚姻。

不把我翁婿来相认，

把我推出门外头，

我卖身莫府做家人。

“少爷喂，你们虽然待我好，可怜我岳父欺贫爱富，我老婆要呒呐[①]讨哉啦。”

听说老婆要没有哉，大的佬倌把手放开哉。“噫吔！介罪过咯！喃，我头发不拔哉，阿弟，不要打他了。他是扬州人呢，说起来，我们的妹夫也是扬州人，排起来我们是扬州人的阿舅，传到扬州拆牌子[②]格。总话绍兴的阿舅这样厉害。”“是的，阿哥喂，我幸亏不打，叫他立起来。扬州李立起来，刚才头发拔过，要补你情来。啥西啊？你的丈人是绍兴人，这小娘啦儿子欺贫爱富要赖婚，拆我们绍兴人的牌子啊！说出来，叫啥名字？住在绍兴哪里？叫莫兴麻绳拿一根吊得伊来，吊来之后茶神巴掌‘啪啪啪’劈伊三个再话。如果还要再赖婚，状纸写一张，绍兴府台衙门送进去，牢监给伊坐三年，你看这样好不好？”

李文进心想，“我把事情讲讲，叫他们不要打我，算求太平哉，想不到‘背着锄头掘根’哉！说下去是他们的爹呀，儿子肯定帮爹又不会帮我的呀！等会儿被他们拷，被他们打，又是我自己之故，不能再说下去了”。“二位少爷，请你们多多原谅，我不敢说下去了，我丈人非常厉害咯。”

这小的佬倌气头来得个急，听得气煞哉。“啥呀？有你这个扬州李的人，我看你这个人是块‘茅坑石板做灶栏石——抬举不起’的。我诚心想帮忙，你还不敢话，老实关照你，你这样就是看我们不起。今朝不是吹牛，我们绍兴莫府两个少爷，不要说你丈人，就是绍兴府台大人看见我们，头也要顿几顿嘞，你丈人这

---

① 呒呐：绍兴方言，意为“没有，没得”。

② 拆牌子：江浙方言，比喻丢人现眼。

种头寸[①]随便小手指头弹弹好了。欺贫爱富要赖婚，这种坏良心大雷公公不拷煞么，臭屁都要弹伊煞嘞！说不说？今朝不说，以后不帮了，你弄好！”

李文进心里想，“要逼我硬说嘞，好，也是个机会”。

“二位少爷，如果我真当讲出来，你们不能拷我哦！”“嘿嘿，真是个扬州李，当我们茶主来哒看哉，我们又不说打你啊？阿哥喂，保证下来，叫他说真话，我们两兄弟再碰碰打打伊么，要么手指骨头都烂断，这总好哉！”

“二位少爷，少爷呀！”

（唱）我扬州李是何人，
屋里住在扬州城。
今年年方十八春，
三字名叫李文进。
爹爹名叫李天寿，
昔日是官为天官有名声。
娘亲张氏老安人，
爹娘不生多男女，
单生我小生独单根。
可怜我伤心真伤心，
三岁那辰光爹娘大人都丧命。
一场大火烧家门，
万贯家财化灰尘。
苦住坟庄受苦辛，
全靠总管老伯伯，
卖菜做做生意经，
把我抚养到成人。
只因为二月十九起祸根，

① 头寸：绍兴方言，意为“头衔、官级”。

岳父是大红请帖写到扬州城。
叫我往绍兴来投亲，
我同总管伯伯两个人，
一路之上受苦辛，
二月廿九到绍兴。
莫府里头来投亲，
只怪岳父欺贫爱富图赖婚，
硬硬要我离婚退书盖手印。
我文进说是不答应，
莫兴莫旺两家人，
麻绳吊牢要谋命。
老总管打抱不平，
被他们柴间里头来关进。
为了相救总管伯伯一条命，
我答应了离婚退书盖手印，
老爷不肯让我回家门，
硬要我移名换姓做家人。
若话我是不答应，
当场要谋我性命。
我聪明不吃眼前亏，
答应了移名换姓叫扬州李，
服侍你们少爷两个人。
少爷喂，
你们盘根掘底问原因，
我透心透肝讲分明。

李文进说完，脚踝头连忙跪下去，恐怕他们要打啦。“你们打我不来的噢，你们自己说过的，打打手指骨头都要烂断的呀！”

两兄弟连忙头别转，乃么互相在埋怨，这死哉，还是自己的妹夫哒嘞！

“你个小死尸噢，都是你闯出来的祸祟，叫我头发去拔牢。我是想不要拔的啦！”“有你个大棺材[1]，说是我闯出来格祸祟，是你自己无事生非闯出来的祸祟呀！‘你丈人啥名字？住在哪里？麻绳拿来吊伊，茶神巴掌劈伊死，牢监给他坐三年’，你去吊去，你去劈巴掌去。”“那你也说的，你说‘欺贫爱富赖婚的那种坏良心么，大雷公公不拷死，臭屁都要弹死嘞’，那你个臭屁去弹死伊。”“好哉好哉，你个爹喂，我们大家自己心中有只缸咚，越搅越臭哉啦！好了，好了。”“那我头发拔过，人难为情煞哉，他记在心里，揩不掉了。”“好咯，我再补伊起来[2]，嗬哟，原来还是我们妹丈嘞啊！真当不晓得啦！妹丈喂，来，立起来，妹丈，妹丈坐坐坐。这条凳是我的，我不坐了，你坐。”

小的看了看，我们大的佬倌脚色是大，他叫妹丈，我不要忘记噢，我叫妹夫，“妹夫，吃茶吃茶，这杯茶是我的。妹夫喂，龙井茶没有喝过，来，给你妹夫吃哉咯”。

李文进双手连忙把茶接牢，晓得他性格脾气暴躁，不接又要骂的。何况是口渴了要吃茶了，一杯茶喝下去，全身一时清醒。想我呆煞哉，一个叫我妹丈，一个叫我妹夫，我聪明一世，不可糊涂一时噢！应该叫声哥还声弟。

“多谢二位大舅！”“妹丈喂，我们应不出来哉，我们两个阿舅，差险险要做露天捣臼哉。”

（唱）妹丈啊，难为我们不知情，
要多多原谅我们两个人。
出口妹丈叫一声，
从此后你可放宽心。
我们兄弟两个人，
虽是阿爸爹来亲生，

① 棺材：在绍兴方言中，可作为骂人的话，意为“老不死”。
② 补伊起来：绍兴方言，意为“弥补他”。

我们同阿爸爹两条心。
阿爸爹欺贫爱富图赖婚，
我们兄弟两人有好心。
若话你妹夫不相信，
同我们排排坐坐读书文，
由我们兄弟两个人，
给你递茶送饭拿点心，
服侍你妹丈一个人。

“妹丈，从今朝起，同我们兄弟两人好好读书，由我们两兄弟拿茶拿饭拿点心服侍你。”

李文进听到“读书”两个字，这是一生之中求之不得，顶顶喜欢的事体。

“多谢二位大舅，勿晓得先生肯不肯收留我。”“哈哈，我们妹夫扬州人不懂经哉，我们的先生是绍兴偏门外湖南岸人，姓金，叫金先生，你坐着，我们给你去说一声。如果先生买我们两兄弟脸孔，肯收留妹夫读书，以后仍旧叫他先生，要是他脸孔不买，不肯收留妹夫读书么，以后我们叫他畜生。”走——

（唱）弟兄两人去讲情，
金先生是个内行人。
听了兄弟一番话，
立即马上来答应。

金先生一想，“我是觉得扬州这个人，生得眉清目秀、上下相应，果真不是低三下四的人，原是扬州李天寿大人——李天官之子。想李天寿大人在世的辰光，为官清正，世代忠良。忠良后代，落魄有难，我作为先生不收，还有何人收留？”乃么金先生要关了书房门，尽心报国，教李文进读书做文章。李文进生得聪明灵光，正所谓只要先生一教就懂，一看就会，过目不忘。谁知好景不长。

（唱）勿唱文进攻诗文，

唱个头再表灵清，
回文转来唱啥人？
要唱莫兴个小家人，
标标准准丧良心。
这几天他到处在寻，
为啥寻不着李文进？
东找找，西寻寻，
书房门口查灵清，
扬州李在读书文。

“嗬哟，在读书了，你还脚色着实大哒，我给你告诉老爷去。”莫兴家人大厅高头要去搬是非。

“老爷在上，我莫兴叩头。老爷喂，扬州李在读书哉呢！”“你此话当真？”“老爷，我亲眼看到的，两个少爷还前世少欠他，大少爷给他洒茶，二少爷给他打扇。”“啊？那还了得！莫兴。”“哎。”“把扬州李唤到大厅，我要他性命难存。”“老爷我有数哉。”

（唱）要奉老爷一指令，
扬州李让你难做人。

乃么来到书房门口：“扬州李，老爷叫你到大厅里去一埭来，快点！”

（唱）李文进忽听老爷叫，
吓得三魂六魄上九霄。
不是打来定是吊，
上前大舅一声叫。

“大舅，这叫我如何是好？”谁知阿舅在给他撑腰。“妹丈，胆大些，去好哉。我们是阿爸爹生阿爸爹养，阿爸爹肚皮里有几根肚肠，肚肠里有几条蛔虫，我们都有数的。你现在去，肯定要问你在干啥，那你不要讲老实话，老实人要吃亏的啦，你只要说我在服侍少爷。阿爸爹如果脸孔翻转，你也不要被伊吓倒，要掌握伊的特点，伊喉咙响，你嘴巴要硬。你只要说，如果老爷你不相信，你可去问少爷他们。阿爸爹真的来问的话，你胆大些，肯定给你说好话的。”“大舅要紧关头，你们要来的哦！”“你只要不被吓倒，我们一定来，你吓倒，我们自己都管不牢哉，那你要弄好。”“晓得。”

李文进心惊肉跳走进大厅。“老爷在上，扬州李叩见老爷。”“你近几天在干什么？”“老爷，我是奉你之命，在书馆服侍二位少爷。”“哇！你真好大的胆，敢在老爷面前说谎，难道你不要命了？”

莫老爷拔出一把宝剑，对准李文进刺过去么，李文进吓得地下“别”地跌倒。

“老爷，我真的是在服侍二位少爷，如果老爷不相信，请问过少爷为准。”

被李文进这样一说，莫老爷把宝剑收回哉。心想，“嗯，这个人还假话不会讲的，平时辰光，我只要眼睛凸出，他脸孔就会转色。今朝宝剑对牢他，还说在服侍少爷，看来是真的”。因为李文进出世娘肚皮，今朝第一次讲假话。莫老爷相信他绝对不会是讲假话的人，大概是莫兴这赤佬头在作弄他。

“好，今朝我没有亲自看到，就饶你这一次。从此以后，不准你再往书房进出，我要给你生活换一样，你给我到后花园挑水浇花，掸扫百花台。去吧！”“晓得。”

（唱）从此这位李文进，
后花园中受苦辛。
心想见小姐一个人，
百花台高头泪淋淋。
小姐呀，我为了你，
路远遥遥到绍兴，
我为了你，上等人做下等人。
为了见见你小姐面，
可怜我眼泪都流干净。

小姐呀，莫非你爹囡同样心，
莫非你身在闺房不知情？
你何日到花园来散心，
我肚中的话儿说你听。
只要偶两人能见一面，
我死了口眼可闭紧。
唱个头表一情，
暂不唱这位李文进，
百花台上泪淋淋。

要唱二小姐莫玉珍，
房间里头来坐定，
眼泪汪汪在挂念文进。

今朝这位二小姐，在房间里想念李文进，李文进在百花台高头想见见小姐一面，两个人可谓是一条病根。莫小姐在房内自叹："红日映映照纱窗，不由我心中想李郎。李郎呀李郎，不见你到我家投亲，思想起来好不叫奴烦闷啊！"

（唱）随手打开鸳鸯窗，
但只见路上行人来来往往。
男男女女都成双，
不由奴家好悲伤！
奴家我，幼年辰光许终身，
配夫是天官之子李文进。
我与他两人同年都同庚，
到如今男长女大都成人。
可怜我日也盼来夜也等，
望断秋水难见文进。

文进啊，何日到我家来投亲，
夫妻恩爱过光阴。

“我好命苦啊！”此时二小姐心里烦闷，叫两个近身丫头：“春花、荷花哪里？”“来哉来哉，小姐喂，叫我们春花、荷花有何事关照？”“为小姐心中烦闷，命你们两人到花园采花上楼。”“小姐喂，噢你说心里（烦闷），好些的花去摘几朵来，给你开心开心。好的，我们下楼去了。”

（唱）偶奉了小姐一指命，
急急忙忙下楼行。
行过回廊行过亭，
花园内面来走进。

“春花姐姐！”“荷花妹妹！”“快点来看。”

（唱）抬起头来看分晓，
花园风光一片妙。
桃红柳绿顺风摇，
四面花草迎风招。
移步来到九曲桥，
回过头来看分晓。
池中的金鱼日光照，
风吹莲蓬头微摇，
一对鸳鸯在水上飘，
湖心亭上停百鸟。
鹦鹉叫，行人笑，
小小黄莺称老鸟。
画眉声儿响多叫，
喜鹊叫还尾巴翘。

玲珑假山千尺高，
假山旁边种芭蕉。
走过假山再缓缓行，
百花台边已相近。
春花荷花到百花台，
前头来了两个人。
倷道来的是啥人？
大小姐近身丫头到来临。
前头是秋菊、后头是荷梅，
秋菊荷梅两个人，
一路行走来谈论。

“秋菊姐姐喂！”“荷梅妹妹！”“这样看看啦，是我们大姑爷好。那天我们老爷做寿，大姑爷来，我拜了拜伊，叫了伊一声，喃，大姑爷派头真大，当即赏银给了我二两啦！”“这二姑爷个穷鬼，来也不来，作也不作，大概扬州穷煞死掉哉啦！”秋菊、荷梅么在说二姑爷是穷鬼，这头春花、荷花听得非常清爽。“春花姐姐！”“荷花妹妹！”“她们骂二姑爷穷鬼呢。老年人老话叫‘吃家管家，要么走出讲坏话’。我们是二小姐的丫头，要拦把紧咯，不要让她们占便宜。”“好咯，荷花妹妹喂，今朝让我花堆里躲进，如果秋菊走过来，我绊伊一绊让伊跌一跤哒嘞！”

乃么春花丫头花堆里躲进咚，秋菊边说边走，来到这旁边头么，春花连忙一脚头，秋菊绊了绊，火天火地跌了一跤。春花还说：“谁呀？青天大白日会绊进咚咯，哪里眼睛乌珠没有哉啊？乌珠没有洞眼总来咚。”

秋菊连忙爬起：“哎哟，我道是谁，是穷鬼屋里咯，吃得介有趣，来绊我们。”“好哉好哉噢，说别人家穷鬼，你们比我们也好不了多少。”“哼！要好木佬佬来，我们大姑爷，是绍兴南街沈府有名的大人家。你们二姑爷穷鬼，来也不来，作也不作，扬州穷死哉。”“好哉好哉，噢，哎哟，人家好些有趣煞哉，那相貌着实二姑爷好嘞！”

春花丫头讨相骂有经验的，你们讲比人家好，我们跟你们比相貌好。

“嗬哟，相貌好，哪里相貌好？可当饭吃的啊？”“相貌好么以后好做官咯，相貌差么以后要讨饭咯。”“嗬哟，讨饭，你们做官，给你们做官去噢，做马桶官、笔套官、夜壶官，都给你们去做去。”“你嘴巴稍微清爽些，马桶官、夜壶官都来哉。你是啥西？啊，你不要自道自好煞，你露天捣臼呀！”“骂露天捣臼哉，你话出来啥叫露天捣臼。你话，你话。”“喉咙不用响咯，我不会怕你的，露天捣臼么，这个也可搡，那个也可搡，大家都好搡，叫露天捣臼。”“哎哟，你也差不多，你是饭店里的筷筒。”“喏，骂筷筒哉，你也给我说出来，啥叫饭店里的筷筒，你说，你说。”“我也不来怕你的，饭店筷筒么这个也拔，那个也拔，大家都可拔，叫饭店筷筒。”“我都可拔的呀，你个贱坯，兜篮百搭百搭，你个千刀万剐，你要死哉！”“只有你要死，只有你要死！”

丫头讨相骂也有规律性的，开始大家评道理，道理评过哉么，大家骂人。骂人骂得吃力哉么，大家你戳我，我戳你。勿晓得春花丫头手指甲老老长，存心要占便宜，用尽力气戳过去，“只有你要死！”勿晓得这一把戳，乃么祸祟闯大。

（唱）一场大祸要临身，
秋菊丫头眼泡皮戳破血淋淋。
呼天喊地叫连声，
要禀告老爷得知情。

秋菊连忙眼睛捂牢。“嗬哟嗬哟！你讲掇的呀，把我血掇出哉啦！我要告诉老爷去，我要告诉老爷去。”

旁边头荷花人都吓煞，因为老爷喜欢看大小姐的，大小姐的丫头稍微地位高些的。二小姐老爷不要看，可怜二小姐的丫头都低头三分。如果秋菊告诉老爷，我与春花茶神头髭①又要吃哉。乃么要紧关头，这位荷花连忙一把拦牢。

“秋菊姐姐喂，你告诉么也不用去告诉咯，你不要生气，我们是赤膊鸡，你

① 茶神头髭：绍兴方言，指被用力打头。

么翅膀毛也没出齐。大家都是丫头，不要自己弄自己，我的脸孔买些咚算哉，春花姐姐么是也不好，骂几句么够哉，血都把你掇出，真的不好。”“好咯，难为你的脸孔，不去告诉算哉。以后如果再掇我，就不客气哉。”春花丫头人都高兴煞。“占便宜的，占便宜的，一块皮肉还在我手指甲里带牢哒来。”

你么是占了便宜，这辰光百花台高头，这位李文进，听到下面两个丫头讨相骂[①]，声声口口被她们骂穷鬼，悲伤的眼泪像断线的珍珠流得下来。我自己受苦倒也罢了，想不到害了小姐的丫头，都为我低头三分。

“总管伯伯，悔不该当初不听你的相劝，到如今落得出门容易想回家困难。”

（唱）总管伯伯叫一声，
想当初你语重心长讲我听。
你说道，
没有功名成，
不可到绍兴来投亲。
到如今害得你总管伯伯，
为我投亲来丧命，
千悔万悔悔不转啊！
对不起总管伯伯好心人。
总管伯伯我到处寻，
到如今没有下落无音讯。
听说你死在柴间里，
你在阴间要有灵圣，
多多原谅我李文进。

李文进百花台上哭声声，
春花荷花听分明。

① 讨相骂：绍兴方言，吵架。

“春花姐姐喂，谁在哭啊？”“是啊，在百花台高头，我们去看看。”

（唱）春花荷花两个人，
走到百花台高头顶，
抬起头来看灵清。

“噫吔，我们还道是谁，原来还是扬州李在哭呢！”

李文进听到有人到哉么，把眼泪揩清爽。“我又没有哭啊。”“不哭，嘿嘿，不哭难道眼泡会红咯？”“噢，我是眼睛掉在灰尘里了。”“哈哈哈，眼睛会掉灰尘里去格？嗨，你连造话都不会讲的，只有灰尘掉到眼睛里去么有的。扬州李你不要生气，你么是家人，我们么是丫头，你半斤，我们八两，你黄鱼，我们水鲞，我们大家都是下等人，说说苦处又不要紧的。”“噢，请问你们两位大姐，你们是谁的丫鬟？”“我们么是二小姐的丫头。”“啊！原来是我小姐的丫鬟。”

说话露脚哉，他说“是我小姐的丫头”，两个丫头给他弄蒙了。

“噫吔，你个扬州李！噢，我们是你小姐的丫头？勿思勿想，在想我们小姐哉，你么真当‘塌眼乌喽喽，油炒扁眼豆，黄狗想添琉璃油，癞蛤蟆想吞天鹅肉’！”

李文进听了两个丫头一番话，心想我堂堂绍兴莫府的姑爷，被两个丫头都看不起。今朝在小姐丫头面前不讲真话，到啥格辰光去话呢？

（唱）二位大姐呀，
开口大姐叫一声，
待我把情由讲灵清。
李文进把来龙去脉都讲明，
求求大姐有好心，
小姐面前给我带口信，
若是小姐有感情，
百花台上来认我认。
我有言语讲灵清，
死了口眼可闭紧。

若话小姐少感情，
不肯到百花台上来相认，
我呒有指望也不要做人。

“多谢二位大姐，我千万拜托！”李文进盼小姐心切，丫头旁边“卜隆咚”地跪下去。两个丫头人吓煞哉。

“噫吔，姆嬷喂啦，你拜我们不得的，你要把我们拜煞的呀！姑爷喂，你等着，我们给你去说。”“春花姐姐！”“荷花妹妹！”“快走哇。”

（唱）春花荷花两个人，
三步并作两步行，
两步并作大步蹬，
三脚两步上楼顶。
房间里头来走进，
急忙向小姐讲真情。

“小姐在上，我们春花、荷花有礼哉。”“住了，两个死贱人，叫你们到花园采花，这么许多工夫在做些什么？”“小姐喂，我们在给你摘蛮好的一朵花呀！”“还不与我跪下，为小姐日夜心中烦闷，你们一点都不来同情于我，还吃得介有趣来取笑我，拷你们一顿，也让你们哭哭来陪陪我。”小姐拿起被拍要打哉么，春花、荷花连忙脚踝头跪下去，“小姐你不要打我们，那我们如果讲了真话，你一定要坐稳哦！”“啊，我坐都坐勿牢哉啊？到底什么事还不与我快讲！”“小姐容禀。”

（唱）小姐呀，我们奉你之命花园进，
听到百花台上有哭声！
走上百花台看灵清，
哀哀啼哭有个人，
原来是扬州李小家人。

我们盘根掘底问原因，
小姐呀，你道扬州李是何人？
原来是你日盼夜等的心上人。
所有真情都讲明，
是二月十九起祸根。
老爷帖子下到扬州城，
姑爷同总管伯伯两个人，
路上苦头吃伤心，
死里逃生，二月廿九到绍兴，
莫府里头来投亲。
怪老爷欺贫爱富要赖婚姻，
不把翁婿来相认，
硬要他离婚退书盖手印。
姑爷坚决不答应，
莫兴莫旺小家人，
麻绳吊牢要谋命。
老总管打抱不平，
被他们柴间里头来关进。
姑爷他为了相救总管命，
答应了离婚退书上盖手印。
老爷不肯让他回家转，
硬要他留在莫府门，
移名换姓扬州李做家人，
若话他再不答应，
当场要谋他的命。
姑爷是聪明不吃眼前亏，
答应了移名换姓做家人。
如今百花台高头孤零零，

今朝叫我们带口信。
他说道，若话你小姐有感情，
百花台上去相认。
他有话同你吐心声，
死了口眼可闭紧。
小姐呀，若话你同姑爷不相认，
他说世上也不要做人，
小姐你赶快下决定。

二小姐听到这几句话，急得坐着的人立起来哉："李郎！"可怜急得脸孔白，眼睛定起，拳头捏牢，这真当急煞哉！旁边头两个丫头也吓煞哉。"小姐喂！是对你讲，要坐牢[①]坐牢，怎么跌倒了呢？小姐醒来！小姐你心肝要灵清的呀！"

（唱）听到旁边有呼唤，
二小姐三口大气来透转。
爹爹，爹爹啊！
一听消息吃一惊，
好比雷公轰头顶。
爹爹呀你害我李郎受苦辛，
好比钢刀刺我心。
李郎啊你百花台上把我等，
你可知夫妻相会难答应？
若是我抛头露面夫妻认，
爹爹知道要害你命。
若是夫妻不相认，
认为父女同样心。

① 绍兴方言，在此意为"坐稳"。

倘若你三长两短命归阴，
我一生一世要悔煞人。

“李郎啊！”乃么小姐要哭煞。旁边头的春花丫头在给她想办法了。“小姐喂，你如果真想与李文进相会，办法我有哒，喏，叫荷花妹妹衣裳脱落来，你打扮荷花妹妹，我给你领得去，到百花台上与你李郎相会。如果姑爷问你，你是啥人，你就说我是二小姐的丫头，他要是说小姐为啥不来看我，你要回答他的话，现在肚皮里都要盘算好哉咯，大概意思么就说以后会来看你的，以后会来救你的。你只要‘以后以后’后下去，姑爷一定会安心下来，那你也可放心哉。”

二小姐一听，她说：“春花，这个办法蛮好，我就梳妆打扮丫鬟。”一身打扮好，二小姐吩咐丫头：“春花你前面带路。”“小姐喂，跟我来。”

（唱）丫头前面把路领，
小姐她手扶栏杆下楼行。
移动莲步来动身，
花园里头来走进。
百花台旁边已相近，
小姐突然怕难为情。

老辈手里的大姑娘是难做咯，百花台旁边到了立牢哉，脸孔上面一阵红一阵青，勿敢近身李文进。要晓得封建社会里啊，如果大姑娘同小倌人偷偷去相会啦，被别人看见拆牌子咯，要被他们说骨头轻。不是我们现在的大姑娘，现在的大姑娘做人真是幸福，想见心上人只要一个电话够哉。今朝这位二小姐，脸孔上面一阵红带一阵青。旁边丫头人急煞哉：“小姐喂，你要紧关头半路里断橹子哉啊？这个辰光不好怕难为情哉，难为情‘啪’地拿过来袋里藏进咚么，难为情没有哉。来，我给你推上去。”

“嗯！”背脊里“啪”一把托牢，二小姐刚刚好，叫顺水推舟脚跨起来蛮轻松哉。乃么一档、两档，第三次又要推哉么，“春花，我难为情煞哉，你不用推哉，我自己会走的”。“小姐喂，自己会走还有啥话呢，胆大放心去说好哉，有啥情况，由我给你看着。”

乃么二小姐含羞带愧，走到百花台高头。勿晓得李文进抬头一看，喏，又来了一位大姐，“噢，你这位大姐，你家小姐为什么不来见我？”

（唱）姑爷呀，小姐她听说你姑爷受苦辛，
躺到眠床生毛病，
叫我特地来带口信，
她说道，都怪老爷不该应，
小姐虽然是老爷生，
同老爷却是两条心。
她说道，请姑爷安安心心受苦辛，
一定会有机会救你命。
还有言语讲灵清，
与你三岁定过亲，
活着就是你李家的人，
死了就是你李家魂。
二小姐她隐瞒身份谈真心，
要命要命真要命，
泼天大祸要到来临。
花园外头走进一个人，
是大小姐这把扫帚星，
要往那百花台旁边来走进。
春花丫头吓煞人，
花堆里头来躲进。
大小姐百花台下来站定，
听到百花台上有谈讲声。

“噫吔，谁在说话？怎么喉气[①]有介熟悉的呢？”仔细一看，“啊，是我阿妹。阿妹啊阿妹，今朝你同扬州李糯米糕贴牢哒哉[②]。还说活着李家人，死了李家鬼。以后要来救他的命。好啊，阿妹，你只有十八岁来噢！对，我告诉阿爸爹去”。

（唱）阿爸爹里要是非搬，
唱个头表个情。
可怜春花丫头急煞人，
连忙三脚两步上百花台，
同二小姐话灵清。

“小姐，不好了，祸祟闯大了。”

春花你这茶婆怎么好叫她小姐的呢？她是打扮丫头咚呀！二小姐人都气煞，心想“春花呀春花，打扮丫头是你给我想的办法，现在跟未婚丈夫在讲心里话，要紧关头你出我洋相，存心要让我小姐难为情，要骂你几句哒嘞！”二小姐眼睛一弹，袖口一甩，准备要骂春花，勿晓得看到春花丫头，脸孔洁洁白、嘴唇发紫、气头有介急，想你怎啥哉，你看我，我看你，大家都不懂哉。勿晓得旁边李文进也弄不懂哉，李文进仍旧勿当这位是小姐，他认为是丫头，现在春花丫头气头介急逃上百花台，来说“小姐不好了”，还道“小姐为了我这个人，莫非在房间里寻死上吊哉？我的命怎么有这样苦呢？”

“小姐，小姐喂！”李文进伤心大哭。你还哭小姐哉，二小姐也弄勿懂哉，她见到李文进在哭小姐，还以为被识破哉，想想我也不瞒了，索性大家认得认算哉。二小姐悲伤的眼泪，像断线的珍珠掉下来。

“李郎。”二小姐一声李郎，李文进呆若木鸡，不过，到底是聪明人，想一定是二小姐打扮丫头来与他相会，乃么一步上前：“小姐喂。”

（唱）李郎啊，都怪爹爹不该应，

---

① 喉气：绍兴方言，指人说话的口音、嗓音等。
② 糯米糕贴牢哒哉：绍兴方言，意为“像糯米糕一样贴得紧紧的了”。

害你李郎受苦辛。
不由我小姐痛在心，
李郎啊，你安安心心受点苦，
我一定会救你逃出门。

我们这户人家有规定，到三月月半我爹同我娘、阿哥阿姐还有家人，都要出门到西郭门外花神庙去烧香敬神。

（唱）三月月半到来临，
我会假装生毛病。
等到那爹爹姆嬷阿哥阿姐，
家人门丁都出门，
你百花台上把我等，
我给你路费雪花银，
我来救你逃性命。

小姐呀，我总道奸人生就奸人女，
才知道黄沙里头有黄金。
三月月半百花台上把你等，
你定要救我苦命人。

“小姐喂！”“李郎啊！”两个人越话越亲热，慢慢较挨拢去哉。旁边头春花丫头吓煞哉，噫吔，怎么办呢？像糯米糕贴拢去还揭勿开哉，这头大小姐已经告诉老爷去哉，如果老爷到来，茶神巴掌大家都要吃煞的。

“小姐喂，你们不要哭哉，祸祟要闯大哉，你们说话的辰光，大小姐路过百花台，听得非常清爽，她告诉老爷去哉。”“啊，告诉爹爹去了？那还了得！李郎你要多多保重，我要回房去了，三月月半小姐我百花台高头等你。”

（唱）夫妻哭别百花台，

唱个头表个情，
回文转来唱啥人？
再唱大小姐莫玉英，
大厅高头把爹寻。
这几天莫老爷外头办事情，
屋里头无踪影。

她爹外头办事情去哉，大小姐气啊！“阿爸爹家里不在，我这张嘴巴关闭不大有咯，这桩事体给我晓得，哪怕嘴巴里不话，屁眼里也熬不牢要放的。好咯，我等哒，我们这户人家有规矩作下，年年三月月半要到西郭门外花神庙拜菩萨烧香去咯，到时阿爸爹回来的话，这桩事体我定要同他说得灵灵清清。”

（唱）大小姐嘴巴翘起记在心，
唱个头再表灵清。
三月月半到来临，
莫老爷急急忙忙回家门。
家人门丁叫一声，
备好轿子有数乘，
到西郭门外花神庙拜神明。

莫老爷因为年纪轻的辰光，在西郭门外花神庙里有个愿心许过。因为花神庙里，年年三月月半要做戏文，莫老爷在看戏文的辰光，庙里头菩萨里许愿心，说只要菩萨有灵，管得我莫贵今后有出山之日，我年年三月月半，重重拜谢花神庙里的菩萨，要点满堂红的蜡烛。因为今朝是三月月半，所以一回来，就备八人大轿一坐，由莫兴、莫旺前面带路，众家员，女的坐船、男的步行，直往花神庙而去。“嗨左，嗨左！嘀嗨，哎嘀！”头一乘轿是莫老爷，第二乘是莫老夫人。轿后是两位少爷还有金先生，他们各骑一匹马出门。

（唱）所有人马都出门，

唱个头表个情，
二小姐房间里头忙煞人。
翻箱倒橱[①]寻了寻，
值铜钿的东西带在身，
包裹包得紧层层。
手捧包裹落楼行，
花园里头来走进，
要救李郎逃性命。

李文进老早项颈都等长哉，一看二小姐果然来了，连忙逃落百花台。“小姐。”“李郎，把包囊背好，同我来。”打开了后花园的门。“李郎，你快走。”“啊，你叫我走，那你留在绍兴，等到你爹爹回家来，你要为我难做人的。”

（唱）李郎啊，只要你能逃性命，
我再受苦都高兴。
小姐呀，你对我情义有介深，
难道我是个薄情人？
若话你救我要难做人，
我情愿今朝不逃命，
宁可莫府里头做家人。

他站在莫府不肯行，
小姐推住他背脊心，
两个人难分难离难决定。
唱个头再表灵清，
要唱那西郭门外花神庙一段情。

① 翻箱倒橱：绍兴方言，同“翻箱倒柜”。

莫老爷同莫夫人，
两位少爷金先生，
蒲墩高头跪端正，
磕头跪拜拜花神。

今朝莫府来拜菩萨，大小姐嘴巴多一张，爹娘大人不开嘴，她先要紧说：“菩萨喂，你要多多保佑我大小姐，以后给我儿子生得多点。”

莫老爷听到这几句话，跪着的人立起来哉。“你这个贱人，这种话亏你讲得出来。大人不开嘴，你先要紧，好好好，你叫菩萨保佑你，省得我们来保佑。”

莫老爷一时之气，外头散步去哉。大小姐倒一点不气，阿爸爹后头跟出来：“阿爸喂，我的话都不要听哉，你越不要听，我越要说给你听，你可晓得今朝阿妹为啥不来？”“她不是有病吗？”“阿爸爹你真是‘头里卜卜拷，当块煨年糕’[①]，你多出外少在内，屋里的事体都在我肚皮里。那天我亲自看见我阿妹同扬州李在百花台高头像糯米糕似的贴牢夯。她还说活着是李家人，死了是李家鬼，以后有机会要救他的命。你看，今朝扬州李不是也不来吗？”“啊，有这等事？那还了得！莫兴、莫旺前面带路，与我开道回府。”

（唱）听此情由怒火生，
万丈怒火烧我心。
关门养虎虎伤人，
定要穷鬼一条命。

“快，抬轿得越快越好。”“老爷我们有数哉。”“嗨左，嗨左，嗨左！阿哥，我上气不接下气哉。”“阿弟，我是要挂氧气哒哉。如果再快起来，我们在报死哉。”

（唱）莫兴莫旺把路领，
北海桥边莫府门口已相近。

---

① 头里卜卜拷，当块煨年糕：绍兴方言俗语，意为“不知所措”“一头雾水”。

“报，老爷，来此已是莫府门首。”“停轿，下来下来。”几个家人吃力煞哉。“阿哥喂，我脱虚哒，明朝后日都看见哉。”“我要赖倒哉。”有几个坐的坐，有几个靠的靠。有几个直接用搭肩在扇裤裆。今朝莫老爷冲出八人大轿，来到大厅高头，拔出一把宝剑：“穷鬼呀穷鬼。”

（唱）今朝你性命定难存，
到处寻找无踪影。
花园里头来寻进，
抬起头要看灵清，
只见两个小畜生，
头碰头来靠近。
莫老爷，
眼睛凸出像铜铃，
胡须翘起像钢针，
手拿宝剑要杀人。
往李文进的旁边来走近，
手擎宝剑要谋命。
谁知道，
二小姐还在告诉李文进：
李郎呀，若你今日不逃命，
爹爹回来要逃不成。
我在受苦不要紧，
只要你做人有良心，
不要忘记我这个人。
若话你上京求功名，
今后如有高官做，
大红花轿到绍兴。
吹吹打打来娶亲，

我没有看错你这个人。
万一今后无官做，
没官做也不要紧，
只要夫妻情义深，
哪怕你讨饭我也跟，
吃口冷水都高兴。

“小姐呀，你对我情义越加深，叫我文进越走不起身了，小姐喂！”“李郎啊！”哭到后来真当抱牢哉。莫老爷个气啊！随手撩过去，把李文进前胸一把抓牢。“你好大的胆！”

啊，李文进好比晴天霹雳，大吃一惊！只看到老爷一把宝剑要戳过来哉么，“老爷，老爷饶命，老爷饶命。”“你还想饶命，你个畜生勾引我囡，男女授受不亲，败坏我家的门风，你伤风败俗，我岂肯饶你！”

呀呀呸！莫老爷拿起宝剑，对准女婿的肚皮里戳过去，勿晓得要紧关头莫老爷一把宝剑肚皮里戳不进去哉，为啥戳不进去呢？原来二小姐在帮忙，十八岁的大姑娘眼亮手快，看到爹爹的宝剑往老公肚皮里戳过去哉么，连忙随手撩过去把爹爹拿宝剑的胳膊捧牢。

“爹爹看在女儿的面上，饶饶我家的李郎，爹爹饶饶李郎！”“呸！你这个不要脸的贱人，还不与我放手。”“爹爹，女儿不能放手，女儿不能放手。如若爹爹一定要杀我李郎，我情愿断绝父女之情。”

十八岁的大姑娘人大胆大，马上把他爹的手捧牢，脉搏里嘴巴“啊呜”一口咬。

“啊，你咬哉？你，你咬哉啊？！”“我要咬，要咬到你手里宝剑放掉，我嘴巴也放开，宝剑不放，我今朝胳膊骨头都嚼你破[①]哉咯。”

乃么爹囡两人硬碰硬，他爹爹不放么，她要开始嚼哉啦，这十八岁大姑娘力道多少足，“叭吧叭吧”嚼起来么，她爹脉搏里皮都咬破，肌肉咬出，两根筋里

① 骨头都嚼你破：绍兴方言，意为“把你的骨头都嚼碎”。

嚼牢么，一只手麻掉哉啦，宝剑“卜隆咚”跌落地下。要么不放，放哉都放，莫老爷这只手派用场哉，对准他囡，拿起大手巴掌劈过去：“你个贱人！”“啪！”不够出气，下底蹦起一脚对准他囡的小肚皮里踢过去。二小姐还在喊：“李郎，你赶快走！”“小姐你多多保重，我不能管你了。救命，救命啊！”

李文进叫救命，莫老爷火上加油心崩顶。“你个穷鬼，今朝哪怕你是只麻雀，我决不让你飞出绍兴城里。莫兴、莫旺，拿檀树木棍过来。”“老爷我们来哉。”

这两个畜生来得巧，刚刚走出来么，“老爷，叫我们阿兴、阿旺有何事吩咐？”“追，将穷鬼当场拷死，给你们重重有赏。”

这么说来，扬州李拷死有赏钱拿哉。“阿旺喂。”“阿兴喂。”“我们着力些噢，我看这条弄堂走不出的，他扬州人绍兴的路陌生的，我前头三岔路口兜伊牢，你后头拦转来，像蟹钳钳实，我拷他前脑壳，你拷他后脑门，就这样拷煞算哉。”

（唱）可怜这位李文进来咚逃性命，
从小出生是扬州人，
陌生地方路难行。
莫兴莫旺两个人，
从小出生就是绍兴人，
越追越近，越追越近。
可怜这位李文进，
眼看就要难做人。

“阿旺喂，你追过来，我堵牢哒哉。”“阿兴，不要让他逃过噢，我拦过来哉。”两个贼坯一个堵一个拦，乃么要紧关头李文进只有喊救命：“救命，救命啊！”大路高头有匹马到哉。

（唱）李文进逃性命，
有匹快马到来临。
倷道骑马的是啥人？
马高头骑着就是金先生。

原来金先生在西郭门外花神庙，看到莫老爷菩萨没有拜好回去哉么，晓得莫府里一定有要紧事体哉。乃么爬上马高头也急忙回来看看情况。勿晓得半路高头听到有人口喊救命，抬头一看么，喊救命的不是别人，就是李文进。又看见莫兴、莫旺手拿木棍要谋杀李文进。金先生想想，“文进啊文进啊，今朝我先生不救，还有何人相救？”乃么金先生快马加鞭，对准莫兴、莫旺冲过去。驾！吁——

（唱）马不停蹄快如飞，
莫兴莫旺要逃性命。
金先生，李文进的旁边已相近，
快马勒缰要救文进。
将文进拉到马背上，
莫兴莫旺怒气生。

“金先生，你今朝同我们唱对头戏啊？也给你死了算哉！”拿起一根木棍对准金先生，眼睛闭拢，呼天呼地拷下去。“啪！”眼睛闭着拷，马在动的呀，这辰光刚好一匹马头调过来，“啪！”一木棍拷在马的屁股板里。这匹马屁股瓣抖了抖之后，反而越加快哉，还追得牢啥西——！

（唱）要紧关头到来临，
莫兴莫旺两个人，
听到老爷叫连声。

“莫兴、莫旺喂，火着哉，赶快回转来，救火要紧。”这辰光莫兴、莫旺抬头一看，看到莫府里火光焰焰。“啊！真的不好啦，阿旺喂，阿兴喂，赶快回去，救火要紧。”

（唱）莫兴莫旺回转身，
百花台烧得变灰尘。
原来是小姐为相救李文进，
只好火烧百花台，

好让文进逃性命。
莫老爷气煞人，
脉搏里咬得血淋淋，
百花台又见化灰尘，
穷鬼逃走无踪影。
叫莫兴莫旺两个人，
麻绳吊牢二贱人，
梧桐树里来绑紧。

乃么二小姐梧桐树里吊起来，莫老爷人都气煞："你这个贱人，你敢放火，要活活地气我煞啊？我今朝譬如你这个囡不生。来，莫兴、莫旺，再另拿麻绳一根，我要把贱人勒死为止。""老爷我们有数哉。"

莫兴、莫旺去拿麻绳暂且不讲，莫老夫人回家来哉，老夫人得知这个消息，跌煞绊倒赶回来，两个儿子把娘扶牢，"姆嬷你慢慢走，姆嬷喂！"

莫老夫人来到花园，对莫贵说："老爷，虽然阿囡事体做错，要打要骂随便你，你千万不要给她死。老爷喂，老夫老妻的面孔，你总要买些咚咯呀！"

这辰光莫老爷火心奔顶的辰光，任何人讲情都无济于事。"呸！你个老贱人，都要怪你平时教育不严、娇生惯养。你看，她不但咬我一口，还敢火烧百花台相救穷鬼。败坏我家的门风，我岂肯饶她？你还不与我滚！"

二小姐吊在梧桐树高头听到娘来讲情，心想，"娘为了我听爹爹的骂声。今朝看来我总要死哉咯，我临死之前要同娘好端端话几句再走"。

"母亲。""阿囡，可怜姆嬷些肉喂[①]！肉啊，肉啊！"

（唱）阿囡呀！
你有一副好心肠，
自己却要丧性命。

---

① 可怜姆嬷些肉喂：绍兴方言，意为"可怜妈妈（我）的这点心头肉啊"。

姆嬷呀！
若话阿囡丧了命，
你保重身体顶要紧。
阿囡做了不孝女，
难报你十八年养育恩。
等来世我做牛做马用尽心，
再来报娘亲的养育恩。
姆嬷呀！
你不要为我太伤心，
譬如我三岁四岁得重病，
譬如我五岁六岁早丧命。
若话我们娘囡再相会，
只有在半夜梦三更。
阿囡呀！
是娘生总痛娘心，
白头送黑头更痛碎心。
可怜娘囡哭伤心，
两个阿哥也泪淋淋。

“阿妹，妹妹喂，你有啥个话都同我们说，你有啥个事体都向我们交代。”

（唱）兄长呀！
若话我妹妹丧性命，
倷照顾娘亲顶要紧。
哥哥呀！
我幼年辰光许了亲，
许给扬州李文进。
我活着就是李家的人，

死了就是李家魂。
若话我妹妹命归阴，
今后李郎回绍兴，
倷要像妹夫来相认。
请你们在李郎面前讲灵清，
就说我已经丧了命，
只要李郎有良心，
不要忘记我这个人。
有年有节要叫我声，
三月清明上我坟，
坟头要给我黄土淋。

“妹妹呀，你所有事体都放心，我都会说的。”“兄长！”“妹妹喂！”“哥哥啊！”

（唱）一家人家哭声声，
莫老爷火上加油怒气生。

“啪！”拔出一把宝剑：“你们再哭，我都让你们统统死掉。”

平常莫老爷家规重不过，两个儿子非常怕他。看到爹爹的一把宝剑要乱戳哉，连忙把娘扶牢：“姆嬷，姆嬷喂，我们走！姆嬷喂，这一歇爹爹发茶哉，乱头戳哉，姆嬷我们快走。”两兄弟把娘扶出花园外头，莫老爷随手把花园门“砰！”关紧，直笃门闩拄牢。

“莫兴、莫旺，你们另拿麻绳一根，当中打个抽过结，在二小姐的项颈里套进去。”

莫老爷这种人硬勿过，说一不准二，所以不管似花如玉的亲生囡，今朝一定要给她死哉。“莫兴、莫旺，你们赶快动手。”

乃么两个人一根麻绳抽过结打好，小姐的项颈套进。两人各拉一根绳头，肩胛里背上，莫兴在动脑筋哉。

“阿旺喂，我只好自己有数格，绳头不要拉紧噢，拉紧小姐当即气没有哉，小姐平常待我们不错，老酒钿憋牢[①]的辰光，去跟她说，每次不给我们倒霉，她的老酒我们喝了不少，今朝我们只有脸孔卖些咚。”“阿兴喂，照你说来，绳么背牢不要拉紧，噢，脚么踮起来，偶大家试试看。”

这两个家人脚用力在跺，一根绳甩甩甩甩在甩，莫老爷头别转听了听，嗯，这两个畜生跺得这样着力，地下都要让你们跺破哉，小姐的项颈骨头好拉出咚哉。勿晓得抬头一望，啊，你们两个畜生在骗我！一根绳甩甩甩甩，乃么人气煞哉，对准莫旺马上一个巴掌拷过去。“你个畜生好大的胆！”

“啪！”莫旺惹晦气，煞手[②]吃得个巴掌。“老爷喂，不是我话出来咯，是阿兴话咯。”“莫兴你敢如此大胆。”对准莫兴也要大手巴掌劈过去。因为莫兴从小生得聪明不过，连吃巴掌他都研究过的，一看老爷要打他巴掌，连忙说：“老爷，慢慢较，让我准备工作做做好。”“啥呀，我打你巴掌要做准备工作咯？”“对，有句话叫‘打几揉揉’[③]，揉要我自己揉咯，所以要做准备工作。”“你这畜生，再扯开去，连你们两人也一道吊死。”阿旺说：“阿兴喂，如果再不吊小姐，自己的命都要保不住哉。”

乃么今朝莫兴、莫旺在莫老爷宝剑威逼之下，各一根绳头再重新一背，霎时一把拉，二小姐一霎时脸孔洁白，嘴唇发紫，拳头捏实，神志不清。莫老爷抬头看了看，“好，差不多哉，死掉算哉，贱人不忠不孝，好比死只狗，今朝绝对不让她过夜。莫兴莫旺，把麻绳放下，小姐的尸体门板里暂时挺一挺，去买口棺材，今朝你们两个人抬到龙山高头，庞公池背后随便葬葬掉算了。”“老爷喂，我们有数哉。”

（唱）莫兴莫旺一口棺材来买进，
　　　莫老夫人哭伤心。
　　　莫兴莫旺叫一声：

---

① 憋牢：绍兴方言，指遇到难处、卡住。
② 煞手：绍兴方言中的程度副词，用来形容厉害。
③ 打几揉揉：绍兴方言，即“打一下揉一揉，比喻给一点惩罚又给一点好处”。

小姐她年纪轻轻命归阴，
来到世上也算做场人。
倷房间里头去寻一寻，
小姐在时欢喜穿欢喜戴，
东西都给我理端正。
给她戴个头穿个身，
棺材里头都摆进。
莫旺莫兴在后头跟，
莫老夫人哭声声：
阿囡呀，
你好了良心丧了命，
叫我娘亲如何做人？

莫老夫人盘算给死掉的囡报仇，见莫兴、莫旺后面跟着，心想，“你们两个畜生，小姐死掉你们也有份的呀！今朝另外没有办法，鼻头涕给你们吃几把哒嘞！”夫人一捏鼻头一把甩，两个家人吃着花头。

“哎呀，夫人喂，你鼻头涕怎么巴掌里乱甩甩哉呢，咸滋滋我受勿了哉。”

乃么走进房间里，翻箱倒柜一寻，东西是不少。原来二小姐十八岁早有准备，老早有数李郎家遭回禄，家道贫穷，爹爹姆嬷他们人家大不过，金银珠宝堆积如山，哪怕多拿点，大脚膀里搔痒，不大觉得出。今朝翻箱倒柜翻了出来，要给小姐戴一头穿一身，全部都给她拿得去。要晓得，小姐怎么样一身打扮呢？

（唱）二小姐一身打扮像活人。
前头梳起前干丝[1]，
再要梳起双剪发，
还要再折起盘龙印。

---

① 前干丝：绍兴方言，指刘海。

前头戴起双金花，
插起鸾凤八宝钗，
戴起双金钗，
还要再戴起双珠凤。
头顶心梳起万花楼，
插进一支碧玉簪。
耳朵戴起玉连环，
项颈挂起龙凤锁。
内面穿起白罗衫，
外头穿起有九件衣。
再套起珍珠网袍衫，
胸前别起玉蜻蜓。
手腕里戴起双玉结，
手指头里戴起梅花戒。
左手捏牢小巧玲珑的珍珠塔，
右手给拿一把沉香扇。
扇的高头有花头，
一半边画着双阳公主追狄青，
狄青逃走丧良心。
一半边画着双鸳鸯，
扇柄下面有流苏头，
流苏头里挂起香蝴蝶。
腰里系起香罗带，
右边挂起桂玉带，
左边别起是碧玉带，
文武香球戴一戴。
下身穿起百褶裙，
百褶裙高头有花头，

前头画着两只狮子捧绣球。
脚里穿起绿绣鞋，
鞋帮高头有花头，
鞋头绣出一只虎，
鞋帮里绣出一条龙，
叫哑子开口龙虎斗，
通本就叫前后斗。
脚膀里戴起葵龙镯，
一双小脚像红菱，
量量不过只有毛三寸，
这三寸金莲目叫作双金莲。
从头打扮足后跟，
好像是七仙女来下凡尘。
今朝要绫罗绸缎簇簇新，
金银首饰亮晶晶，
值铜钿的东西给她都摆进。
小姐是棺材里头来盛进，
莫兴莫旺棺材盖要盖把紧，
各人都有各人心。

莫旺这人个头倒大，胆子来得个小，想小姐打扮得这样漂亮，有句话，年轻人死掉蛮灵咯，恐怕夜头回来要讨命，今朝棺材盖里钉头多钉几枚咚。夜头让她爬不出来为止。棺材盖里几枚长钉头用力钉下去。莫兴看了看，这死哉，这小娘生个茶子，这许多钉头钉下去，我夜头撬不开哉呢！刚才给小姐打扮的辰光，我老早想好了的呀！今朝日里多给她拿些去，夜头棺材撬开我好多拿些出来，以后吃老酒还用愁来啊？喏，还要钉下去来，莫兴想，“夜头撬还是日里撬？为了夜头稍微便当些，我日里早些做好准备工作”。乃么莫旺钉下去的长钉莫兴在撬开来。莫旺钉了一歇，看了看，“噫吔，阿兴，这口棺材各异咯！喏，怎么我后头钉牢，前头搁开哉呢？”“阿旺，小姐灵不过，自己推起来咯。”“噫吔，介慌咯。让你说起来我全身二万五千根汗毛都陡起来哉。阿兴喂，我看一来趁早，二来趁饱，等歇天暗下来我不敢抬哉。反正承包哉咯，另外帮手没有哉咯，来，我们早些龙山高头庞公池背后随便葬葬掉算哉。”“好，阿旺喂，你前头我后头，来！我们先麻绳吊好。”乃么棺材前头一根绳里，棺材杠通进咚。莫兴连抬棺材都有好办法，为了自己轻松嗦，把棺材杠往后一把拖，后头老老长一托[①]，前头蛮蛮短的一截。莫旺木肤肤[②]是不大觉得出。

“来，阿兴我们抬哉，哎哟，阿兴喂，怎么棺材头背牢哉呢？”“阿旺，打前冲锋是要背把牢咯。”“好，我背把牢抬起来稳。我们着力些，阿兴，这口棺材怎么有介重？”“你个茶婆啦儿子，呒爹娘教训，抬棺材叫重叫不得的，你越叫重它越重，腰骨折掉没有地方去看咯。”“那老早好同我话哉，没有抬过是不知道的呀。照你说来要叫轻的，大家叫轻，棺材介轻咯，这口棺材怎么有介轻咯？”

（唱）摇摇摆摆来动身，
抬到龙山高头登。
庞公池后头看灵清，
一块平地高头登，
一口棺材停一停。

“阿兴喂，这地方有些平实哒，给她掼掼掉算哉。来，下来下来。歇落是轻，菩萨是灵。阿兴，抬上来我前头，回去我也前头，后头我怕慌，不敢走。”“啥西啊？你这茶主想走哉啊？棺材掼哒，坟不给她做好，偶先头走，她后头跟来怎么办？”“噫吔，那你是要跟我说的呀，我不知道的呀！来来来，做坟做坟！”

乃么两个人把石头搬过来，贪图便当些，棺材旁边像围墙似的叠了叠。“阿兴，坟有些像样哉，我要走了。”“你又要走哉啊？”“我后头不敢走啦，后头要跟牢的呀。”

---

① 一托：绍兴方言，即“一截、一段、一把”。
② 木肤肤：绍兴方言，形容迟钝。

莫兴心里想，“你个小娘啦儿子，你里要跟牢，难道我里不会跟牢的呀？你想做人难道我人不想做啊？哼！你想走前头，偏偏给你走后头”。

“阿旺，走之前要棺材头里拜过咯，如果不拜过，哎，夜头要寻着你咯。”“噫吔，姆嬷喂啦，我先拜我先拜，我拜过再给你拜。”

因为气力是阿旺大，他把莫兴推开，自己先拜，莫兴心里想，“那你拜咚，我比你先走”。

（唱）阿旺是苶乎大痴不知情，
对着坟头拜端正。

小姐呀，
你头一[①]头一要有灵圣，
今朝我给你来做坟，
我把你抬到山高顶。
你夜头如果回家门，
不可寻着我阿旺人。
你要寻去把你老爷寻，
都是老爷害你命。

“你慢慢来哒，我多拜几拜大家退过。阿兴你拜哉。”回转身一看，喏，阿兴人呢？噫吔，在山脚里哉喏！有你个小娘啦儿子，快点逃哇！

（唱）暂不唱莫兴莫旺两个人，
再唱这位金先生，
他同文进逃性命，
逃出偏门到湖南岸，
金先生的屋里头来走进。

① 头一：绍兴方言，意为“一定，最重要的是”。

李文进脚踝头跪在地高头，
先生呀，
幸亏你今朝救我命，
否则我老早命难存。
还有桩事体我不放心，
小姐为救我条命，
现在一定是难做人。

文进啊，
你在我屋里来躲进，
小姐的情况我去打听。

乃么李文进金先生屋里躲起来，金先生要到绍兴城里去打听小姐的消息。

（唱）日落西山黄昏近，
唱个头再表灵清。
再唱那莫兴莫旺两个人，
一张眠床调头困。
莫旺脑子有介笨，
困落当即有眠鼾声。

因为莫旺个头大，脑子不太肯多动。困到眠床么，当即“呼啊呼啊”，像一只肉猪杀倒咯，一些勿接头哉。

（唱）莫兴是脑髓有介灵，
翻来复去不想困，
想小姐的棺材里，
值铜钿的东西多得很。
金银首饰都戴好，

绫罗绸缎套套新，
若话我夜头把棺材撬，
这种东西拿它光，
今生今世日日老酒放心饮。

乃么困勿牢哉，眠床里坐起来在叫莫旺："阿旺阿旺，阿旺阿旺！"叫得两声，阿旺反而往棉被下底钻落去哉。

"阿旺，阿旺。"莫兴脚蹬起来么，阿旺一个跟斗坐起来哉。

"阿兴喂，难道小姐来哉啊？""阿旺，你少叫几句哦，小姐年纪轻耳朵蛮蛮亮咯，两声叫落，伊到哉噢！""那你叫我弄啥呀？""你爬起来，今朝大家夜头发财去哉。""发财？大概你要发茶咚哉。""标标准准的发财，阿旺，老年人老话，'若要富走险路'呀！喏，二小姐棺材里东西有这许多带得去，今朝如果棺材撬开东西拿出来，明朝老酒缸里可洗浴哉噢。""嗬也，阿兴喂，这个老酒吃不得咯。你说小姐年纪轻蛮蛮灵，她的东西拿来，换老酒吃过肚皮要痛煞咯。""阿旺，蛮蛮灵咯啦，今朝我叫你去，以后老酒吃过肚皮痛哉，肯定都是我痛咯，你不会痛咯。""啥呀？噢，是你叫我去，以后老酒吃过都是你痛。只要我不痛么，我就去。"

话起吃老酒，喉咙翻跟斗。乃么两个人爬起，衣裳裤鞋全部穿好。"阿旺，今朝夜头撬棺材要保密噢，如果让老爷晓得我是犯法咯噢。""噢，有数哉。"

（唱）阿兴阿旺两个头，
摸黑往后门偷偷走。
往龙山高头走一走，
为吃老酒没有话头。
夜深人静人发抖，
一路望来一路走。
移步来到了山高头，
摸着坟头就动手。

"阿兴，一座坟在这儿呢！""阿旺，石头全部搬开再话。"乃么两个人把石头全部搬开。

“阿兴喂，夜头我棺材不敢碰哉咯，我人已经在发抖哉。”“好，阿旺，不碰就不碰，来，你先给我拣一块尖一点的石头拿过来。”“阿兴，有块来哒哉，喏，这块石头有些尖咚。”“你捏牢，先给我这个头里敲起来。”

则实在莫兴是叫莫旺棺材头里敲起来，勿晓得莫旺这个人蛮蛮木咯，说得蛮蛮清爽都要打折扣咯，稍微说得不清点他是不接头哉。他还以为撬棺材要阿兴的头里拷[1]过才好撬。

“阿兴，是你说头里先敲起来啊？”“对，头里。”“那我来哉噢。”

伊道拿起一块尖角石头对准莫兴的头，“嘭！”拷过去，“啊哟哟！你个茶婆啦儿子，要谋我死哉啊，怎么敲我的头哉呢？”“喏，我又没有拷错呀，是你自己说先给你头里拷起来。”“我叫你拷我的头啊？我是叫你敲棺材头呀！[2]”“你又没有说是棺材头，你说是先给你头里拷起来，我还以为是你的头。”“好哉好哉。”

莫兴自己着力，拿着一块石头，这头“吞吞吞”，那头“当当当”，一歇工夫四面敲转来，棺材盖被他敲得松喷喷哉。

“阿旺喂，来，对不住，你帮得手咚。棺材盖给我掀开。”“嗯，阿兴，我棺材前头不要掀，我要掀后头。如果前头掀开来，小姐手伸出来要被她扯牢咯。”“你个小娘啦儿子，说话不要话光啦，你给我剩句把咚也不要紧。被你说起来，我都汗毛凛凛哒哉。来来来，对不住，帮手咚。”

两个人把棺材盖头掀开，“卜隆咚！”再把棺材推倒，二小姐扑出外头。阿旺抖起来哉。“噫吔，介慌格，阿兴喂，晓得介慌，我还不如不来，我宁可老酒不吃算哉。我全身冷煞哉，我来哒抖哉。”“阿旺，你真当抖哉的话，你只要这个地方不看，看另外地方，叫‘眼不见为净’，人会热起来咯。”“哦，我是不要看哉，我越看越慌哉，我宁可看另外地方，你快些噢。”

莫兴心里想：“别人家茶来茶得过，你这人茶来只有吃污啦。现在如果换了

---

① 拷：在绍兴方言中，“敲”“拷”同音且意思相近，但“拷”有“殴打”意，在此“敲”“拷”形成科诨。

② 本句中，“拷”和“敲”在绍兴方言中同音，且意义相同，均为“敲、打”，但“拷”侧重“殴打”，“敲”侧重“击打”。

别个人，值铜钿的东西夺都来勿及。实介个阿旺也少欠少有。今朝被我扑牢哉，等歇好的东西我都独得。”莫兴从二小姐的头底心一直要摸到脚后跟。值钱的金银首饰袋里藏好，再用带子袋口吊实。再一想么，阿旺这茶死尸现在胆子蛮小，回到屋里气力蛮大哉。伊话金银珠宝大家分，我不是白辛苦哉？对，这茶主啥东西值钱伊勿接头咯，伊讲堆头咯。不错，我把小姐的衣裳剥下来都给他，就说这绫罗绸缎很值钱的。乃么莫兴把二小姐抱起来，棺材盖上面给她困咚，把小姐上身纽扣全部解开，棺材盖里给她坐了起来，身子在自己的脚踝头靠靠，上身衣裳件打件[①]全部都剥光。哎，有衣裳，裤没有不对，都配套咚的呀，也不难为裤哉噢！又把小姐困倒去，裤带解散，脚掩起来，长脚裤剥下。就在这辰光，阿旺说：“阿兴喂，勿对哉呢，我看下底有人来哉。”“啊，有人来哉呀？如果被他们看见要坐牢监去咯！”

乃么衣裳一捧，大家赶快逃——

（唱）莫兴莫旺逃性命，
山下上来一个人。
你们道来的是啥人？
原来就是李文进。
文进怎么会到山高头？
待我慢慢讲灵清。

因为金先生把二小姐的情况打听好之后，要关照文进：“文进啊，二小姐为了救你火烧百花台，莫老爷一时之气把小姐用麻绳勒死，葬在龙山之上庞公池背后。文进，看来你也要暂时避一避，你今朝天亮以前，一定要离开绍兴。如果被莫府里晓得，你要羊落虎口的。”

（唱）李文进听到此噩信，
好比是晴天劈雷轰头顶。

① 件打件：绍兴方言，意为“一件连着一件，每一件”。

三跪三拜告别了金先生，
打算离开绍兴上京城。
一路上来到龙山庞公池背后：
我要见见小姐哭几声。
文进他一把眼泪痛伤心，
见小姐困在棺盖上，
呼天喊地哭连声！
小姐呀，你为我文进丧了命，
想当初，百花台上来相会，
你说我们三岁定过亲，
在世就是李家的人，
死后就是李家魂。
你叫我三月十五逃性命，
想不到你为了救我丧了命。
你对我情义有介深，
我文进不是薄情人。
今日我双膝跪地在你眼面前，
我朝天立过大愿心。
若是我今后有出山日，
今世不配二夫人，
也要为你一世守节做光棍，
表表我对你的一片心。
小姐呀，千怪万怪都怪你父亲丧良心，
棒打鸳鸯两边分，
害得我美满姻缘，
美满姻缘化尘灰。
你龙山之上把我等，
我咬口牙根求功名。

若是我今后有功名成，
我定要给你小姐报仇恨。
眼看天色快要明，
我绍兴不能多留停。
倘若被你爹爹得知情，
我羊落虎口要命难存。
小姐呀，你赤身露体外面挺？
叫我如何走得起身。

一直到天亮快，李文进恐怕莫府要来寻着他，就把小姐抱进了这口棺材，把自身高头一件衣裳脱落来，随手给小姐盖上。

“小姐，这衣服给你暂时遮遮羞，请你多多原谅，我要走了。”李文进脱落来的这件衣裳不是他自己的，记性好的观众朋友都有数，这件衣裳是李文进自从扬州往绍兴莫府投亲，来到杭州钱塘凉亭碰到强盗，自己的衣裳被强盗剥光，赤身露体难往绍兴，在凉亭里高挂悬梁上吊格辰光，有一位天官大人路过凉亭相救了文进，就送他这件背披。今朝李文进把天官大人送给他的这件背披，往小姐人高头一盖，可怜急急忙忙逃下龙山，要去上京赴考。

（唱）李文进上京求功名，
唱个头再表一情。
不唱文进去上京，
回文转来唱啥人？
要唱杭州清河坊，
吴节风天官老大人。
夫妻双双来绍兴，
香炉峰去拜观音。
今朝船舟要往绍兴，
偏门高桥来摇进。

前面是绍兴城河到来临，
天官老大人，
蒙早天亮爬起身，
船头上来站定。
看着绍兴的好风景。
前面龙山已相近，
霎时间东边天空起乌云，
西边天空动雷声，
大雨倾盆当头淋。

曾经救过李文进的杭州清河坊吴节风天官老爷，今朝夫妻双双身坐烧香船，来绍兴香炉峰拜观音菩萨。谁知到绍兴龙山旁边，天气突变大雨倾盆，风大雨猛船舟难行。乃么天官大人叫声水伙手，说风大雨猛舟难以前进，在龙山旁边暂时停停。待雨停放晴再说。现在是农历三月里，早上下的阵头雨，来来也快，停停也快。一霎时大雨停止，一爿天像洗过似的清爽。乃么天官大人重新走上了船头抬头一看。

（唱）万里无云好青天，
山清水秀的好绍兴。
再往龙山看灵清，
听到有人在喊救命！
天官老爷吃一惊，
山上有人喊救命，
不知出了啥事情？
忙命家人探真情。
几个家人移步来到龙山顶。

几个家人仔细一看，吓得连忙逃命。要晓得在喊救命的到底是谁？原来就是这位二小姐。格么二小姐怎么会活转来咯呢？说出来有科学根据的。因为被莫兴、莫旺项颈掐牢工夫不多，刚刚上身断气下身断气肚皮眼还有口气格辰光，莫老爷就叫他们把麻绳放松，买口棺材把二小姐盛进里头，抬到绍兴龙山高头随便葬葬掉算哉。勿晓得莫兴、莫旺贪图懒惰，泥土都没有挖一挖，一口棺材平地里摆摆咚，旁边头用石头叠围墙似的叠得叠起，棺材里头空气蛮足，再加上当夜头莫兴、莫旺把这座坟石全部搬开，棺材撬开，小姐“卜落笃”滚出外头，这位莫兴剥小姐衣裳的辰光，也等于给她做人工呼吸。刚刚一口气回上来的辰光，勿晓得山下底李文进上来哉。则莫兴、莫旺衣裳拿拿对付逃命。可怜李文进来到小姐面前一场号啕大哭。小姐隐隐约约听到有人在哭，但是好比做慌梦一样，醒不转来的辰光天已经亮哉。李文进恐怕被莫府里晓得，自己性命也要难保，随手把小姐抱进棺材，衣裳给她随便盖盖牢，可怜心急呼啦逃下龙山上京赴考。这辰光下起倾盆大雨，二小姐被大雨淋醒哉，头发被莫兴已经扯得披头散发，脸孔上面的胭脂花粉被大雨淋得血出污拉，穿的是李文进给她盖上的一件男人背披，棺材旁边立哒咚，几个家人看得是吓煞哉。

“阿哥喂，勿对哉，是彼处是彼处！”“你不要吓人噢！青天大白日，哪来的彼处？仔细看看她有没有脚，我听人家说过，彼处是没有脚的。”一看么，脚还有的。“脚来咚么是人呀，你看是男人还是女人？去问问她。”“你也有张嘴，你自己也可问的呀。”“那好，喂！你还是人还是鬼？”“啊，奴家是人。”是人啊？喉咙脆酥酥还是个女人。“来，同我们走。”

（唱）两个小哥把路行，
这二小姐后头跟。
船舟里头来走进，
抬起头来看灵清。
船里坐着夫妻两个人，
脚踝头连忙跪下去，
多谢老爷夫人相救苦命。

天官夫人看了看，人都吓煞。旁边天官老爷大喝一声：“哇！你一身打扮又不像男又不像女，披头散发、疯疯癫癫，如此模样，你这件衣衫哪里来的？”天官老爷看到她的衣裳觉得奇怪，心里想，“这件衣裳是我送给李文进的，今朝为何在她身上，倒要查查清爽”。二小姐一听问衣裳，连忙实情相告。

（唱）老爷，容禀啊！
小女子名叫莫玉珍，
家住在绍兴城内莫府门。
莫贵是我老父亲，
把我幼年许配亲，
配夫是扬州李文进。
可怜他家遭回禄来投亲，
老父势利图赖婚，
逼得他移名换姓做家人。
我为了相救李郎命，
爹爹他把我掐死丧了命，
大雨淋醒我苦命人，
身在龙山高头登。
这衣裳怎会盖在我的身？
来龙去脉难弄清。

天官大人听灵清，
要把衣裳来龙去脉说分明：
小姐呀，你道这件衣裳是谁人，
有一日，我路过杭州钱塘凉亭，
有个年轻人凉亭里悬梁高挂要丧命，
是老夫相救这年轻人。
他说是扬州天官李天寿之子李文进，
要往绍兴莫府去投亲，

在凉亭碰到几个恶强人，
衣裳被强盗剥干净，
他赤身露体难往绍兴。
没奈何只得悬梁来自尽。
老夫我不但相救他的命，
还将背披送给李文进。

“如此看来，一定是李文进到龙山来见过你了。并将背披盖在你的身上。”到底是朝中六部为官的天官大人，国家重大案子都要破伊出，何况这种小事体，随便推想推想好哉。旁边头的二小姐听到这几句话，连忙再重新跪下去：“恩公大人，今朝不但相救了我苦命人，你还曾经救过我家的李郎，你是我夫妻的二重恩公，理应向您多拜几拜！”“莫小姐罢了，罢了。”

（唱）小姐呀，
救命一定要救到底，
送人定要送到门。
你千放心万放心，
我与你爹爹是熟人。
今朝带你回家去，
你爹面前我讲情，
保你父女重太平。

“来，我领你回去，你爹我认得格，凭我这张脸孔去说，一定保你父女重和。走！”“恩公大人，爹爹如此狠心，这个家我不要回去了。”“你不要回去？这倒也好，呵呵，哈哈，哎哇，哈哈哈哈！”

（唱）既然不肯回家门，
我有言语讲你听听。
我家住在杭州城，

贵为天官有圣命。
今朝我夫妻两个人，
到绍兴香炉峰去拜观音。
有缘千里来相会，
索性同我到杭城，
过房承继肯不肯？

“小姐，想老夫无男无女，只有夫妻双双，想不到有缘千里相会，你与我到杭州过房承继，做我继拜女儿，你意下如何呀？”

二小姐心里想，“这还有啥话呢？这是雪中送碳的大好事呀！现在的处境我是有奶便是娘，到杭州做天官小姐去，那是越好哉。这个爹爹我要叫的”。叫爹的辰光抬头一看，看到旁边头夫人也在，这种大姑娘见眼动眉毛的，脑子是灵啦，光喊爹不够的噢，这个娘也要给她带进咚哉咯！乃么上前跪拜：“爹娘大人在上，受我女儿一拜！”

旁边的天官夫人从来没有做过娘，听到这声娘叫起来，高兴得坐着的人立起来哉。“哎哟，囡喂！啊哟，姆嬷些肉！你这声娘叫起来甜又甜、糯又糯，哎呀，姆嬷听得味道好煞哉！哈哈哈哈！”

旁边的天官大人还要高兴，今朝买了个夜壶等不到夜哉，恨不得回到杭州，好的衣裳买几件给她打扮打扮做爹去哉。乃么连忙吩咐，叫声水伙手。“有！”“绍兴香炉峰拜观音菩萨改日再来过，今朝船舟给我调头，我要到杭州做爹爹去哉。”“喃！回去喃。”

（唱）大小橹带催艄橹，
快船行走回杭城。
唱个头再表灵清，
不唱小姐有救星，
杭州天官府做上等人。
唱个头再表啥人？

要唱这位李文进。
一路上京求功名，
今朝考期来赶紧。

考试官身坐考场，奉旨考奇才，君子登场来。三月桃花红，九月菊花黄，三场文字督，立起状元郎。下官翰林院，监考侍郎也。“来，大开贡院门。”几个禁兵把考场门打开。“报考之人，你们各报天地字号照秩序进。”

过去老辈手里的辰光，号头叫法各异咯，叫天字号、地字号、人字号，李文进上京赶考心切，今朝排了个天字号。“小生天字号。”天字号头一个。

“谁是地字号？”“在这里，我在这里。”这个脚色是小花脸脚色，如果滴笃班[①]里做出来，鼻梁上有乌污。“号头排了个地字号，走进考场心肝‘别别’跳，勿晓得怎么叫赶考，连自己都不知道。不错，我只要天字号里跟牢，等歇他怎么说我也怎么话。”

老太师抬头一看，“来自天下考生站立两旁，下面考试开始，由天字号领对”。

李文进要整顿衣冠上前一步。“老太师在上，天字号叩头，请太师出题目。”

今朝老太师抬头一看么，嘀哟，看到这位李文进年纪介轻，一表人才、五官端正、上下相应。当即两关及格。年轻轻相貌好，连考试都有便宜占。所以太师看看非常中意，不知他肚里货怎么样？乃么太师出题：“天字号听着，猫伏墙头风吹猫，毛动猫不动。”意思就是，一只猫伏在墙高头，风在吹这只猫，猫的毛毛在动，这只猫不动。

勿晓得李文进对答如流。“鹰停塔顶日照鹰，影移鹰不移。”他说一只老鹰停在塔顶高头，上面太阳在照这只老鹰，下底的影光在移动，这只老鹰不动。

“好奇才！今朝再选你自由题一个，你要给我作诗一首，但始终每句话都要带着天空落雪，但文字上不能写雪。”“太师在上，寒冬腊月鹅毛飞，片片银花铺大地。远看高山堆白玉，近看楼台叠棉絮。再看青松白了头，翠竹结成狮子尾。”“好奇才！退课，待等明朝龙虎榜上登名。”“多谢太师！”乃么李文进走出考场。

---

① 滴笃班：越剧形成初期的一种俗称。

“下面由地字号领对。”“轮着我哉，我真当勿晓得啦，晓得这样话句把有官做，我应该旧年都好来哉，本来老早做大官哉。老太师在上，我地字号叩头，请太师吃牛肉。”“嗯，出题目。”“对对对，出题目，出题目。要死哉，我倒对付吃牛肉哉。”

太师抬头一看，这个人同刚才的比起来大推大扳[①]哉。

天字号眉清目秀、五官端正。这佬倌撑颧骨、歪鼻头、坍眼睛、阔嘴巴，面孔上面皮肉七倒八歪斜。前头看看叫贼形狗脑，后头望望叫脑后见腮。这种人相道太差，特别脑后见腮的人是奸人，到一定时候要作弄人头的。这个“宝贝”老太师心里不欢喜，那不欢喜怎么回话他呢？对，随便难难他算哉。太师出了一题，他说：“哇！”

地字号别蒙哉，想只有一个号“哇！”他随便乱话，我也只有乱话哉咯：“吱！”“你为啥吱？”“太师，你怎么哇？”

嗯，老太师心里想，“你还藤条般韧哒”。

“噢，你来问我哉啊？我太师肚里可撑船，难道我会话不出啊？‘哇！’就是一只斑鸠飞过七十二个山头变了只凤凰。”“噢，斑鸠飞过山头会变凤凰？太师，我是‘吱！’一支泥鳅钻过七十二条田塍变了条黄鳝。”“嗯，泥鳅怎么会变黄鳝的呢？”“太师喂，泥鳅不好变黄鳝，那么一只斑鸠怎么好变凤凰的呢？”你这人还韧吊吊看你不出哒，“好，斑鸠怎么会变凤凰，你听牢，因为斑鸠飞过七十二个山头，这辰光山高头松树开花，斑鸠松花黄里一碰，毛毛里全部松花惹牢，焦焦黄哉，望过去斑鸠像凤凰一样了。”“太师喂，我的一支泥鳅钻过七十二条田塍，黄泥沾在泥鳅身上，望过去泥鳅像黄鳝哉啦！”嗬哟！太师想了想，人还真没有看相哒。

“不过你既然对出哉么，因为这张相貌我实在看不中。今朝再难你一难。”老太师心里想，“大概刚才我随便说了说，这种人随便漫话话惯咯。现在给他好端端正正规规格出一题”。

“地字号，刚才大家是随便试着说的，下面重新出规题，听好了。前面一只

---

① 大推大扳：绍兴方言，比喻相差很多、大相径庭。

母鸡，后面陪着公鸡，公鸡陪母鸡，可比少年夫妻。”“噫吔，这个太师在说雄鸡陪雌鸡哉，我只有说雄狗陪雌狗哉咯。前面一只雌狗，后面一只雄狗，雄狗在追雌狗，好比太师的娘舅。”“啊！你对课如此下流，来人哪，将他赶出考场，走你个下作坯！”“不考就不考，我三年不来考，给你们考场里出青草。仍旧回去，去卖大饼油条！”

（唱）不唱考场情由事，
第二天龙虎榜上登了名，
头名状元乃是李文进。
李文进全国得头名，
要见过万岁一个人。

老辈手里的辰光，头名状元要见皇帝过咯。啥辰光见皇帝？是早上五时三刻。大明正德皇帝五时三刻上早朝，文武百官站立两旁。

“凤阁龙楼，万古千秋。自从寡人登基以来，马放青山、刀枪归库、国泰民安、风调雨顺。午朝门外，传新科状元李文进冠带上殿。”

传令太监传出去：“万岁有旨，午朝门外传新科状元李文进冠带上殿！”

乃么李文进一副冠带，撩上脚步，三跪九叩，来到金銮殿高头：“臣新科状元李文进，参见我主万岁。”“爱卿平身。”“谢万岁！”

万岁抬头一看，“哎哟妙哇！”

（唱）正德万岁龙目观，
名不虚传的新科状元。
头上青丝根打根，
两条眉毛八字形，
大眼睛生得圆滚滚，
鼻正口方、五官端正，
美人肩胛一字平，
不长不短我蛮称心。

“爱卿，你过来听封。”“万岁，万岁，万万岁！”乃么今朝李文进要谢过万岁，正德万岁抬头一看，“爱卿！你有哪三道奏本？”

过去的辰光，一般都想做状元的，因为做状元要风得风、要雨得雨，而且初次见皇帝，当即有三个要求可提。乃么今朝皇帝看到李文进欢喜得要命，亲口在问，他说：“你有哪三道奏本？”

“臣启奏我主万岁，因为我三岁的辰光父母双亡，幸亏总管伯伯名叫李忠，挑葱卖菜，把我抚养成人，总管伯伯为我往绍兴投亲，年老体弱一命身亡，求万岁给我家老总管讨一个封。”李文进做人良心多少好，君子不忘记旧恩，今朝有这样的日子，他不忘记老总管，求皇帝给他封一封。

“爱卿，你家老总管如此忠诚，寡人就赐他忠诚牌坊一块，你奉旨回故土故乡，为你家总管奉旨纪念。”“谢主隆恩！臣有二本启奏，我三岁的辰光，父母做主，与绍兴莫府二小姐莫玉珍订与终身，小姐为了救我，年纪轻轻一命身亡。求万岁给我家未婚之妻讨一个封。”“爱卿，你家未婚之妻，绍兴莫府二小姐，有如此夫妻义重，为救丈夫而死，寡人就封她为一品夫人，赐凤冠霞帔，你奉旨回绍兴，与小姐抱牌成亲。”

没有成亲过的未婚之妻，受封一品夫人，要拜堂过才能成为正式夫妻，人死了怎么去拜呢？叫他木主抱牢去拜堂成亲。

“谢主隆恩，臣有三本启奏，我要告我岳父莫贵老贼，忘恩负义、欺贫爱富，图赖婚姻。他害死了我家的总管伯伯，又陷害了我未婚之妻。如何处置，求万岁定夺。”

这件事皇帝一时为难了，为啥呢？皇帝圣旨口，他说的话天下都要响应。难道我叫你杀丈人去？皇帝话丈人好杀的话，天下不就大乱啦！有个把不好的女婿就会话，皇帝说过的好杀丈人咯，我丈人以前也赖婚过，我去杀杀他掉算哉。那不知有多少丈人都要死在横搡[①]女婿手里哉。皇帝这样一想么，叫你杀丈人我绝对不能出口。

“爱卿，既然如此，那你过来听封。”“万岁，万岁，万万岁！”“寡人封你为江浙两省代天巡按，赐尚方宝剑一口，若有不良之人，你可先斩后奏。”

---

① 横搡：绍兴方言，指蛮横的人。

皇帝说话到底有底子，责任给你，权力也交给你，你奉旨到绍兴，杀不杀你岳父，我不说，你自己去决定。

“万岁，万岁，万万岁，谢主隆恩！臣遵旨。”“众爱卿，有事出班启奏，无奏下帘退朝。”

（唱）再讲这位李文进，
八人大轿来坐定。
前头走着是禁兵，
开锣喝道闹盈盈，
奉旨出京来动身。

咣咣咣咣……“喂，行人回避，巡按大人到。”

（唱）威风凛凛路上行，
出了京城到杭州城。
杭州城里到来临，
突然想起一个人。
想当初我往绍兴去投亲，
钱塘凉亭里碰强人，
衣裳剥光我难见人，
高挂悬梁短见寻。
幸亏来了个救命人，
送我衣裳去投亲。
当初我尊姓大名都问清，
他说道家住杭州城，
清河坊天官之府他家门。
吴节风三字他名姓，
官为天官有名声。
今朝我已经全国得头名，

两省巡按有责任，
我不能忘记救命恩人。
我顺便路过杭州城，
应该杭州停一停，
拜见恩公顶要紧。

“叫声左右！”“在！”“往杭州清河坊天官府起道。”“喃喃，往天官府去，喃！”

（唱）一路行走不留停，
来到了清河坊，
天官府门首停一停。

“报！老爷，来至天官府门首。”“停轿，下来下来。”这乘轿歇落，轿门撩起，江浙两省代天巡按李文进撩袍挎带出轿，来到天官府门首。

“门上可有人哪？”“来了来了。”走出天官府里的老总管，抬头一望，“喏，状元老爷你有何事到来？”“门倌，通禀内面天官大人知道，说扬州李文进新科状元，江浙两省代天巡按要大礼参拜恩公。”“状元老爷你在门首暂等，待老奴进去通禀我家老爷知道。”

（唱）总管伯伯来走进，
要同天官大人讲分明。
天官大人听灵清，
来的原来是李文进。

“呵呵哈哈，哈哈哈哈！我家贤婿来了。”他说女婿到哉，因为他的老婆是我救的，给我做囡了，排起来就是女婿了。“门倌，大开正门，请他进来。”“老爷晓得。”

（唱）老总管来开正门，
状元爷，

我家大人请你进。
李文进，满面春风来走进，
走过回廊到大厅，
抬起头来看灵清。

“恩公大人在上，我扬州李文进新科状元，江浙两省代天巡按大礼参拜恩公。”“状元老爷，罢了罢了，一旁请坐。”“有你大人在此，哪有我小人的座位呀？”

李文进没有心思坐，一颗心老早对付要给绍兴的未婚之妻二小姐报仇，今朝来的目的是恩公面前道理到到，要么以后有空再来坐过。故而推辞今朝哪有我的座位。谁知天官大人来得个客气。“哎，既然来了，你哪有不坐之理呀？”

乃么李文进没有办法。“既然如此，小人就放肆了。”旁边坐下。这辰光天官大人笑嘻嘻对李文进说：

（唱）口开状元叫一声，
我果然没有看错人。
今朝你全国已经得头名，
两省巡按威风凛凛！
我越看你状元越称心，
有桩事体想讲明。
老夫是不生多男并多女，
单生一个独养囡，
今年年方十八春，
相貌好得无批评。
她是描龙绣凤样样能，
“终身”两字还未订，
吴玉珍三字她名和姓。

姓数改过哉，因为过房承继给吴天官做囡哉，莫玉珍当然要改吴玉珍哉。

（唱）状元呀，

我想叫你同我女儿来定亲，

勿晓得你状元可答应。

“啊，恩公啊，恩公喂！”

（唱）百样事体我能应承，

要我定亲我难答应。

只因为我三岁那辰光，

父母已经给我定过亲，

绍兴莫府二小姐，

三字名叫莫玉珍。

状元啊！

你真是一个糊涂人，

状元现为大官人，

比不得平民老百姓，

一夫一妻有规定。

你如今全国得头名，

两省巡按有职分，

三妻四妾由你定。

绍兴莫府二小姐，

给你为正聘，

我囡只要你肯答应，

就给你状元做二房夫人。

恩公啊！

不议终身倒也罢，

提起此事好比万根钢针刺我心。
当初你，钱塘凉亭救我命，
我满怀希望到绍兴，
谁知道岳父欺贫图赖婚，
叫我移名换姓做家人。
小姐待我有好心，
叫我三月月半逃性命，
害得小姐命归阴。
葬在龙山高头顶，
我跪在她的面前立愿心，
今世不配二夫人。
今日你恩公如此抬爱我，
我双膝跪在你眼面前，
你家小姐虽然好，
可惜我文进少福分。

啊！乃么吴天官发怒哉："你好大的胆！我有眼无珠看错人，绍兴二小姐救你，宁可今世老婆不讨。我呢，我凉亭救你，一个囡许给你都不要，你给我滚！"李文进想没有办法哉，乃么重新跪在吴天官面前。

（唱）谢谢恩公抬爱我，
救命之恩我永记心。
恩公呀！
既然要我硬答应，
请你答应我三桩大事情。
头一桩天官府大堂，
给我孝堂扮端正。
第二桩，给我牌位立一块，

上写着绍兴莫府莫玉珍。
还有第三桩，日落西山到黄昏，
白衣素服我要穿一身，
孝堂里抱牢小姐牌位来成亲。
恩公啊！
这三桩大事能答应，
我也答应与你女儿来成亲。
三桩大事难答应，
我情愿一世不成婚。

天官大人一听，想你用这三桩条件来压难我，我堂堂天官府里打扮孝堂，人都不死设立孝堂，还要去立块牌位，这样一来不要被我姆嬷骂煞的啊？第三桩愈加不对了，夜饭吃过对着牌位呼天喊地到我堂前来哭，传出去还以为天官府里真的死人了。想不到我堂堂天官，今朝想试他的心，他反而来难我了。我老天官让你初出茅庐一个状元难倒的话，以后没有脸面见人哉。哼！今朝就答应他算哉，我要看你夜头这只戏文怎么唱下去。

“好，状元公，只要你肯同我囡在天官府里定亲，不要说这样三桩大事，哪怕三百桩我都依你。”

（唱）天官大人下命令，
一班家人忙煞人。
大厅里孝堂设端正，
八仙桌子摆一顶，
太师椅要摆旁边，
白布头要挂正厅。
八仙桌高头，
三脚香炉摆中间，
白色蜡烛左右分。

一块牌位簇簇新，
上面写着莫玉珍，
再加上旁边挂起纸银锭。
孝堂设得端端正，
日落西山夜黄昏，
李文进一副官服卸干净，
白衣素服要穿一身，
随手打开孝堂门，
孝堂里头来走进。

孝堂门随便碰碰拢，抬头一看，啊！只看到孝堂里八仙桌上面，烛光蹿蹿，香烟绕绕，再看到桌上一块写着“莫玉珍之位”的牌位。观众朋友，现在这位李文进看到牌位上写着“莫玉珍”三字等于看到老婆咚哉，脑子里短时间映出一幅一幅当初经过的情景。

“小姐，你同我在百花台上初次相会辰光，在莫府后门口难分难舍，可怜你龙山高头挺在棺材盖上面，我跪在你的面前啼哭哀悲。想不到我得中了状元回来，见不到你小姐之面，只有看到这块牌位。”

（唱）小姐喂，手抱牌位泪淋淋，
想当初，百花台上初相会。
小姐你，恩比山高情似海。
你说道在世就是我李家的人，
死后就是我李家鬼。
你叫我三月十五逃性命，
可怜我，害得你年纪轻轻丧了命。
小姐呀，你在龙山上面挺，
我跪在你面前立愿心。
我说道今世不配二夫人，

想不到杭州恩公要我硬答应，
同他女儿再定亲。
小姐呀，我怎么对得起你有情人？
不是我文进变了心，
今日里，文进在做轧煞人。
若话你真的有灵圣，
我情愿世上不要做人，
我情愿同你到地狱门，
阴世间里共度生。
千怪万怪都要怪，
你的爹爹丧良心，
棒打鸳鸯两地分，
害得我与你美满姻缘，
美满姻缘化灰尘。
小姐呀，今日我文进跪在地，
抱着你牌位来成亲，
状元夫人有你名，
凤冠霞帔有你份。
你龙山高头把我等，
我天亮要赶到绍兴城，
要把你爹爹个老坏人，
麻绳吊到龙山上，
我尚方宝剑有权柄，
你的坟头要给你爹爹一刀两断分。
要为你小姐报仇恨！

李文进孝堂里头哭伤心，
我唱个头表灵清。

孝堂门口老早立着一个人，
要知立着的是啥人？
就是二小姐莫玉珍。

见到干爹话灵清，
我夜头来试文进心。
常言道背后言语是真心，
二小姐孝堂门口在偷听。
李郎啊，我当初没有看错你，
你句句话儿没有忘记我苦命人。
千怪万怪都要怪，
我的爹爹不该应，
害得你年纪轻轻做难人。
可怜我本想孝堂夫妻认，
只因继父关照清，
只允许我来偷听，
不允许我来走进。
你认为我已经丧了命，
若话我孝堂来走进，
你魂灵吓出要无处寻。

只听到外头“喔喔喔——”雄鸡报唱，东方开始鱼肚泛白，李文进孝堂里哭声停哉，为啥？因为根据传统习惯，如果鸡啼哉啦，二小姐的阴魂要等不牢哉，哎，要回绍兴去哉；如果再不走，到太阳出起来，小姐要走不到绍兴，半路要吃苦头咯。李文进也出于一片好心。

（唱）小姐呀，你慢慢走缓缓行，
上桥过河要小心，

你龙山高头把我等，
我天亮会赶到绍兴城。

“小姐，你一路慢慢走哦！”说话讲完，认为莫玉珍已经走哉，哪怕再哭她也不知道了，乃么拿起一块牌位桌子上一摆。感觉到哭了大半夜头，身体有些疲劳，打算凳里坐一歇。还坐得牢啥西？哭的辰光精神提起咚呀，现在坐下去么，“啪！”一张凳倒翻，李文进眼睛定起，四肢无力，喘大气哉，你么在喘大气，门外的二小姐人吓坏哉，想刚刚孝堂里号啕大哭，一霎时鸦雀无声，会不会闯祸祟的呀？可怜我不放心煞哉，只有走进去哉，乃么随手把孝堂门推开，一见李文进这副样子，勿管三七廿一扑上去：“李郎，李郎呀！”小姐还以为文进死哉。勿晓得被你大声喊叫，李文进眼睛开开哉。一看莫玉珍么，李文进魂灵真当要没有哉。

“啊，有鬼，有鬼！”还以为二小姐的阴魂来叫他哉。“李郎，我是人。”“啊，你是人？！”

（唱）小姐呀，若是你小姐还是人，
绍兴怎么会到杭城？
李郎你哪里会知情，
待我把来龙去脉讲你听。
二小姐把来龙去脉都讲明，
久别重逢格外亲。

“啊，小姐！”“公子！”“贤妻！”“李郎！”“娘子喂！”“官人呀！”“娘子啊！”

两个人抱牢哉，而且越抱越紧，越抱越紧。这里两个人抱牢勿肯放，旁边有人在看，啥人呢？就是这位天官老爷，想两个人还像糯米糕一样粘牢哉，如果再抱下去，还要闯祸祟，今朝要紧关头，只有我来拆糊棚[①]哉咯，乃么“啊哼！”一声咳，二小姐年纪轻机头灵，一听干爹一声咳，“啊，李郎，赶快放开，爹爹

① 拆糊棚：绍兴方言，比喻捣乱。

来哉，难为情咯”。

乃么两人连忙放开。二小姐跪在地上：“爹爹在上，受我女儿拜见。”

李文进何等聪明灵光，看到老婆叫爹么，连忙也跪落去：“岳父大人在上，你囡我要咯。”“你要哉啊？你答应了就好，贤婿呀！”

（唱）开口贤婿叫一声，
既然你今朝来答应，
我有言语关照清。
孝堂里刚刚说灵清，
天亮回到绍兴城。
要给你丈人一刀两断分，
自从盘古天地分，
天底下哪有女婿杀丈人！
何况小姐有救星，
你们夫妻两个重团圆，
你竹竿上下总要分，
小姐总归是她爹生。
今朝是你们夫妻双双到绍兴，
叫你丈人痛改前非重新做好人，
你不能伤他一条命，
我的脸孔要买三分。

“恩公，我记牢你金玉良言。”“好，只要听我的话我就高兴。叫声众家员，给我备好轿子，把姑爷同小姐夫妻双双送回绍兴。”“晓得。”“贤婿，女儿呀，到绍兴亲爹亲娘面前去问安敬礼，见过你爹娘之后，绍兴能够住，去拜堂成亲多住几日，绍兴不喜欢住，到我里来，我热烈欢迎！”

乃么今朝两夫妻拜别恩公恩母，夫妻双双各坐进一乘轿，直往绍兴而去。

一路之事不讲，两乘轿子眼看绍兴要到了。李文进想起过去的事情，就同小姐讲：“小姐，当初的辰光，你爹手拿宝剑要戳我死，还把你活活地用麻绳吊死为止。我咬口牙根，上京赴考定要报这个仇，想不到我得中高官回来，仍旧用热脸孔去贴你爹的冷屁股，我吃亏到哪里为止？小姐，这口气我一定要出。”“李郎，你千万不要伤他的命。”“我不去伤命，今朝你往莫府后门去等我，我进大厅，我要你爹拿出你这个人，如果你爹拿不出你这个人，我尚方宝剑，喀！”“李郎你！”“你胆大些，我拔出来是吓吓他的。我死不给他死，要给他皮擦些起，叫他自己说怎么办！”“李郎，只要你不伤害他，其他随你行事。”

（唱）夫妻总有夫妻情，
两乘轿子就两路分。
二小姐要往后门进，
李文进，开锣喝道来到绍兴，
头名状元两省巡按有名声。
尚方宝剑，先斩后奏，
莫府里头来传进。
唱个头再表灵清，
要唱这位莫大人，
得知情况吓煞人！

想当初我几次三番要谋他命，
想不到他全国得头名。
两省巡按到绍兴，
先斩后奏有权柄。
我囡已经命归阴，
看起来我想做人不可能。

今朝只有走一步看一路哉。不过现在莫老爷眼睛出毛病，眼睛为啥会出毛病的呢？原来二小姐龙山高头被他们棺材扑出，死尸都没有哉。介辰光绍兴民间上头号新闻。

说“阿哥喂！”“阿弟喂！则真当奇煞哉噢，莫府二小姐龙山高头棺材扑出，死尸都没有哉！”“有这样的茶事体，难道死尸还好派用场吗？”

大家一传十、十传百、百传千，传到莫府里头么，可怜莫老夫人呼天呼地地哭！从此以后同老爷不交口。要晓得男人的心肠啦，一时之气的辰光，不管三七廿一随便啥事都会做。真当静下来的辰光，想想如花似玉的二小姐，当初我一时气头急不过，将她活活地吊死。可怜弄哒现在连死尸都寻勿着，心里也在肉痛。要晓得世界上后悔药是无处买的。乃么莫贵他日也悔、夜也悔，悔哒倒在眠床上一场重病，差险险阎罗大王里要报到哉。幸亏人家大铜钿多，吃药求医还要拜神，各方面凑拢来么，毛病慢慢地好转来哉，不过一双眼睛长期出眼泪水，到现在眼睛么是有咯，光头没有哉，叫“有眼无光”。

（唱）两根棒头当眼睛，
大门口跪着迎接李文进。
唱个头再表灵清，
我回文转来要唱啥人？
要唱那莫兴莫旺两个人，
听说扬州李，
头名状元来中进，
两省巡按尚方宝剑到绍兴，
先斩后奏有权柄。
当初要谋他这个人，
今日里，我们想做人也不可能。
两个人赶快逃性命，
莫兴前头逃，莫旺后头跟。
老爷门口跪着等，
前门口闹盈盈，
眼看前面逃不成，
要往后头来动身。

唱个头再表个情，
回文转来唱啥人？
要唱莫府大小姐，
也得知这位扬州李，
倒灶家人官要做到，
茶卜愣登[①]话勿清。

当初我阿爸爹里是非搬，
害得我妹妹命归阴。
扬州李今朝到绍兴，
我想做人也做不成，
我趁早赶快逃性命。
抬起头看灵清，
莫兴莫旺前头走，
赶紧让我后头跟。
花园里头来走进，
莫兴莫旺随手打开花园门，
后门口人马数不清。

“啊，勿对哉，阿旺、阿兴，已经团团包围哉。”“那怎么办？阿兴喂，如果等歇被他们拘牢，项颈里‘几勾几勾’拉起来，难熬的呢！”“是说呀，那怎么办办呢？我还是这口井里跳下去淹淹死好一点。”“阿兴，如果你投井的话，我们死也一起死噢！”乃么两个家人“砰砰”跳进井里，大小姐一看，“则死哉，他们两个小花蛋[②]，都扎猛子躲得去哉。那我只有在大脚桶里洗浴洗惯的呀，那怎么办办？”

（唱）听到后门口人声紧，

---

① 茶卜愣登：绍兴方言，形容木讷迟钝、呆头呆脑的样子。
② 小花蛋：绍兴方言中的詈语。

吓得魂灵摇凛凛。
三脚两步路来行，
马房里头来躲进。
唱个头表个情，
我回文转来唱啥人？
要唱今朝的李文进。
荣荣耀耀到大厅，
一乘轿子要停一停。

李文进来到莫府轿子一停，大厅高头叫声“左右！”“在。”“给我拿尚方宝剑过来。”“大人，晓得。”

可怜莫老爷吓煞哉，一听尚方宝剑，心想阎罗大王后门口到哉，项颈骨头酥酥脆哉。那如果等歇被拖死狗似的拖过去，今朝还是自晓领事，我还是这样爬爬过去好哉。莫贵爬到李文进旁边：“贤婿，当初都是我不好，到如今我后悔来不及，贤婿呀，你宽宏大量，我痛改前非重新做人，给我留一条活路！”“莫贵老贼！”

（唱）骂你莫贵好气人，
今日你还想再做人。
今朝我奉旨到绍兴，
要与小姐来成亲。
找勿到小姐莫玉珍，
我尚方宝剑不留情。

莫老爷心肝也死哉：“阿囡，爹爹给你背包裹来哉。”吓得屁股坐倒在地。这辰光，可怜莫老夫人，要紧关头总归是老夫老妻。难道女婿手拿宝剑要杀老爷哉啊？乃么连忙别转头皮，要去叫两个儿子前来恳情。

（唱）莫老夫人后花园里来走进，
唱个头再表灵清，

我回文转来唱啥人？
要唱这位二小姐，
后门口一乘轿子来夯等，
看到有人开后门，
还以为李郎叫我可走进。
二小姐出轿门，
花园里头路来行，
前面看到老娘亲，
上前叫娘蛮热情。

"母亲，娘！"莫老夫人吓得魂灵都没有哉。

"啊，阿囡喂，你是灵哒，你老公回来哉，你也来哉，姆嬷烧给你，等歇我烧给你。"莫夫人还以为二囡的鬼魂出现哉。

"母亲，阿囡是人。""啊？可怜阿弥陀佛，阿囡喂，你怎么还会是人呢？""母亲，娘啊！"娘囡两个人抱头痛哭。乃么莫玉珍在花园里头把所有经过都讲给娘听。莫老夫人伊话："阿囡呀，你大难不死必有后福。快，你爹大厅里跪着要杀头了，你两个阿哥也叫上，大家说情去。"

乃么娘囡两个人，叫上莫府两位少爷，一起来到大厅，莫老夫人见到李文进交关高兴，上前叫一声："贤婿，丈母娘格肉。""噢，岳母大人。"

两位少爷也上前招呼："妹丈，你官做大哒哉！""二位大舅，当初幸亏你们待我好，所以有我妹夫的今朝。"

这辰光莫玉珍也上前："噢，李郎，你辛苦了。""小姐，你也委屈了。"

地下跪着的莫老爷听他们叫小姐，叫李郎。想想这喉气熟悉咯，是我第二个囡。要晓得眼睛出毛病的人啦，耳朵质量特别好。为啥？你们只要平时去留心，汽车路里闯祸祟的，瞎子先生一个都没有的。瞎子先生因为耳朵亮不过，两根棒头在掇，这头摩托车、这头自行车、这头汽车，随便避避开好哉。乃么今朝这位莫老爷，听到囡的声音，想重新做人有希望哒哉。"阿囡喂，你看你爹介矮哉。"

莫老爷无话可说，只说我人矮了。二小姐想了想，"怎么会矮起来？难道我爹下身哪里断掉过哉？”头低下去一望，啊，看到爹爹地下跪着。要晓得总归是父女呀，有股亲情在。可怜看到爹爹现在败天败地，心里想想也有些难过。乃么一边出眼泪，一边把爹扶起来：“爹爹。”“阿囡，你不要哭，都是爹爹害你咯。”

（唱）阿囡啊，
你丈夫面前讲个情，
保保爹爹一条命。
今朝这位李文进，
岳父大人叫一声：
想当初，你几次三番要谋命，
本来我绝不留你这条命。
看在杭州恩公恩母来相劝，
看在岳母大人、两位阿舅、小姐，大家脸面上，
今朝要你痛改前非重新做好人。

“贤婿啊，我当初有眼不识泰山，那以后我有数哉，天下穷人是有翻身的日子咯。”“岳父，今日我回来想请问一声，当初总管伯伯，他现在何处？”“贤婿，我对不起他老人家，这老总管死在柴间里，我晓得你一定会来，我将他安葬在龙山上面。”“在龙山高头，好，我要白衣素服到龙山之上，纪念总管伯伯。待我事体了结以后，要把总管伯伯尸首仍旧挖出来，他是扬州来，我仍旧要让他回到扬州去，奉旨纪念于他。”“好！”现在合家团圆，莫老爷开心煞：“贤婿啊，那这样当即给你们拜堂成亲。”“好，岳父呀，我要将偏门外、湖南岸金先生用轿子接到绍兴莫府，来吃我的喜酒。从此以后，我要报答他救命之恩，养他终身到老。还有大红帖子一封，给我送到杭州清河坊，把吴节风天官老爷恩公恩母夫妻双双，也要接到绍兴吃喜酒。我要同二小姐奉皇帝的圣旨拜堂成亲！”

（唱）莫府大喜到临门，
合家团聚闹盈盈！
亲朋好友来祝贺，

开开心心喜酒饮。
一本《火烧百花台》，
留与后人细品评。

（整理、校订：倪齐全）